Katharina Johanson

# Das Haus Am Schlaatz

Katharina Johanson

# Das Haus Am Schlaatz

Roman

Novitäten & Raritäten

NoRa

ISBN 978-3-86557-505-0

© NORA Verlagsgemeinschaft (2021)
Pettenkoferstraße 16-18 D-10247 Berlin
Fon: +49 30 20454990   Fax: +49 30 20454991
E-mail: kontakt@nora-verlag.de
Web: www.nora-verlag.de
Alle Rechte vorbehalten
Druck und Bindung:
SDL – Digitaler Buchdruck, Berlin
Printed in Germany

# ABGESCHLAGEN

Am frühen Morgen des 8. Dezember 1954 stellte der neunundzwanzigjährige Arbeiter Bernhard Huber auf seinem Kontrollgang im Bahnbetriebswerk Teltow Buntmetalldiebe auf frischer Tat. Es kam zu einer Schlägerei, bei der Huber schwer verletzt wurde. Die Diebe waren mit Schlagringen und Flaschen bewaffnet. Die augenblicklich herbeieilenden Kollegen nahmen einen der Täter fest, der zweite entkam, sicherten das Diebesgut und riefen die Polizei sowie den Notarzt. Der Bahnbetrieb in der kleinen südlichen Vorstadt Berlins war für Stunden unterbrochen. Huber erlag zehn Tage später seinen Verletzungen. Er hinterließ eine Frau und zwei kleine Kinder. Bernhard Huber wurde am 22. Dezember 1954 auf dem Ehrenhain für gefallene Sozialisten unter großer Anteilnahme der Bevölkerung beigesetzt.

Der Dieb, das war der zwanzigjährige Bruno Seiler aus Berlin-Charlottenburg, nannte seinen Auftraggeber nicht, blieb hartnäckig dabei, auf eigene Faust gehandelt zu haben beziehungsweise von seinem Kompagnon verleitet worden zu sein. Auf der öffentlichen Gerichtsverhandlung plädierte der Staatsanwalt für lebenslänglich. Der Richter milderte per Urteil auf fünfundzwanzig Jahre Zwangsarbeit. Das Publikum registrierte unzufrieden allzu große Milde. Ist man des Nachts und auf der Arbeit seines Lebens nicht mehr sicher? Die Menge zerstreute sich murrend. Nach der Verhandlung lagen sich Staatsanwalt und Richter lange in den Haaren. Der Anwalt meinte, wer mit einem Schlagring und einem Flaschenscherben auftritt, hat eine Tötungsabsicht. Der Richter sah immer auch den

5

anderen, nach wie vor flüchtigen Täter agieren, und lastete dem die größere Schuld an.

Hildegard Huber, die Witwe, wurde mit einer kleinen Rente von der Sozialfürsorge und einer monatlichen Zuwendung aus der Parteikasse ausgestattet. Mit diesem Geld und ihrem Einkommen aus der eigenen Berufstätigkeit war die Zukunft der Kinder durchaus abgesichert. Erst regelmäßig jeden Sonntag, später nur noch an den hohen Feiertagen zottelte Hildegard mit ihren Kindern zum Friedhof hin, glättete die Erde auf der Grabstelle, nahm Verwelktes fort, legte frische Blumen ab. Die Kinder waren klein und die Witwe war jung, so verging alsbald der heftigste Schmerz um den Verlust des geliebten Vaters und Mannes. Irgendwann gab sie die Besuche gänzlich auf. Ein junger Mensch lebt eben nicht nur von der Rückschau und Zeit heilt tatsächlich fast alle Wunden.

Am 16. Juli 1956 hielten die Genossen der Stadtverwaltung Teltow unter Vorsitz ihres ersten Sekretärs, Walter Runge, eine geschlossene Sitzung ab. Allein schon die Tatsache, dass es sich nicht um eine öffentliche Versammlung handelte, unterstrich die Wichtigkeit der heutigen Beratung. Runge saß im Präsidium und beidseitig von ihm je ein Genosse der übergeordneten Bezirksebene. Er fing an: »Euch ist nicht entgangen, dass der Klassenkampf andauert. Auch wenn wir in einem friedliebenden Land und mit starken Bündnispartnern leben, müssen wir wachsam sein. Wachsam bis ins Kleinste.« Die Genossen waren dazu bereit, der Text war bekannt. Sie hörten: »Die Zukunft gestalten, heißt aber auch mit der Vergangenheit sauber umzugehen. Das schon um der Opfer willen, und wir brauchen Klarheit über die zurückliegenden Ereignisse, um künftige Fehler zu vermeiden. Das sind wir dem

Volke und ganz besonders unserer Jugend schuldig. Da tragen wir eine hohe Verantwortung.« Hier gingen die Genossen ebenfalls mit. »Unsere Untersuchungsorgane haben den Fall Bernhard Huber noch einmal aufgenommen und sind zu folgendem Ergebnis gekommen.« Alle lauschten gebannt. »Bernhard Huber ist allen als gewissenhafter Arbeiter bekannt gewesen. Er ist aber auch wegen seines, ich möchte es mal vorsichtig ausdrücken, lebhaften Temperamentes hier und da angeeckt.« – »Recht so! Was nicht geht, geht einfach nicht«, rief einer rein. »Disziplin, Genossen! Disziplin! Lasst den Genossen Runge ausreden«, kam vom Präsidium. »Also, das Ergebnis der Untersuchung: Bernhard Huber, so bedauerlich das ist, hat sich leichtfertig in Gefahr begeben. Sein Tod war nicht Mord an einem wachsamen Hüter unserer Ordnung, nicht dem Schutz von Volkseigentum geschuldet, sondern er markiert das traurige Ende eines Hasardeurs.« Hildegard Huber bäumte sich auf: »Sag mal, spinnst Du!« Runge wurde hochrot, schnappte nach Luft und spie: »Genossin Huber, reiß Dich zusammen! Ansonsten müssen wir Dich ausschließen.« – »Disziplin, Genossen! Disziplin!«, soufflierten die Beisitzer. Der neben Hildegard sitzende Peter Frank legte ihr besänftigend die Hand auf den Unterarm. Sie nahm sich mühsam zurück. Runge machte weiter: »Jeder von uns weiß, wie Bernhard seine Kollegen abgekanzelt hat. Jeder hat erlebt, wie er jeden wegen geringster Nachlässigkeiten abstrafte. Wie oft haben wir ihn Geduld und Einfühlungsvermögen gelehrt? Nichts hat er vom Bündnis verstanden. Gar nichts fruchtete, wenn wir ihn vornahmen und sagten, dass die Massen zu gewinnen und nicht zu verprellen sind. Seine ungestüme Art hat mehr Schaden angerichtet als Nutzen gebracht. Auf sein Konto kommen zahlreiche Flüchtlinge. Mehr als ein Kollege aus dem Bernhard Huber anvertrauten Kollektiv hat unsere Republik verlassen, weil er sie verdammte, zum Teufel jagte, ihnen das Leben schwer machte, sie um Lohn und Brot brachte. Seine Brigade sollte immer die größte, beste, im Wettbewerb der Sieger sein. Aber was er dafür riskierte, ist ein Verbrechen am Volke gewesen. Aderlass an unserer schönen, jungen, aufblühenden Republik. Individueller Terror im Schutz des Staates. Genossen, das müssen wir aufklären. Damit muss Schluss sein.« Er redete noch lange. Hildegards Empörung wich stumpfer Verwunderung. Sie schaute sich um, sah die Gesichter ihrer Gefährten und registrierte Zustimmung, sklavische Hingabe. Sie empfing Schlag um Schlag. Runge endete: »Urne und Gedenkstein des Verräters Bernhard Huber werden aus dem Ehrenhain für die gefallenen Sozialisten entfernt. Die Bevölkerung wird per Presse über die notwendigen Maßnahmen informiert. – Die Versammlung ist geschlossen.« Wie jetzt? Keine Diskussion? Keine Rücksprache? Keine Gegendarstellung? Keine Abstimmung? Die Frauen und Männer erhoben sich, gingen einzeln nachdenklich, geknickt oder zu zweit leise tuschelnd hinaus. Hildegard wurde gemieden. Sie taumelte in ihre Amtsstube. Dort setzte sie sich an ihren Schreibtisch und starrte ins Leere.

Peter Frank schob behutsam die Tür auf, schlüpfte herein und fragte vorsichtig: »Hilde, was machst Du?« Hildegard schaute hoch und sprach: »Was soll ich tun? Ich werde wahrscheinlich die Parteikontrollkommission einschalten. – So geht es nämlich nicht. Der Runge entscheidet über unsere Köpfe hinweg und beschmeißt verdienstvolle Genossen mit Dreck. Ich werde für klare Bilder sorgen. Das macht Bernhard zwar auch nicht

8

wieder lebendig, aber dem Runge gehört das Handwerk gelegt.« Peter zog sich einen Stuhl unter den Hintern und redete mild:»Hildegard, denkst Du nicht, dass Du Dich verhebst? Denkst Du nicht, dass die Sache längst durch ist.« –»Ich verstehe nicht?« –»Der Runge zieht die Fäden doch nicht allein. Der hatte doch Rückendeckung vom Präsidium. Das hast Du doch gemerkt«, holte Peter aus,»die Sache war doch beschlossen, bevor sie spruchreif wurde. Mädel, wo lebst Du denn?« –»Ja, wo lebe ich?«, echote sie.»Merkst Du denn nicht«, setzte er fort,»wie seit zwei, drei Jahren, alle, die seinerzeit mit unserem Genossen Wolf Acier zusammengearbeitet haben, kameradschaftlich verbunden waren, seine Ideale und auch seine Taktik teilten, von ihren Posten entfernt wurden?« Hildegard riss die Augen auf.

Wolf Acier war ein Kämpfer alter Schule. Er hatte in der deutschen Arbeiterbewegung gelernt, in der jungen Sowjetunion an der Seite der Revolution den Weißen Terror bekämpft, den Kulaken aufs Haupt geschlagen, im deutschen Faschismus die Genossen über die grünen Grenzen geschleust, die Drucksachen ins Land geschafft und leitete als erster Bürgermeister in Teltow den Wiederaufbau an. Acier verfügte über eine unglaubliche Durchsetzungskraft, ungetrübte Lebensfreude und hohes Einfühlungsvermögen. Dem einen oder anderen war er freilich ein Dorn im Auge. Mittelmäßigkeit duldete Acier nämlich nicht. Sein Motto war: »Wer nicht für das Volk ist, ist dagegen.« Demagogen, Bücklinge, Saboteure bekämpfte Acier konsequent und hatte damit Erfolg. Im März 1953 hörte sein Kämpferherz auf zu schlagen. Seine engsten Mitarbeiter machten in seinem Sinne weiter, aber irgendwann wendete sich das Blatt.

Hildegard wusste nicht, wieso und warum. Ja, sie spürte die schleichende Veränderung nicht einmal, bis Peter ihr jetzt offerierte:»Die Genossin Rose wegen Krankheit ausgeschieden. Was denn? Wegen Krankheit? Das ist doch lachhaft. Ein Kommunist verlässt seinen Posten nicht wegen eines Schnupfens. Der Genosse Hagen die Arbeit aufgegeben und in Ruhestand gegangen. Unglaublich! Ein Kommunist kämpft bis zum letzten Atemzug. Der Genosse Siegbert Müller war plötzlich irgendwohin versetzt. Ja, was glaubst Du denn, was Du mit einer Anzeige ausrichten kannst?« Schlagartig realisierte sie die Konsequenzen der Affäre. Ihr Ruf war restlos ruiniert. Wenn Runge den Plan so durchsetzt, wie er ihn aufzeichnete, wenn er wirklich nicht zu stoppen ist, werden die Teltower sie als erste Stellvertreterin des amtierenden Bürgermeisters nicht mehr akzeptieren. Teltow ist kleiner, schläfriger, spießiger Ort. Wer einmal öffentlich vorgeführt und politisch verdammt ist, bekommt hier keinen Fuß mehr in die Tür. Sie fühlte sich bloß und nackt im Regen stehen. Sie fror.

Sie zog die Schultern zusammen:»Was mache ich jetzt?« Peter zeigte behutsam auf:»Du wirst zum Studium nach Potsdam delegiert. Pädagogik. Lehrer werden immer gebraucht. Du fängst irgendwo ganz neu an.« Hildegard blinzelte misstrauisch:»Räumst Du dem Runge gerade den Rücken frei?« Peters Augen umschatteten sich:»Das traust Du mir zu?« Sie konterte spitz:»Seit heute traue ich allen Leuten alles zu.« Peter lenkte ein:»Hilde, wir sollten uns zeitweilig zurückziehen und neu aufstellen. Momentan ist nichts zu machen. Du hast es doch eben erlebt. Lass uns in Ruhe«, er gab seiner Stimme Pathos,»die Waffen schmieden und dann zurückschlagen.« Für die Kommunistin sah das eher nach Kapitulation aus. Allein, sie war auch eine junge Frau und Mutter von zwei Kindern. Sie wollte leben. Sie musste arbeiten, Geld verdienen, die Kinder durchbringen. Sie nahm seine forsche Art auf: »Okay, Genosse Frank, so machen wir es.« Sie erhob sich, gab Peter die Hand, räumte ihren Schreibtisch auf und ging heim.

Die Formalien ihrer Kündigung und die Einschreibung als Studentin der pädagogischen Wissenschaften waren rasch erledigt. Schwierigkeiten bereitete die Wohnungssuche in Potsdam für immerhin vier Leute. Hildegards Ansprüche waren gering und ihre Söhne, Volkmar jetzt fünf und Andreas vier Jahre alt, würden ebenfalls mit wenig Raum zufrieden sein. Aber Hildegard hatte ihren Ziehvater, den Klempnermeister und selbstständigen Handwerker Willy Krumm im Schlepp, und der nörgelte und nölte, wollte sich nicht fügen, brauchte Platz für Werkzeug und Material. Hildegard hielt dem Zweiundfünfzigjährigen vor: »Ich verstehe Dich einfach nicht. Für die paar Jahre, die Du noch zu schaffen hast, kannst doch auch auf dem Bau oder in einer Genossenschaft unterkommen. Was musst Du Dich denn mit der eigenen Bude abquälen?« Willy murrte: »Ja, Du verstehst eben nicht. Ich hatte immer meinen eigenen Laden und war mein eigener Chef. Was will ich denn in einer Genossenschaft?« Sie antwortete abgehoben: »Produktionsgenossenschaft des Handwerks. Die brauchen jede Hand. Liest Du denn keine Zeitung?« – »Oh ja,« sagte er gedehnt, »und was die über Deinen Bernhard schreiben ist auch nicht ohne.« Hildegard zischte: »Vater, lass das! Ich habe Dir erklärt, was hier läuft. Lass den Kindern den Vater und bitte die Kirche im Dorf. Sonst trennen sich unsere Wege.« Willy zog den Kopf ein.

Trennung kam für ihn überhaupt nicht in Frage. Von seiner großen Familie hatte er doch nur noch Hildegard und ihre Söhne. Sie war eigentlich die leibliche Tochter seines Bruders Erich, aber als Achtjährige ihm und seiner Frau Anna zur Pflege übergeben worden und dann bei ihm verblieben. Nachdem sowohl Willy als auch Hildegard verwitwet waren, legten sie zusammen und wirtschafteten einvernehmlich. Er hütete ihre Kinder, wenn sie auf die Arbeit musste. Das selbstständige Handwerk erlaubte freie Zeiteinteilung, hatte goldenen Boden, wie man so schön sagt, so dass sie glänzend zurechtkamen. Dies alles aufzugeben, hatte er nicht im Sinn, zumal die Stürme der Zeit viel zu oft und über sehr lange Zeit häusliche Harmonie und gediegenes Auskommen verhindert hatten. Jetzt schien alles gut zu sein und sollte doch schon wieder von Grund auf anders werden. Das bereitete Willy Unbehagen. Mutig schob er den Kopf vor, kniff ein Auge zu und lächelte:»Sag, ein klitzekleines Grundstück, wo ich meine Werkstatt aufmachen kann, findet sich in Potsdam wohl nicht?« Hildegard antwortete froh:»Etwas Pachtland und ein Schuppen werden sich finden lassen. Da kannst Du Dich einrichten.«

In Potsdam Am Schlaatz, nur drei Kilometer außerhalb der Stadt, waren die Nuthe in ein Kanalbett gezwängt, die feuchten Wiesen trockengelegt und Baugruben ausgehoben. Eine Fülle von Ein- und Mehrfamilienhäusern sollte den Mangel an Wohnraum beseitigen, denn viele Häuser waren zerstört, die Menschen hausten unwürdig in Behelfsunterkünften oder hockten in den verbauten Städten auf engstem Raum. Nun war hier eine Baustelle geschaffen, die Auswege aus dem Dilemma wies. Die Verkehrsanbindung ans Stadtzentrum und den Hauptbahnhof via planiertem Sandweg und parallel verlaufender Straßenbahn bestand bereits. Auch gab es schon eine Kaufhalle, eine Schule und einen Kindergarten. Die Bewohner zumeist Bauarbeiter, alleinstehend oder mit Familien, wohnten in Baracken aus dünnen Wänden, ewig zu warm oder zu kalt und schlecht belüftet. Die Neusiedler trösteten sich gegenseitig mit vielen guten Worten, schimpften auch manchmal und rauften sich wieder zusammen. Auf der Baustelle schindeten sie sich Tag und Nacht, auf dass das Elend ihrer Unterbringung ein Ende finden möge. Erste Häuser wuchsen alsbald empor und schon trugen ein paar Mieter ihre Sachen ins neue Domizil.

Hildegard Huber, Willy Krumm und die Kinder, Volkmar und Andreas, kamen in der Mittagszeit des 15. August 1956 hier an und bezogen drei Zimmer in einer der Baracken. Einen Teil ihres Hausrates konnten sie nicht auspacken, war einfach nicht unterzubringen, wollten sie sich in den Räumen noch bewegen. Platz war viel zu wenig. Immerhin bewohnten sie vordem ein ganzes Haus, wenn auch keinen Palast, so doch immerhin ein Haus mit Nebengelass und von einem Garten umgeben. Am Schlaatz hieß es also, sich verdammt einzuschränken. »Ist ja nur vorübergehend«, grummelte Willy. Hildegard war sowieso genügsamer Natur. Sie stimmte ohne Worte zu. Für die Kinder gab es überhaupt nichts zu beanstanden. Sie fanden Umzug und Baustelle recht abenteuerlich und begaben sich sofort auf Entdeckungsreise. Diese Tour währte genau zwanzig Minuten. Ein Bauarbeiter, der soeben verspätet zur Kantine stiefelte, fischte die an einem Kieshaufen grabenden Knaben auf und brachte sie heim. Er ballerte los: »Sagen Sie, gute Frau, wissen Sie, was auf einer Baustelle alles passieren kann? Haben Sie eine Ahnung, wie schnell ein Kind verschüttgeht? Unbeaufsichtigt hier rumlaufen, da hört sich doch alles auf!« Hildegard erschrak und stammelte eine Erklärung, von wegen keine Zeit gehabt, mit Arbeit überhäuft und den Überblick verloren, was freilich auf wenig Verständnis stieß. Da drehte sich der Mann brüsk um, schnappte sich die beiden Kinder und rief:»Wenn Sie wieder Zeit haben, können Sie Ihre Jungs vom Kindergarten abholen. Ich bringe sie dahin, wo sie hingehören.« Hildegard blieb perplex zurück. Willy trat hinzu und fragte: »Was war denn hier los?« Immer noch restlos aus der Fassung, berichtete sie. Er resümierte:»Tja, so geht es. Neue Stadt, neue Moden.«

Die neuen Moden hatte der Arbeiter, der soeben Hildegards Kinder unterbrachte, eingeführt. Er hieß Dietmar Richter und war von Anbeginn hier dabei. Vor drei Jahren begannen sie mit dem Bau. Sie bauten praktisch mit Nichts. Sie schufteten Tag und Nacht und kamen quälend langsam voran. Da war dann auch kein Ende dieser Schinderei abzusehen und manch einer lief fort, heim zu Muttern, Beine unter den Tisch und rein ins warme Bett. Das Häufchen Getreuer hockte sich zusammen und beriet. Was brauchten sie? Eine Werbeaktion allein tut es nicht. Neue Leute kommen zu Hauf, sind enttäuscht und laufen wieder weg. Der Mensch braucht ein Ziel. Ein abstraktes Ziel lockt niemanden hinterm Ofen vor und hält ihn dann auch noch bei der Stange. Ein deutlich sichtbares Ziel braucht es. Ein solches Ziel ist die Zukunft, personifiziert durch die eigenen Kinder. Richter und seine Mannen malten sich aus:»Wir bauen einen Kindergarten. Damit überzeugen wir die Frauen. Mit den Frauen kommen die

Männer und sie werden bleiben. Am Ende haben wir Leute, dass wir uns kaum noch retten können. Der Tag wird schön, weil der Mann oder die Frau, immer die Kinder vor Augen hat.« Freilich war das romantisch angehaucht und leicht überspannt. Nur, was sollten sie denn machen? Sie wühlten in Dreck und Schlamm, waren ausgezehrt bis aufs Letzte, zogen morgens die nassen Klamotten von gestern wieder über, ackerten verzweifelt weiter und wussten ganz genau, mit den paar Hanseln hier schaffen wir es nie. Sie bestellten einen Architekten und einen Verantwortlichen vom Kreis. Der Architekt, Niclas Helm, sollte den Entwurf ausarbeiten und der Verwaltungsmensch, Hans Berthold, die Mittel bewilligen. Das gab ein schönes Palaver. Man stellt doch keinen Kindergarten auf freies Feld!»Oh doch, man stellt einen Kindergarten mitten hierhin«, beharrte Richter,»Ihr werdet sehen: Wissen die Leute ihre Kinder gut und bestens untergebracht, werden sie alles andere ertragen, ranklotzen, schuften bis zum Umfallen und lassen uns nicht mehr im Stich.« Berthold empörte sich:»Am Ende wollt Ihr noch einen Sportplatz, eine Sauna, eine Schwimmhalle, eine Eisbahn, damit die Leute bei Laune gehalten werden.« Richter nickte weise:»Zunächst genügt uns, wenn Du ein paar Erzieherinnen von der pädagogischen Hochschule herschickst. Das andere besprechen wir später.« Architekt Helm war genauso trocken und fantasielos wie der Verwalter Berthold. Seine Entwürfe glichen Kaninchenställen. Richter fuhr ihn an:»Ja, Mensch, hast Du denn noch nie einen Palast gesehen?«

Das hatte der Architekt sehr wohl, nur hatten die vergangenen zwanzig Jahren sämtliche Ideale zu Feinstaub zermahlen und weggeblasen. Seinerzeit, als er aufbrach, sowohl Schönes als auch Zweckmäßiges zu schaffen, bremste ihn der Herrschaftskult der Herrenrasse empfindlich aus. Außerdem gehörte er auch nicht zu den Privilegierten, die da riesige Tempel und Luftschlösser entwerfen durften. Helm landete beim Straßenbau und konstruierte Brücken sowie Unterführungen. Er lieferte Projekte ab, die ein Student im ersten Semester genauso sicher gefertigt hätte. Entsprechend wurde er auch entlohnt. Anfänglich hatte er noch Träume, aber in dem engen Zirkel aus Unterforderung und Mittellosigkeit verschwand aller Glanz von der einst so verheißungsvollen schöpferischen Arbeit. Die Jahre des Zerstörungswahns taten ihr Übriges. Heute war er dankbar über jeden noch so kleinen Auftrag und bot halbherzig schmucklose Funktionsbauten an.

Verunsichert schaute Helm in die Runde. Was wollen die Leute? Richter ergriff Stift und Papier. Überschwänglich zeichnete er mit seiner groben, verarbeiteten Hand ein Puppenhaus mit Türmchen, Balkonen und Erkern. »So etwa. Hier eine überdachte Terrasse und hier eine offene. Vorn am Portal bunte Glasscheiben. Rings um das Haus läuft ein Fries mit Motiven aus der Tier- und Pflanzenwelt. Zum Garten hinunter zieht sich ein Säulengang. Da pflanzen wir dann Rosenstöcke und lassen sie ranken.« Seine Kollegen staunten, der Architekt griff sich an den Kopf und der Verwaltungsmensch schüttelte den seinen: »Wer soll denn das bezahlen?« Richter sprach fest: »Du zahlst und wir machen es in Feierabendarbeit.« Seine Kollegen nickten.

Das alles war viel leichter gesagt als getan. Die Männer knieten sich in ihre Aufgaben. Freie Spitzen hatten sie im Grunde nicht, der Bau war an sich schon kaum zu stemmen und nun huckten sie sich noch so ein Ding von Kindergarten auf. Was sie beflügelte, waren die Aussichten: Ist erst der Kindergarten fertig, werden sie alle kommen, helfen und hier leben wollen. Allein, sie kamen zögerlich. Freilich folgten die Ehefrauen, ihren hier bereits standhaft schuftenden Männern und brachten auch die Kinder mit. Monatelange Trennung hatte ein Ende. Diese Frauen machten das Dasein leichter, weil sie sich um die Wäsche, das Essen, die Unterkunft, eben die täglichen Kleinigkeiten sorgten. Andere lösten sich nicht aus ihren gewachsenen Beziehungen. Wer einmal irgendwo Fuß gefasst hat, mag nicht mehr so leicht fortgehen. Da müssten schon gewichtige Gründe vorliegen, wie etwa ewiger Hader in der Familie oder Verwerfungen im Arbeitskollektiv, um das Jetzige gegen die Ungewissheit auf einer Baustelle einzutauschen. Leute trafen also nur einzeln oder in ganz kleinen Trüppchen hier ein. Zumeist waren es gestrauchelte, vom Leben enttäuschte, restlos entwurzelte Subjekte, die der Arbeit im Großen und Ganzen nicht mehr viel abgewinnen konnten. Für ein rauschendes Willkommensfest fand sich also auch kein Anlass. Im Kindergarten tummelten sich ganz verloren in den schönen großen Räumen zehn Kinder mit zwei Erzieherinnen.

Richter und seine Mannen überschauten ihr Volk, das Werk und wähnten sich vom Schicksal arg betrogen. Sie spuckten in die Hände und machten verbissen weiter. Allmählich griff das bunte Häufchen scheinbar nutzloser Elemente zu Schaufel und Mauerstein – man kann es ja mal probieren, zumal sie nichts zu verlieren hatten -, denn ein Mensch ohne Arbeit fühlt sich auch unwohl, noch dazu, wenn ringsum einige wie die Teufel ackern. Außerdem galt auch hier wie allerorten, wer nicht arbeitet, bekommt auch nichts zu essen. Ganz so krass war es derweil wohl nicht mehr, verhungern ließ man niemanden, aber die Lohntüte blieb eben für Faulenzer leer und da galt es schon zu überlegen, ob und wie lange man noch rumsteht und sinnlos Löcher in die Luft gafft. Die verdoppelte, bald verdreifachte Belegschaft kam langsam in Schwung. Sie schafften fortan Hand in Hand und etwas schneller als vorher. Niemals ging alles glatt, trotzdem ging es voran.

Dietmar Richter brachte jetzt die beiden Findlinge zum Kindergarten, während Willy und Hildegard in ihren Barackenzimmern auspackten, hierhin, dahin rückten und sich einrichteten. Am Ende fanden sie es ganz passabel und recht gemütlich. Außerdem lobten sie sich, wie ihnen die Versorgungseinrichtungen künftig den Rücken freihalten werden. Am Abend begab sich Hildegard auf den Weg zum Kindergarten und klärte die Anmeldung ihrer Sprösslinge.
Willy stiefelte zur Bauleitung. Er stellte sich als selbstständiger Klempnermeister vor und bat um Arbeitsanweisung für die nächsten Tage, sozusagen als Übergang, bis die eigene Bude wieder auf sicheren Füßen steht. Eckhard Deibel, der Kaderleiter, Vorarbeiter und Parteisekretär in Personalunion klopfte den Altmeister ab: »Berufserfahrung ist vorhanden, sagst Du?« Willy nickte. »Neubauten hast Du auch schon gemacht?« Willy nickte. »Im Kollektiv gearbeitet?« Willy nickte. »Bist Du organisiert?« Willy sagte: »Gewerkschaft und Partei, vorher Kommunist seit zwanzig.« – »Aha. – Willkommen in der Gruppe. Ich bin Eckhard«, er reichte Willy die Hand, »Du gehst ab Morgen in die Jugend zwo. Die hinken mächtig nach. Hilfst den Jungs auf die Sprünge.« Er lachte und Willy grummelte mür-

risch: »Ist in Ordnung.« Eckhard schob Willy zur Tür hinaus. Er hatte noch anderes zu tun.

Willy stieg mächtige Wut auf. Er hätte gern für diese kurze Frist, da er hier unter Leuten schaffen muss, ein bereits gefestigtes Kollektiv, eine Gruppe, in die man sich einfügen und von der man mitgetragen werden kann, um sich gehabt. Was sie ihm stattdessen hier aufgebürdet hatten, spottete jeder Beschreibung. Die Jugend zwei, bestehend aus noch gar nicht ausgebildeten sechs Jungen und zwei Mädchen, hinkte nicht nur hinter dem Plan her, sie brachten auch so gut wie nichts zustande. Einzeln war jeder von ihnen zwar zu händeln, lernte rasch hinzu und zeigte sich geschickt, aber kaum gerieten sie aus dem Blickfeld, trödelten sie, gammelten vor sich, fingen ihre Blödeleien an. Willy konnte sich doch unmöglich hinter jeden einzelnen stellen und fortwährend aufpassen. Er arbeitete vor und arbeitete nach. Er schaute sich um und folgerte logisch: Wenn es eine Jugend zwei gibt, mag eine Jugend eins hier irgendwo auf der Baustelle existieren und eventuell sogar besser arbeiten, ihm Erfahrungen vermitteln und ihn stärken können. Hohnlachend teilten sie ihm mit, dass die Jungen und Mädchen aus der Jugend eins vor Monaten auseinander und weggelaufen sind. Willy fügte sich und klotzte ran. Er belehrte geduldig, tobte auch, schimpfte sich den Ärger von der Seele und machte weiter. Was ihn hielt, war die Aussicht auf das eigene Häuschen mit Werkstatt und etwas Gartenland drumherum.

Er brachte die Kinder ins Bett. Heute plapperten und zwitscherten die Jungen wie die Vögelchen und waren nicht zur Ruhe zu bringen. Sie hatten mit ihrer Erzieherin einen Ausflug auf die Baustelle unternommen, die Menschen bei der Arbeit kennen gelernt und dürsteten

19

nun danach, mehr davon zu bekommen. Sie bewunderten das Spiel der Kräfte und wollten gleich morgen auf dem Bau beginnen, der eine als Hucker, der andere als Maurer. »Was machst Du, Opa«, fragte Volkmar. Willy antwortete: »Ich bin Klempner.« Die Wasserleitung! Das war freilich ein Ding. Das hatte man den Kindern noch gar nicht gezeigt, dabei sind die verschlungenen Wege aus Rohrleitungen und rauschendes Nass eines jeden Kindes Pläsier. Andreas bettelte: »Kannst Du uns morgen mitnehmen?« Willy ergriff seine Chance: »Wenn Ihr mir jetzt versprecht, ganz schnell zu schlafen, dann überlege ich es mir.« Die Jungen ruckelten sich zwischen den Kissen zurecht, kniffen die Augen zu und Willy war in der nächsten Verlegenheit. Anderntags gleich früh, dann auch am Abend und immer so weiter bettelten die Kinder, er möge sie mit auf die Baustelle nehmen. Das wuchs sich zum Gewissenskonflikt aus, denn wenn man etwas verspricht, muss man es auch halten. Aber was er zu zeigen hatte, war im Wesentlichen nur Pfusch und Murks. Willy schämte sich. Die Kinder enttäuschen und anlügen mochte er schon gar nicht. In seiner riesengroßen Not, wie einer seiner jungen Kollegen wiedermal mächtigen Mist verzapft hatte, brüllte Willy heraus: »Was Ihr hier für eine Scheiße zusammenflickt. Das ist ja nur peinlich. – Niemals, aber wirklich niemals würde ich das Volkmar und Andreas zeigen.« Die Jugend stutzte, die Jugend überlegte und sie begriff. Des Meisters Enkelchen kannten sie inzwischen alle. Eine Achthundert-Seelen-Gemeinde ist recht übersichtlich. Einer sagte forsch: »Bring sie nur her. Wirst sehen, dass unsereins nicht nur pfuschen kann.« – Mitnichten war von heute auf morgen alles gut. Der Mensch macht Fehler und alte Gewohnheiten sind nur schwer zu überwinden. Wie allerdings die Jugend kleine Patenkinder an die Seite bekam und sich vor denen nicht blamieren wollte, wurde vieles besser. Die jungen Klempner kamen sich mächtig erwachsen vor, wurden angehimmelt und ihr Eifer entfaltete sich zusehends. Willy fand an seiner neuen Aufgabe Gefallen.

## AUF ABWEGEN

Willys Bruder, der Erich Krumm, lebte mit Frau Else, Sohn Fritz, Schwiegertochter Ursula und den Enkelchen in Berlin-Steglitz, also im Westen der nunmehr geteilten Stadt. Die lockeren, mitunter spannungsreichen familiären Beziehungen wurden seit Jahr und Tag nur von den Frauen aufrechterhalten und hatten inzwischen eine respektable materielle Basis erreicht. Else schob Hildegard ab und an mal etwas Geld zu und erheischte dafür frische Erzeugnisse aus deren Garten oder vom Feld eines Teltower Bauern. Es war nämlich gar nicht so einfach in der förmlich abgeriegelten Stadt auf die traditionelle Versorgung zu verzichten. Einfuhr aus Westdeutschland oder sogar aus Übersee, Ernährung aus Konserven und chemisch haltbar gemachten Erzeugnissen hielt Else dauerhaft für ungesund und der Geschmack litt ihrer Meinung nach auch unter dem langen Transportweg sowie der Lagerung in Kühlhäusern. Von Hildegard bekam sie also ab und an einen halben Sack Kartoffeln, schön gewachsen in heimatlicher Erde, gereift in dem leichten märkischen Boden und schonend gehoben. Eine rosige, dickfleischige Möhre oder das berühmte helle Rübchen, von dem sogar Goethe geschwärmt haben soll, lieferte ihr niemand so wohlfeil, wie es der hiesige Landwirt fertigbrachte. Geld und Ware gingen nicht den offiziellen Handelsweg. Da kannten sich die Teltower und die Steglitzer trefflich aus. Parallel zum Teltowkanal gab es im dichten Uferbewuchs einen Trampelpfad, den die Leute schon zu allen Zeiten nutzten, rüber und hinüber gelangten, ohne das wache Auge der Gesetzeshüter fürchten zu müssen. Über diesen Weg wickelten auch Hildegard und Else ihr kleines Geschäft ab.

Else Krumm begehrte an diesem Herbsttag im Jahr 1956 nicht frische Möhren, ausgereifte Kartoffeln oder gar ein paar saftige Äpfel. Nein. Die alte Frau zottelte ihre drei Enkelchen mit sich über den Schmuggelpfad: Die sechsjährige Monika lief hinter ihr her, die zweijährige Doris hatte sie sich auf den Buckel gebunden und den Winzling Daniel trug sie vor der Brust.

Die Vorgeschichte ging so: Fritz und Ursula Kroll hatten sich glänzend eingerichtet. Sie besaßen eine ausreichend große, angenehm ausgestattete Wohnung in der Freegestraße im Zentrum von Steglitz, setzten Kinder in die Welt, kamen gut miteinander zurecht, verfügten über ein solides Einkommen. Fritz war ein geschickter Schlosser mit Festanstellung in einer Baufirma. Ursula machte die Hausfrau. Ein halbes Jahr nach Daniels Geburt entschied sie einer Berufstätigkeit nachzugehen. Die Gründe lagen auf der Hand. Vom großen Kuchen »Wirtschaftswunder« wollte sie ihren Anteil abhaben. Die Geschäfte barsten vor Angeboten, die Restaurants lockten, Kino, Varieté galt es zu besuchen und Spielsalons boten das große Glück. Da litt die Frau ihre Abgeschiedenheit und Mittellosigkeit. Was lag also näher, als auf die Arbeit zu gehen? Ursula war weder dumm noch unbeweglich. Sie schaute sich um und fand eine Tätigkeit als Wäscherin. Der Unternehmer bot ihr die Nachtschicht an. Das passte gut in Ursulas Konzept. Während sie also am Tage den Haushalt versorgte, die Kinder beaufsichtigte, selbst ein, zwei oder sogar drei Stündchen ruhte, konnte sie nachts schaffen und bekam sogar noch Geld dafür. Binnen kürzester Frist würden sie reich sein, ihren Wohlstand im Hause mehren und so manche erbauliche Abwechslung genießen können.

Fritz nahm die Aufgabe als Nachtwächter bereitwillig an. In der Regel schliefen die Kinder ohne Unterbrechung an die zehn bis zwölf Stunden. Fritz würde sich also kaum kümmern müssen. Er hatte nur da zu sein. Das fiel ihm leicht, zumal er weder ein Kneipengänger war und noch irgendwelche auf Geselligkeit drängende Bekannte hatte. Nach kaum vier, fünf Stunden erwachte Doris, weinte zum Steinerweichen und Fritz nahm sie aus ihrem Bettchen. Das Kind hatte offensichtlich Fieber und ließ sich nicht beruhigen. Der besorgte Vater wiegte das Kleine, lief in der Wohnung hin und her, sprach lieblich säuselnde Worte. Gegen Morgen schlief Doris erschöpft ein. Die Mutter kam, übernahm Sorge und Pflege. Fritz eilte übernächtigt auf die Arbeit. Zum Feierabend wünschte er sich Ruhe, nichts als Ruhe. Die Nacht begann und Fritz fiel in komatösen Schlaf. Er wurde von heftigem, aufreizendem Klingeln hochgerissen. Er tappte über den Flur, hörte klägliches Wimmern vom Kinderzimmer her, öffnete die Wohnungstür und ward von einem Schwall übergossen: »Sind Sie taub auf den Ohren? Die Kinder brüllen seit Stunden!« Fritz warf die Tür ins Schloss und widmete sich seinen Kindern. Das Schreien war ein Wimmern geworden. Der Vater tröstete, beruhigte, so gut es halt ging. Sobald er sich jedoch wieder hinlegen wollte, hob eins der Kleinen zu Stein erweichendem Weinen an. Fritz wachte den Rest der Nacht. Am Morgen sagte er zu seiner Frau: »So geht es nicht«, und verschwand auf die Arbeit. – In der Mittagspause zog ihn der Vorarbeiter beiseite: »Kollege Kroll, bist Du krank? Bist Du krank, dann geh' zum Arzt. Bist Du gesund, dann reiß Dich zusammen.« Fritz stammelte: »Ich bin nur müde.

Die Kinder lassen einen nicht schlafen.« Er senkte den Blick. »Tut mit leid, Kollege Kroll, biste morgen nicht ausgeruht auf der Baustelle, kannste Deine Papiere holen«, stellte der Vorarbeiter in Aussicht und ergänzte gnädig: »Geh' heim, penn' Dich aus und wir sehen uns morgen frisch und munter.« Fritz trottete heim. Zu Ursula sagte er: »Ursel, Liebes, so geht es nicht. Ich muss doch schlafen.« Ursula redete von Gewöhnung, Umstellungsproblemen und versicherte, dass heute alles besser wird. Es wurde besser. Allerdings schliefen sie nur ganze zwei Nächte durch. Das Martyrium begann von vorn. Restlos entnervt schnappte sich Fritz Sonntagabend seine Rangen und setzte sie Vater Erich in die gute Stube. »Die Woche über habt Ihr Nachtdienst. Ich hole sie am Sonnabend wieder ab.«

Erich opponierte: »Wie stellst Du Dir das vor? Ich schaffe doch auch. Soll sich Else die Nächte um die Ohren schlagen? Wie soll das gehen? Und überhaupt.« Das Überhaupt blieb unausgesprochen, zumal niemand wirklich einen Ausweg wusste. Else war indessen nicht abgeneigt, ein paar Tage auszuhelfen. Sie übernahm die Nachtwachen. Das widerstrebte Erichs Bequemlichkeit. Die geforderte Ehefrau wartete ihm nicht mehr in gewohnter Weise auf. Schließlich brauchte er nicht wenig Kraft für sein Tagwerk als Taxifahrer und ein Minimum an Lebensluxus wollte er sich nicht versagen. Kurz entschlossen brachte er seine Enkelkinder zurück ins Elternhaus. Er sagte: »Habt Ihr Kinder in die Welt gesetzt, müsst ihr Euch auch kümmern. Unser Job ist das nicht.« – Da standen Ursula und Fritz wieder vor dem alten Problem. Mal schliefen die Kinder durch, andermal tat Fritz kein Auge zu. Sein Vorarbeiter griff beherzt ein: »Kollege Kroll, letzte Warnung! Kläre Deine häuslichen Verhältnisse. Auf der Baustelle trittst

Du ausgeruht an, ansonsten müssen wir uns trennen.« Fritz sagte zu Ursula:»Schön und gut, Geld hin oder her, so geht es nicht. Du bleibst daheim und kümmerst Dich um unsere Kinder.« Das erstaunte Ursula. Sie redete hingebungsvoll werbend vom schönen Leben und den angenehmen Aussichten. Außerdem fand sie inzwischen Gefallen an der Abwechslung. Die Frauen der Nachtschicht waren mitunter recht vergnügt, der Vorarbeiter ließ sich nur selten blicken, und sie schwätzten und lachten viel miteinander. Fritz beharrte auf seiner Forderung. Da wurde Ursula wütend, knallte die Türen und verließ am Abend immer noch schmollend die Wohnung. Erst blickte Fritz starren Auges und konsterniert, kam allmählich zu sich, überlegte nüchtern und jagte ihr dann nach. Er stellte den verblüfften Arbeitgeber:»Wage es, meine Frau noch fünf Minuten zu beschäftigen und ich mache Dir die Bude dicht.« Derart couragiert trat Fritz auf, obgleich er stets zu Nachgiebigkeit und Zurückhaltung neigte. Nur, hier herrschte ja größte Not. Er musste schon um der Kinder willen an die Erhaltung seiner Arbeitskraft denken. Der Unternehmer reflektierte seine Lage: Der Ehemann ist berechtigt und verpflichtet, den Aufenthalt und den Umgang seiner Frau zu bestimmen. Widersetzt sich einer, macht er sich strafbar. Er fügte sich augenblicklich und sprach besänftigende Worte zu Fritz. Er zahlte Ursula den kargen Lohn von letzter Woche aus und schickte sie fort. – In dieser Nacht verschwand Ursula auf Nimmerwiedersehen. Keine Anzeige, keine Nachforschung brachte sie je wieder nach Hause.

Fritz sondierte seine Möglichkeiten: Für eine Pflegerin fehlte es ihm an Mitteln, irgendeine Freundin oder eine Bekannte hatte er nicht. Er schnappte sich die Kleinen und brachte sie erneut zu seinem Vater. Erich

moserte:»Das kann doch wohl nicht Dein Ernst sein.«
Fritz jammerte:»Was soll denn werden? Ich muss doch
arbeiten. Jetzt mehr als vorher. Wie sollen denn die Kinder groß werden?« Erich herrschte ohne jegliches Mitgefühl:»Das hättest Du Dir früher überlegen müssen.«
An diesem Punkt erkannte Fritz wieder einmal seinen Vater: Hartherzig, egoistisch, selbstverliebt! Zu
dritt könnten sie durchaus für die Kinder aufkommen.
Allein, der Alte denkt nur an sich. Wie schon einmal
vor fast zwanzig Jahren entledigt er sich nonchalant aller Mühen. Hatte Erich seine illegitimen Kinder, Fritz
und Hildegard, von der leiblichen Mutter weggeholt
und ihnen den Himmel auf Erden versprochen, sich
als der große Gönner aufgespielt, ja eine Zeitlang sogar
etliches geboten, wurde er dessen recht schnell überdrüssig, schob erst das kleine Mädchen zu Onkel Willy
ab und verstieß alsbald auch den kaum vierzehnjähri-
gen Sohn. Ganz allein hatte sich Fritz über eine sehr
lange Zeit durchschlagen müssen, war nirgendwo gelitten oder geliebt gewesen, bis er seine Ursula traf und
dank Fürsprache der Frauen halbwegs mit Vater Erich
seinen Frieden schloss. Einen Frieden, der halbherzig
aufrechterhalten wurde und bei jeder noch so kleinen
Kontroverse in sein Gegenteil umschlug. Wären da
nicht die Frauen und Kinder gewesen, hätte sich Fritz
niemals auf einen neuen Versuch eingelassen. Allein,
gerade jetzt war er auf den Vater angewiesen. Kinder
brauchen doch ein wärmendes, stabiles Nest! Er wendete sich bittend an Else, ein gutes Wort für Gemein-
samkeit und Fürsorge einzulegen, an Verantwortung
und Liebe zu mahnen. Else offerierte:»Ich komme
doch auch nicht an Erich vorbei. Ein paar Tricks und
kurzfristige Ausnahmen gehen immer, aber grundsätzlich hat er das Sagen, was soll ich denn ohne ihn ma-

chen? – Ich sehe nur eine Möglichkeit.« Fritz horchte auf.»Hildegard. – Sie hat Haus und Hof, geregeltes Einkommen, Onkel Willy an ihrer Seite, der war schon immer anders, schon immer irgendwie familiär eingestellt. Willy und Hildegard leben auch einigermaßen einträchtig und sind eben gut versorgt. Wenn wir die Kinder bei denen unterbringen, mag es laufen.« –»Hilde hat schon zwei«, entgegnete er und war sich gar nicht sicher, zumal er seit Jahr und Tag überhaupt keine Beziehungen zu seiner Schwester pflegte und nur beiläufig Informationen aus zweiter oder dritter Hand erheischte. Else lockte schönfärbend:»Hilde hat aber auch ein Herz für Kinder. Bei Willy im Haus hatten schon immer viele Kinder Platz. Bei denen kam es nie auf eins mehr oder weniger an. Die freuen sich sogar über Zuwachs.« Fritz grummelte:»Ja, wenn Du meinst«, und zweifelte: Kann man einfach mal, so mir nichts, dir nichts jemandem einen Schock Kinder überhelfen? Else ahnte die Bedenken. Sie redete weiter: »Entweder so oder so. Du schaffst das doch gar nicht. Das musst Du doch einsehen. Wir können Dir nicht helfen. Da musst Du Dich schon entscheiden. Das hier wird doch nichts.« Fritz fühlte sich überrannt und sah bedrohlich, wie Else sich vor ihren Erich stellt und gar nicht mehr versuchen würde, ihn umstimmen zu wollen. Er ward gänzlich vor den Kopf gestoßen. Er resümierte betroffen: Ich packe es einfach nicht.»Ich will Hildegard dafür bezahlen«, sagte er im Innern tief erschüttert, restlos deprimiert nachgebend, und er fragte.»Wann schaffen wir sie hin?« –»Ich erledige das.«

Else Krumm brachte die Kinder über den Schmuggelpfad nach Teltow. Vor dem Grundstück von Willy Krumm und Hildegard Huber angekommen, verharrte sie ein paar Augenblicke und bediente dann die Schelle an der Pforte. Ein halbwüchsiges Mädchen trat aus dem Haus. Sie grüßte brav und fragte:»Was gibt es, bitteschön?« Else sagte:»Ich möchte zu Frau Huber.« Das Mädchen stutzte:»Frau Huber?« –»Hildegard Huber.« –»Ach, die?«, sagte das Mädchen gleichmütig, »ja, die wohnen doch schon lange nicht mehr hier.« –»Weißt Du, wo sie hingezogen sind?« –»Nein«, sprach es, ging hinein und schloss die Tür. Else kehrte um und lief zur Stadtverwaltung. Dort ereignete sich ein ganz merkwürdiger Spuk. Niemand wollte eine Frau Huber kennen oder je gekannt haben. Selbst Leute, die noch vor Monaten freimütig Auskunft gaben, schauten stumm beiseite. Das Ganze lief gespenstig ab. Else kehrte zum Huberschen Grundstück zurück. Das konnte doch alles nicht wahr sein! Erst jetzt sah sie, dass das Werkstattschild abmontiert, der Garten in seiner Anlage verändert ist und an den Fenstern auch andere Gardinen hängen. Tatsächlich ausgezogen! Ratlos schaute sie sich um, wendete sich zögernd ab und zottelte dann mit den Kindern über den Schmuggelpfad heimwärts nach Steglitz.

Else war müde und völlig fertig. Sie bangte um die Kinder. Sie hockte sich erschöpft auf die Stufen eines Eingangsportals. Es war längst dunkel und leichter Regen ging. Monika zupfte sie am Ärmel:»Oma, bitte, lass uns heimgehen. Mir ist so kalt.« Im Schein einer Außenbeleuchtung las Else das Schild:»Kinderhaus zu den lieben Frauen«. –»Wir sind da«, sprach sie, wuchtete sich hoch und bediente den altmodischen Klopfer. Schwester Roswitha öffnete und ließ sie eintreten. Im schummrig beleuchteten Flur schlug Roswitha die Hände vor das Gesicht und barmte salbungsvoll:»Was ist Euch geschehen, gute Frau?« –»Ich bin seit Stunden unterwegs. Könnt Ihr helfen?« – Roswitha ergriff Monikas Hand und geleitete ihre Findlinge in einen Empfangsraum. Hier gab es Tisch und Stühle, längs zur Wand auch eine gepolsterte Liege. Neben dem Fenster hing ein Kruzifix. In einem Schrank hinter Glasscheiben standen Bücher und Nippes. Else legte die Kinder ab, wickelte sie aus dem Tuch und Roswitha erstarrte: »Mutter Gottes, was ist passiert?« Sie fasste sich, untersuchte mit geübten Handgriffen die kleinen Körperchen und resümierte: »Gott sei Dank, sie sind gesund. Sie schlafen nur. – Was ist geschehen? Berichtet.« Sie versorgten die Kinder, bargen sie zwischen weiche Kissen in kleine Bettchen, Else erzählte ihre Geschichte. Gegen Mitternacht brachte die Schwester auch Else in einem Schlafzimmer unter. »Schlaft Euch aus. Alles andere findet sich. Ich bete für Euch«, damit endete Roswitha und dieser schaurig nutzlose Tag.

Roswitha war die aufopfernde Pflegerin und Erzieherin verwaister Kinder in einem Stift der Baptistengemeinde Steglitz. Außerdem diente sie als treue Jüngerin dem christlichen Heiland. Ihr bisheriger Werdegang war kurz und ziemlich übersichtlich. Mit zwanzig übernahm sie ihre ersten Zöglinge. Das war keine Organisation oder etwa ein Heim, damals folgte sie nur dem Ruf der Natur, die Brut zu retten. Sie und zwei andere junge Frauen scharrten die aus den noch rauchenden Trümmern hervorkriechenden, kaum noch Menschen gleichenden, kleinen Kreaturen um sich und machten sich auf den Weg, Nahrung und ein Dach über dem Kopf zu erheischen. Binnen weniger Stunden hatten sie an die achtzig hilflose Menschlein zusammen. Wohin? Wo kann man leben? An einer Ecke sammelten sich gebeugte Menschen um eine Kochstation und ein

Iwan teilte Suppe in Schüsseln, Töpfen, Tassen aus. Scheu gierten die Ausgehungerten nach der Gabe und bargen das gefüllte Gefäß unter ihrem Kleid, um augenblicklich Schatten gleich in ihren Schlupfwinkeln wieder zu verschwunden. Der Iwan tat großmütig und strahlte. Sein Blick fiel auf die Kinder und er bedeutete ihren Wärterinnen, näher zu treten und sich ungeniert bedienen zu lassen. Allein, sie hatten weder Topf noch Schüssel dabei. Woher denn auch? Da griff der Mann in sein Arsenal, beförderte ein ziemlich großes Behältnis zutage, füllte es auf und reichte es mit dem Wort »Domoi« herüber. Roswitha stand fürstlich beschenkt und zugleich armselig vor ihrem Gönner. »Domoi« wie gut das klingt und wie es zugleich in die Seele schneidet, weil es nirgends eine Bleibe gibt. »Domoi?«, fragte der Iwan eindringlich. Roswitha schüttelte den Kopf. Der Soldat rief ein paar Kameraden zu sich, packte seine Station zusammen und befahl: »Dawai!« Eine Handvoll schwer bewaffneter Kämpfer, eine mobile Kochmaschine, drei Frauen und an die achtzig Kinder zottelten die kaum begehbaren Straßen entlang, stiegen über die Trümmer und landeten an einem wie durch ein Wunder unversehrt gebliebenen Haus. Das war kein schlichtes Haus. Das war ein Schloss. Nicht nur im Angesicht der Zerstörungen ringsum war es ein Schloss, sondern tatsächlich ein wirkliches Schloss, nämlich die Wohnung des reichsten Steglitzer Grundbesitzers. Vor der Tür machten sie halt. Iwan hieß die Frauen und Kinder warten und begab sich selbst hinein. Drinnen hatte der Stab der Roten Armee sein Quartier aufgeschlagen und seine Kommandozentrale eingerichtet. Iwan bat für die Kinder. Achtzig Kinder waren unterzubringen. Es ist Mai, die Nächte sind kühl, die Straßen unsicher. Die Kinder müssen heute, noch zu dieser Stunde!, ein trockenes, warmes Plätzchen haben. Die hohen Offiziere und ihre Adjutanten berieten sich, zauderten, erwogen und fanden schließlich eine Lösung. Sie verlegten sich ins Freie und die Kinder zogen ein. Iwan, der in Wirklichkeit Nikolai hieß und Kolja gerufen wurde, bekam den Befehl, mit seiner Kochstation im Souterrain des Hauses die Ernährungsfrage zu lösen. Von da an war zwar mitnichten jeden Tag eitel Sonnenschein, aber mit etwas Milch, Brot und Kascha im Magen, den festen Mauern ringsherum, breitete sich auch wieder die Hoffnung aus, alles möge gut werden.

Über den Sommer des Jahres 1945 lichteten sich die Verhältnisse etwas. Einige Zöglinge fanden ihre Mutter, Vater oder andere nahe Verwandte wieder. Neue Kinder trafen ein, weil das große Sterben noch längst nicht aufgehört hatte. Männer und Frauen gingen am Hunger und an der Verzweiflung zu Grunde. Es blieben die Kinder zurück. Zu Roswitha und ihren Helferinnen gesellten sich noch zwei Frauen, so dass sie sich zu fünft die Sorge und Arbeit teilten, alles dadurch auch noch etwas leichter wurde.

Im Spätsommer wechselte das Bild. Kolja rückte mit seiner Kochstation ab und ein Sergeant trat auf:»Räumen, sofort räumen!«, herrschte er. Roswitha bat und mahnte:»Es sind Kinder. Wir haben achtzig Kinder hier.« Der Sergeant ließ sich herab:»Ihr habt den Krieg verloren. Dumm gelaufen.« Er drehte sich weg und warf noch über die Schulter hin:»In zwei Stunden.« Sie buckelten ihre geringe Habe hinaus und forsche, lässige, Kaugummi kauende Soldaten richteten den Stab ihrer Armee im festen Gemäuer ein. – Draußen hielten Roswitha und ihre Getreuen Rat ab. Eine sagte entschlossen:»Wir folgen der Roten Armee.« Sie hätten nur ein paar Kilometer auf dem Trampelpfad parallel zum Teltowkanal zu laufen und sie wären in der Sowjetzone. Dort könnten sie Kolja suchen und es ginge weiter. Roswitha war sich unsicher. Sie dachte an die Jüngsten, sie rechnete mit den Strapazen des Weges. Und was passiert, wenn sie Kolja nicht finden? Was soll erst werden, wenn jemand die Zonen noch zwei, drei oder zehn Mal verschiebt? Sie müssen doch zur Ruhe kommen. Sie können doch nicht ständig den Russen nachlaufen. In dieser Art gingen ihre Gedanken hin und her. Die einen erwärmten sich für den ersten Vorschlag, die anderen neigten mehr zu Skepsis. Kurz und gut. Sie teilten die Gruppe auf und Roswitha blieb mit achtzehn Zöglingen zurück. – Jetzt hatte sie ja was gekonnt! Nichts war erreicht. Die zwei Kleinsten trug sie auf ihren Armen, die anderen folgten schleppend. So wanderten sie wieder durch die Stadt, hielten die Augen auf und suchten Unterkunft. In der Nacht kauerten sie in der Nische zwischen zwei Mauerresten. Eine Patrouille jagte sie hoch: »Wat that?« Ein Soldat schob böse zischend nach: »Ja, wissen Sie denn nicht, dass von zehn Uhr abends bis sechs Uhr früh Ausgangssperre ist?« Roswitha stammelte: »Ja, wo sollen wir denn hin? Unser Heim ist aufgelöst.« Der Soldat schüttelte den Kopf und vermerkte geneigt: »Kinder, Kinder, Ihr Deutschen seid ja wirklich schwerfällig. – Kommen Sie.« Mit einer Eskorte aus vier amerikanischen Soldaten wurden achtzehn Kinder und ihre Pflegerin bei Bruder Alexander in der Baptistengemeinde Steglitz abgeliefert.

War es Mitleid, war es Selbstherrlichkeit oder war es der Befehl, der Alexander aufgab zu helfen? Wahrscheinlich war es von allem eine Mischung. Alexander krempelte die Ärmel hoch. Das Gemeindehaus stand. Dort konnten sie wohnen. Nahrungsbeschaffung war das größte Problem. Lebensmittel für Kinder? Der Hirte lief von Pontius zu Pilatus, um die Mägen halbwegs zu füllen. Viel zu oft hörte er:»Ihr habt den Krieg verloren. Dumm gelaufen.« Dann kehrte er verzweifelt und unverrichteter Dinge heim und klagte und weinte. In solch einer Stunde bot sich Roswitha an, über den Schmuggelpfad in die Sowjetzone zu gehen und dort nach Kolja zu suchen. Vielleicht kann er geben.»Nicht zu den Russen«, gebot Bruder Alexander und beschwor die Bilder derer Metzeleien herauf.»Aha«, erwiderte Roswitha, »da habe ich aber ganz andere Erfahrungen.« Alexander nahm sich pikiert zurück. Nichtsdestotrotz vermittelte ihm der kleine Disput eine Eingebung. Er putzte vier seiner Schützlinge hübsch zurecht, gab ihnen Sammelbüchse und Beutel an die Hand. Bettelnd pilgerten sie durch die Straßen der Stadt. Dabei kam dann doch einiges herein und sie überbrückten auch diese Notzeit. Allmählich wurde alles besser und peu à peu bauten Schwester Roswitha und Bruder Alexander ein gediegenes Kinderheim auf. – Etliche ihrer ersten Zöglinge hat Roswitha derweil ins Leben entlassen. Manche ihrer Kinder besuchten sie noch nach Jahren, kamen mit kleinen Geschenken und zeigten ihre Dankbarkeit. Neue Bedürftige trafen immer wieder ein. Sie kümmerte sich um jedes, wie um das eigene. Die Arbeit war längst nicht mehr so aufreibend wie früher. Es ging nicht mehr ums nackte Überleben. Materiell waren sie bestens ausgestattet und konnten den Kindern einiges bieten. Statt erdrückender Sorge um die schlichte Existenz ging es jetzt um Herzenswärme, von der Roswitha reichlich abzugeben hatte. Die Kinder sollten es gut haben und sie hatten es gut.

An diesem Abend im Herbst des Jahres 1956 war die verzweifelte, restlos überforderte Großmutter, Else Krumm, mit ihren Enkelchen hier eingetroffen. Gott hatte sie gelenkt und Roswitha bedachte sich, wie sie der guten Frau ihre Last erleichtern, wenn nicht gar abnehmen könnte. Nach ausreichend Schlaf, Morgentoilette, Frühstück und sich mal alles von der Seele reden, fühlte sich Else längst nicht mehr so ausgelaugt wie gestern. Die Kinder wuselten vergnügt um sie herum und zwei kleine Bewohner dieses Hauses hatten sich neugierig hinzugesellt. Das gab ein hübsches, anheimelndes Bild. Else sinnierte. Gedanken und Gefühle lieferten sich einen harten Kampf. Vorurteile stritten mit Beobachtungen.

In diese Überlungen hinein fragte Roswitha schmeichelnd: »Nun, gute Frau, was wäre es schön, die Kleinen wohlbehalten aufgehoben zu wissen?« Else stöhnte: »Wie wahr.« Augenblicklich schlugen ihre Ressentiments zu: Ein Heim ist eine Verwahranstalt und mitnichten der Hort kindlichen Glücks! Roswitha kannte die Hemmungen der liebenden und doch so geschlagenen Mütter, Großmütter, Tanten. Viele setzten ihre Kinder anonym vor der Tür ab und ließen sich niemals mehr blicken, ja wanderten sogar aus, um der Schande zu entfliehen. Sie riet sanft: »Gute Frau, wir sind weder ein Gefängnis noch wollen wir jemandem Zwang antun. Wir helfen nur. Sehen Sie, wir können die Kinder für eine gewisse Zeit hier aufnehmen und wenn Sie meinen, es gibt eine bessere Alternative, nehmen wir an, Ihre Schwiegertochter kehrt heim, dann holen Sie sie einfach wieder ab.« Das war so lieb, so ganz ohne Arg gesprochen, dass Else zutraulich lauschte. Roswitha legte behutsam nach: »Wir haben doch nichts davon, den Kleinen nicht gut zu sein. Unsereins muss ja auch mit seinem Gewissen leben. Was hätten wir denn davon, sie zu quälen und schlecht zu versorgen?« Stimmt auch wieder, dachte Else und hörte weiter:»Sie können, so Sie Zeit und Lust haben, öfter mal vorbei schauen. Sie können jederzeit herein kommen und sich vergewissern, wie es den Kindern geht. Wir legen Wert auf familiäre Bindungen, Patenschaften, Betreuungszeiten durch die nahen Verwandten. Wir sind auch nicht altmodisch. Sie dürfen die Kinder mit nach Hause nehmen oder mit ihnen einen Spaziergang machen, ganz wie Sie es wollen und schaffen. Wir sind durchaus ein offenes Haus. Die Dinge sind transparent.« Das gab den Ausschlag. –»Auf Probe?«, fragte Else. Roswitha lächelte mild:»Gern, auf Probe.« Sie rief Schwester Ottilie herbei, übertrug ihr die Aufsicht und begab sich mit Else ins Büro. Ein paar Formalitäten waren zu erledigen. Sie schlossen den Betreuungsvertrag. Else gab alle notwendigen Daten bekannt. Roswitha bat noch:»Es wäre schön, wenn Sie oder der Kindesvater gelegentlich die Geburtsurkunden nachreichen. Das erspart uns einen Haufen Behördenkram. Aber das hat Zeit. – Nun, gehen Sie heim und erholen Sie sich erstmal. – Möchten Sie sich noch verabschieden oder gleich gehen?« –»Ich möchte mich noch verabschieden«, bat Else, der jetzt doch irgendwie weh ums Herz war. Schwester Ottilie hatte die Kinder derweil im Spielzimmer versammelt. Das quirlige Völkchen übte sich im Türmchenbauen, Kugelnrollen oder Musterlegen. Monika saß unbeteiligt an der Tür. Sie schaute auf und fragte:»Oma, gehen wir jetzt heim.« Else stürzten die Tränen über die Wangen. Roswitha seufzte. Solche Abschiede schmerzen und verwindet man nicht so leicht.»Gehen Sie jetzt. Das Kind wird sich gewöhnen«, versicherte sie. Allein, Else schwankte. Sie zog Monika an sich, fuhr ihr liebevoll übers Gesichtchen und sagte:»Eins kann ich versorgen. Das schaffe ich schon.« Roswitha lächelte mild. Else und Monika verließen das »Kinderhaus zu den lieben Frauen«.

Erich und Else waren es zufrieden. Monika war ein braves, fügsames Kind und belebte ihren Alltag angenehm. Außerdem kompensierte sie mit ihrer Anwesenheit das unterschwellig mitlaufende schlechte Gewissen, die anderen beiden herzlos im Kinderheim abgeladen zu haben. Erich, so kühl er sich äußerlich gab, war nicht gänzlich ohne Gefühl und betrachtete Heimunterbringung wie die meisten anderen Menschen auch äußerst skeptisch. Else glaubte ebenfalls zunehmend weniger an die verheißungsvollen Versprechungen einer Schwester Roswitha. Alsbald rafften sie sich auf und klopften bei den Baptisten an die Tür. Die freuten sich immer über Gäste. Freimütig zeigte Schwester Roswitha erneut die Räume wie Schlafzimmer, Spielzimmer, Turnraum, Bäder und so weiter. Sie berichtete auch wiederholt von ihren Erziehungsmethoden und pädagogischen Prinzipien. Sie führte Erich, Else und Monika in den Garten. Warm eingemummelt spielten die Kinder zwischen dem winterlich blattlosen Strauchwerk, turnten auf Klettergerüst, Wippe und Schaukel. Doris, durch die dicken Sachen im Laufen stark behindert, hielt tapfer mit den Größeren mit und quietschte vergnügt. Roswitha rief nach Ottilie. Die wiegte den in eine Decke eingehüllten Knirps Daniel in einem Wägelchen. Der Großvater hob sein Enkelchen hoch und drückte es an sich. Nunmehr restlos beruhigt, zückte er sein Portmonee und entnahm ihm ein paar Scheine: »Kaufen Sie Schokolade für die Kinder.« Roswitha steckte das Geld weg und lächelte huldvoll. So kam die Welt der Krumms in Ordnung.

Am dritten Advent holten sie die Geschwister zu sich nach Hause. Sie bewältigten ein arbeitsreiches Wochenende und waren bei allem Frohsinn doch erleichtert, die beiden Jüngsten Montag wieder loszuwerden. Weihnachten feierten sie auch mit allen Dreien. Silvester blieben sie unter sich, hielten für Monika ein paar lustige Spiele bereit, stießen mit Kinderpunsch an und aßen jeder einen Pfannkuchen. Das Mädchen durfte bis zweiundzwanzig Uhr aufbleiben und fiel dann todmüde in die Kissen. Bis Mitternacht leerten die Erwachsenen noch eine Flasche Sekt, begrüßten das neue Jahr und wünschten einander Glück.

Die ganze Zeit über ließ sich Fritz weder bei Else noch bei Erich blicken und versuchte auch gar nicht, sich über Verbleib und Wohlbefinden seiner Kinder zu informieren. Er wähnte sie sicher und gut bei Hildegard aufgehoben. Am Vater lag ihm nichts mehr, denn dem lastete er eine gehörige Schuld an der Zerrüttung seiner Familie an. Alles hätte halbwegs gut und angenehm laufen können, wenn Erich nicht so ein sturer, egoistischer Bock wäre. Fritz jagte seinem Vater Flüche sowie Verwünschungen nach. Er sah sich früher sehr selten und jetzt schon gar nicht mehr auf der Gewinnerseite des Lebens. So neigte er zu Schwermut. Er überwand gewaltsam seinen Trennungsschmerz, seinen Traum von Familie verdrängte er und vergrub sich in die Arbeit. Fern am Horizont wähnte er sich mit seinen Kindern wieder vereint und hegte diese Vision wie ein Heiligtum. Das hielt ihn aufrecht. Er sparte vom Lohn, was er erübrigen konnte. Vor Hildegard wollte er sich großzügig zeigen, und sollte sie nichts verlangen, mögen Monika, Doris und Daniel irgendwann mal ein stattliches Sümmchen als eine Art Abfindung ihr Eigen nennen dürfen. So kam er einigermaßen zurecht und das nagende Gewissen, ja all die kummervollen Gedanken wurden erträglich.

Das Frühjahr 1957 zog auf und fuhr Fritz messerscharf in die halbwegs beruhigte Seele. Er war vom Heimvorstand aufgefordert, Unterhalt zu zahlen. Konsterniert nahm er die Seinen ins Gebet:»Um Himmels willen, wie kamt Ihr nur drauf, so einen widerwärtigen Deal zu machen?« Erich murrte:»Was machst Du uns Vorwürfe?« Else erklärte in Ruhe, wie alles zustande kam. Sie redete sanft und Vertrauen erheischend. Fritz hörte, stöhnte, hörte weiter und ließ die Worte sacken. Er fragte ungläubig und bekam überzeugend vorgetragene Antworten. Endlich erfasste er, dass seine Kinder bei den Baptisten gut aufgehoben sind. Er fügte sich in das Unvermeidliche. Derweil hopste Monika auf Fritz' Knien. Er herzte und koste die Kleine. Er war froh, wenigstens dieses eine Kind hier zu haben. Nun denn!, gab er sich einen Ruck, ging in seine Wohnung, unterzog Konto und Sparbuch einer Revision, lief wieder los, hob auf der Bank die geforderte Summe ab und bezahlte seine Schuld beim Vorstand der Baptistengemeinde. Die Kinder, nun hier praktisch vor der Haustür wohnend, besuchte er regelmäßig und nahm das eine wie das andere zuweilen zu einem Spaziergang mit sich. Für intensive Spiele oder längerfristiges Zusammensein fehlte es ihm an Fantasie, aber einen regelmäßigen Umgang mochte er pflegen und ward vom Heimpersonal ja dazu auch angehalten.

Wie ihm dann aber Monat für Monat, ganze zwei Jahre lang, die Abrechnungen ins Haus flatterten und auch steigende Preise auswiesen, blieb ihm manchmal vom Lohn ein so kläglicher Rest, dass er sich bei Nahrung, Heizung und Strom krass einschränken musste. Er vermerkte Gemeinschaftsunterbringung als die Luxusvariante und meinte, zu Hause geht es alle Male besser und leichter. Die Kinder waren inzwischen auch älter geworden, der Vater beobachtete ihre Entwicklung gewissenhaft, und Monika konnte mit ihren acht Lebensjahren durchaus eine treffliche Wärterin abgeben. Fritz sortierte das Spielzeug aus, kaufte neues hinzu, putzte das Haus, bezog die Kinderbetten frisch und stiefelte los, um Monika von den Großeltern abzuholen. Das Kind begrüßte ihn jubelnd, aufgeregt plappernd. Ein Papa, ein richtiger Papa ist was Feines. Sie mochte gern mitgehen. Erich und Else registrierten erfreut des Sohnes zielstrebiges, forsches Auftreten. Wenn er denn einen gut durchdachten Plan hat, mag er sich bewähren. Ein Elternhaus ist immer noch viel besser als jedes noch so schöne Kinderheim. Im Sommer des Jahres 1959 kündigte Fritz den Betreuungsvertrag, holte seine Kinder nach Hause, seine Stimmung hellte sich auf und ihre finanzielle Lage entspannte sich.

Monika war tatsächlich ein Hausmütterchen, wie es im Buche steht. Die fünfjährige Doris und den vierjährigen Daniel umsorgte sie gekonnt und die Kleinen fügten sich willig. Fritz lobte seine Monika und liebte sie nahezu närrisch. Freilich sah er, dass ein Kind nicht wie ein Schwerarbeiter schuften kann. Er modernisierte den Haushalt. Er ließ eine Gas-Etagen-Heizung in die Wohnung einbauen, schaffte Waschmaschine, Kühlschrank und pflegeleichte Kleidung an. Er war weder knausrig noch blind für die Bedürfnisse seiner Kinder. Im Herbst hatte sich alles recht gut eingespielt. Sie sahen der Zukunft hoffnungsvoll entgegen.

Die Nachbarn beobachteten den sorgenden Vater mit Respekt und Wohlwollen. Sie stellten mitnichten ein zänkisches, überempfindliches Völkchen dar. Was ihnen dereinst aufgestoßen war − weinende Kinder alarmieren in jedem Falle die aufmerksamen Mitbürger − fanden sie jetzt wohlgeordnet und durchaus anheimelnd. Ihr wachsames Auge ruhte nicht etwa aus Argwohn auf den Krolls, sondern entsprang dem in den Notjahren geborenen Gemeinschaftssinn der Hausbewohner. Sie alle, auch Fritz und Ursula, hatten seinerzeit die Grundstücke in der Freegestraße von Schutt beräumt, die während der Befreiungskämpfe zerstörten Häuser wieder aufgebaut und, was nicht mehr zu retten war, abgerissen. Neben Wohnraum schafften sie Einkaufsläden, auf dass sich Lebensmittelhändler hier niederlassen konnten, und sie richteten auf geeigneten Flächen Kinderspielplätze und Grünanlagen ein. Die Hausfrauen hatten kurze Wege und die Kinder tummelten sich allesamt in unmittelbarer Nähe. Jeder war jedem bekannt. Sie teilten ihre großen und kleinen Sorgen. Sie lebten wie in einer dörflichen Gemeinschaft. Allein, Fritz neigte eher dazu, sich ein wenig abzukapseln. Das war nicht etwa böser Wille, das war größtenteils der Belastung geschuldet, die er zu stemmen hatte, und es entsprach seinem Naturell, etwas mehr für sich sein zu wollen. Die Nachbarn sahen es ihm nach und hielten guten Kontakt zumindest zu den Kindern.

Unvermittelt stand die Fürsorgerin in der Tür: »Was Sie hier treiben, Herr Kroll, ist wider das Gesetz. Es gibt eine Schulpflicht in diesem Land! Sollten sie nach wie vor das Kind, Monika, der Schule entziehen, müssen wir über rechtliche Schritte nachdenken.« Das war harter Tobak. Fritz stammelte ungeschickt: »Ich brauche das Mädel daheim.« Die Fürsorgerin sah sich um. Alles war gepflegt und bestens eingerichtet. Dieser Vater hier, dachte die Frau, ist kein leichtfertiger Mensch. Sie hatte schon anderes gesehen. Dem Manne kann geholfen werden. »Für ein paar Stunden täglich können Sie eine Haushaltshilfe mieten. Es sind inzwischen durchaus preiswerte Angebote auf dem Markt«, erriet sie des Vaters Not und folgerte:»Derweil kann Monika die Schule besuchen.« Fritz sah ein, dass es nicht anders geht, wollte er sich nicht in arge Bedrängnis bringen. Er bat um eine Frist von vierzehn Tagen, schaltete eine Anzeige, wählte unter den Bewerberinnen die jüngste und billigste, besorgte Schultasche, Hefte, Bücher und Turnzeug. Die Hauswirtschafterin, sie hieß Dagmar, trat ihren Dienst an und Monika mischte sich unter die ABC-Schützen.

Alsbald vermutete Fritz, dass er von Dagmar bestohlen wird. Lebensmittel fehlten, so viel konnten sie hier nicht verbraucht haben, und Wäsche, der Hausherr hatte einen verlässlichen Überblick, verschwand aus dem Schrank im Schlafzimmer. Er legte sich auf die Lauer und Fallen aus. Da bekam er volle Gewissheit. Dagmar schleppte ihm sukzessive den Haushalt weg. Das geht freilich so nicht. Er stellte sie zur Rede. Das Mädel gestand tränenreich die Wahrheit, einen unglaublichen Mangel an allem, und bat um mehr Lohn. Gutmütig und unbedarft erhöhte Fritz ihr Einkommen, wobei ihm nun ob der steigenden Ausgaben, und das Fehlende musste ja auch noch ersetzt werden, schwante, dass bei dieser Entwicklung der Dinge die Kinder ja gleich hätten bei den Baptisten bleiben können. Außerdem ist Dagmar minderjährig und mitnichten eine vollwertige Haushaltshilfe oder Erzieherin. Sowohl Schwester Roswitha als auch Bruder Alexander hatte er als kluge Wirtschafter und kompetente Pädagogen kennengelernt. Allerdings lief der Alltag einigermaßen, Dagmar war ein verträglicher Mensch und beschwor ihre Treue. Fritz war auch nicht jemand, der bei der ersten Schwierigkeit gleich aufgibt. Eine ganze Zeit umsorgten sie einander in friedlichem Einvernehmen. Fritz Argwohn schmolz.

Eines Tages fand er die Geldkassette geöffnet und leer stehend. Dagmar war verschwunden, unauffindbar und meldete sich auch nicht mehr. Der Monat war erst halb rum und für den Rest der Tage blieb den Krolls, bei den Großeltern zu betteln oder zu hungern. Fritz ging den Gang zu seinem Vater, handelte etwas Geld und für sich den Rat ein, dieser Haushaltshilfe nicht nachzutrauern und sich nach einer geeigneteren Kraft umzusehen. Allein, Fritz' Vertrauen in fremde Menschen war tief erschüttert und sein ohnehin nicht allzu stark ausgeprägtes Selbstbewusstsein sank auf den Nullpunkt. An diesem Abend kehrte er nicht nach Hause zurück, erledigte nicht die vom Tag liegengebliebenen Arbeiten, las seinen Kindern keine Gute-Nacht-Geschichte vor, sondern betäubte Nerven und Gewissen in der Kneipe an der Ecke mit Alkohol. Gegen Mitternacht schwankte er nach Hause, hockte sich in einen Sessel und döste dumpf in seinen Rausch hinein. Der neue Tag kam und Fritz meldete sich auf der Baustelle krank. Er redete von Heiserkeit und Schnupfen. Sein Vorarbeiter ahnte die Zusammenhänge und gab ihm zehn Tage Zeit. Nicht zehn Tage brauchte der Vater, um seine Lage zu überschauen und seine Verhältnisse zu ordnen. Es dauerte nur ganze fünf Stunden und er hatte Monika bei den Großeltern und die beiden Kleinen wieder bei den Baptisten untergebracht.

## DAS HAUS AM SCHLAATZ

Eins war klar: Wer auf der Baustelle schafft, bezieht später hier eine Wohnung seiner Wahl. Die einen mochten in einem Mehrfamilienhaus, die anderen in einem Eigenheim unterkommen. Für jeden Geschmack war etwas vorgesehen. Willy Krumm präferierte für sich und die Seinen ein Häuschen mit Werkstatt und Garten. Die großen Gebäude im Zentrum der Siedlung vermittelten städtischen Charakter, die lockere Bebauung an der Peripherie gab der Gegend ländliches Flair. Die gute Mischung sollte für allseitiges Wohlbefinden sorgen. Allein, die Mehrfamilienhäuser hatten wegen der drängenden Lösung der Wohnungsfrage Priorität und die Häuslebauer mussten sich gedulden. Willy geduldete sich. Die Arbeiten gingen derweil zügig voran und Willy frohlockte schon, dass recht bald alle Kapazitäten in die Randbebauung fließen. Da verfügte die Leitung einen Baustopp.

In einer außerordentlichen Parteiversammlung informierten der Parteisekretär, der Betriebsdirektor und der Architekt über die Gründe der Verzögerung sowie über die Planänderung. Ausführlich verbreiteten sie sich über neue Strategien und Maßnahmen zum Zwecke des Umweltschutzes und des Gesundheitsschutzes. Die Genossen hörten: »Eine moderne zentrale Heizungsanlage soll die traditionelle Ofenheizung ablösen. Dazu ist es notwendig, augenblicklich ein Heizwerk einzurichten und in sämtlichen Wohnungen die entsprechenden Installationen vorzunehmen. – Alle Kräfte werfen wir in diese Aufgabe.« Parteiorganisator, Eckhard Deibel, versprühte leicht gekünstelten, überbordenden Optimismus. Die Begeisterung seiner

Genossen hielt sich in Grenzen. Willy stöhnte:»Das ist doch Wahnsinn! Das kann Jahrhunderte dauern.« Er dachte: Mein Haus kann ich mir in die Haare schmieren. Das wird nie was. Schlimmer noch. Wir hocken ewig in der Baracke. Missmutig legte er nach:»Das bisschen Ofenheizung. Da muss man doch nicht so einen Wirbel drum machen. Wir haben doch immer mit Kohle geheizt.« Die meisten Genossen stimmten grummelnd ein. Architekt Helm entgegnete harsch:»Dreck und Ruß über der Stadt, das ist doch kein modernes Wohnen. Umweltverpestung und in wenigen Jahren sieht unser schönes Am Schlaatz wie eine mittelalterliche Bergarbeiterstadt aus.« Einer lehnte sich schimpfend vor:»Dein Heizwerk bläst wohl keinen Dreck in die Luft?« Helm gab zu:»Das schon, aber es ist leicht in ein paar Jahren auf Öl umzustellen. Außerdem bauen wir jetzt schon Filter ein.« Willy sagte:»Dann setzt doch Filter in die Wohnhäuser und wir ersparen uns den ganzen Aufriss mit den Umbauten.« – »Und wer heizt in Euren Wohnungen?«, fuhr Betriebsleiter Richter spitz auf und schaute provokant von einem zum anderen.»Blöde Frage! Wer heizt? Wer zuerst heimkommt, schnappt sich Eimer und Schaufel und los geht es«, redeten sie durcheinander. Richter fragte unbeirrt weiter:»Wer ist zuerst daheim?« Die Männer blickten sich stumm, dumm, betroffen an. Die paar Frauen in der Runde lächelten sieghaft. Richter bellte:»Klar, solange unsere Frauen früher heimkommen, die Kinder mitbringen, den Ofen heizen und das Abendbrot vorbereiten, ist die Welt in Ordnung.« – »Das sage nicht!«, rief ein Familienvater dazwischen,»oft genug hole ich die Kinder ab und mache das Abendbrot. Und ich trage auch die Kohlen rauf.« Willy schnitt ihm das Wort ab:»Du bist aber nicht die Regel!« Deibel beschwor seine

Mannen: »Kinder, wir bauen doch nicht nur für jetzt. Wir bauen für die Zukunft. Schlagt Ihr nicht ein, dann murksen wir so weiter wie zu Urgroßvaters Zeiten. Also schlagt ein, umso rascher werden wir fertig.« Gedrungen, längst nicht bis ins Letzte überzeugt, beschlossen sie, das Heizwerk zu bauen, die Öfen wieder herauszureißen, Leitungen und Heizkörper zu installieren. Willy ging vorbildlich mit seiner Truppe aus acht jungen Leuten voran. Das fiel ihm schwer, denn er glaubte sich betrogen. Nun ja, vielleicht nicht unbedingt betrogen, aber zumindest krass hingehalten.

Umso schwerer fiel es ihm, weil sich sofort wieder neue Hindernisse auftürmten. Während sie frisch fröhlich in der ersten Wohnung die Öfen zerdepperten und den Schutt durch die Fenster auf die Straße warfen, kam Richter gelaufen und brüllte wie ein Besessener was von Zerstörung von Volkseigentum. Willy griff sich an den Kopf und ballerte zurück: »Hast Du was an den Ohren oder kannst Du nicht lesen? Unser aller Beschluss: Öfen raus und Zentralheizung rein.« – »Aber doch nicht so«, schimpfte der Direktor, »das ist doch Verschwendung!« Mühsam beherrscht legte er nach: »Abmontieren, alles fein säuberlich aufschichten. Die Öfen werden anderweitig gebraucht.« Einer der Jungen moserte: »Wie bekloppt ist das denn? Hier reißen wir die Öfen wegen der Umwelt ein und Du willst sie anderweitig aufstellen? Drecken die da etwa weniger?« Richter erklärte harsch betont: »Seht doch mal übern Tellerrand! In den Städten, wo es beengt zugeht, kann niemand so mir nichts Dir nichts eine Zentralheizung aufbauen. Da werden doch nach wie vor Öfen gebraucht. Das heißt also, wir bauen hier ab und dort wieder ein.« – Hänger wurden gebracht. Die Jungen demontierten und schichteten fein säuberlich Schamotte,

Fliesen, Roste und Klappen. Das verlangte zusätzlich Kraft und Zeit. Nach der Demontage stemmten sie Löcher in Fußböden und Wände, um die Rohrleitungen zu verlegen. Das alles von eisernem Willen angetrieben, nicht zuletzt von der Hoffnung beseelt, diese Baustelle möge die eigenen vier Wänden in greifbare Nähe rücken. Trotz aller Bereitschaft und allem Einsatz bauten sie quälend langsam und das neue Heizwerk war noch nicht einmal angefangen. Die Pessimisten sagten: »Am Ende stehen wir mit modernen Heizkörpern in einer eiskalten Wohnung da.« Die Aussichten der Optimisten waren auch nicht besser.

Im Sommer des Jahres 1958 traf aus ganz unerwarteter Richtung Hilfe ein. Die Hörer und Dozenten der Pädagogischen Hochschule verlegten ihre Studien auf die Baustelle. Mit Zelten kamen sie hier an, wühlten sich förmlich in den märkischen Sand, improvisierten Bäder sowie Kochstellen im Freien und sangen. Ja, sie sangen! Sie sangen morgens, mittags und abends. Wieder breitete sich Skepsis aus: Sie singen aus jungen Kehlen, haben weiße, blasse, unschuldige Gesichter, die Zartheit von Bücherwürmern und werden uns mehr behindern als helfen. Kaum einer der Bauarbeiter Am Schlaatz wusste oder ahnte, dass eine neue Generation von Studenten aufgebrochen war. Die meisten zählten nicht achtzehn oder zwanzig Lebensjahre, mit denen sich üblicherweise die Aspiranten der Wissenschaften an den Hochschulen einstellen, sondern etliche waren bereits um die Dreißig, mitunter sogar Vierziger. Außerdem war keinem der Mädchen und Jungen höhere Bildung in die Wiege gelegt, sie alle hatten nach sechs oder acht Schuljahren – in den letzten Kriegsmonaten fand kaum noch Unterricht statt – als Bandarbeiter, Hucker, Laufbursche, Straßenkehrer, Fuhrknecht,

Magd oder sonstwie ihre berufliche Laufbahn aufgenommen. Die Arbeit als Knochenjob war ihnen nicht fremd und ihr Frohsinn entsprang der Überzeugung, mit Kopf, Herz und Händen sämtliche Hürden zu überwinden. Allmählich beeindruckten sie mit ihrer Leistung. Das Heizwerk wuchs in nur drei Monaten empor und ward betriebsfertig übergeben, die Rohrleitungen waren in Windeseile verlegt und die Trassen wieder zugeschaufelt. Willy hatte Mühe, dem Tempo zu folgen. Die Arbeit war getan, die Studenten zogen ab und die Mieter richteten sich in ihren schönen neuen Wohnungen ein.

Ein gutes Dutzend Familien harrte in den Baracken aus. Das waren die künftigen Eigenheimbesitzer, deren Land bereits vermessen, wo auch die Infrastruktur schon vorhanden war, jedoch noch nicht eine Wand, geschweige denn ein Haus stand. Glaubten sie nun, sämtliche Kapazitäten würden sich auf die Randbebauung konzentrieren, sahen sie sich schon wieder geprellt. Ein neuer Beschluss disponierte alles um. Die Betriebsleitung berief eine Belegschaftsversammlung ein und offerierte:»Wohnen und Arbeiten an einem Ort. Wollen wir unseren Menschen die ständige Fahrerei in entlegene Industriezentren zumuten? Wozu haben wir denn die schönen Wohnungen, wenn unsere Leute ihre Freizeit auf der Bahn verbringen? Dienstleistungen, Schule und so weiter binden nur wenige Arbeitskräfte. Wir bauen ein Bekleidungswerk hier in der Nähe.« Direktor Richter breitete die Pläne aus, Architekt Helm sowie Parteisekretär Deibel waren auch wieder mit von der Partie, und sie erklärten die Details. Willy Krumm fühlte sich restlos überrannt. Er jammerte:»Und die kleinen Siedlungshäuser?« Deibel und Richter wiegelten ab:»Kein Problem. Das wuppen wir mit links. Feierabendarbeit und Eigenleistung.« 

Feierabendarbeit und Eigenleistung waren magische Worte, aber zaubern konnte auch hier niemand. Nach zehn- bis zwölfstündiger Schicht brachte kaum noch jemand die Kraft auf, daheim die Maurerkelle zu schwingen. Der eine oder andere schaffte es dennoch, ein paar Wände hochzuziehen und ein Dach draufzusetzen. Die Familie packte mit an, manch einer kaufte sich für ein paar Stunden mit ein paar Westmark und einem Kasten Bier eine Truppe junger Leute. Willy lagen solche Geschäfte nicht und seine Hildegard an den wenigen freien Tagen auch noch auf den Bau zu zwingen, kam ihm erst recht nicht in den Sinn. Sie hausten ohne Aussicht auf Besserung in der Baracke und Willy schrieb den schönen Traum vom eigenen Haus, der Werkstatt und dem Garten ab. Auf dem Gelände, das für sein Häuschen vorgesehen war, grub er ein paar Löcher, legte Kartoffeln hinein und ließ das Grünzeug sprießen, auf dass der Boden nicht so gänzlich ungenützt daliege. Desillusioniert und traurig verrichtete er sein Tagwerk.

Eines Abends im November des Jahres 1959 überraschte ihn Hildegard: »Vater, was denkst Du, sollte ich wieder heiraten?« – »Nun ja«, antwortete er, »wenn sich ein Herzbube findet. Bist noch jung und die Kinder brauchen einen Vater. – Wer ist es denn?« Sie errötete und senkte die Lider. Willy foppte: »Bist doch nicht mehr zwölf, kannst es doch sagen.« – »Peter. Peter Frank aus Teltow. Du erinnerst seiner?« Willy lächelte geneigt: »Freilich. Er ist ein feiner Junge. Hausmeister, gelernter Heizer.« Er freute sich für seine Tochter, wusste er doch, wie wichtig und belebend Partnerbeziehungen sind. Peter Frank und Hildegard

Huber gaben sich das Jawort, und wie nun der Bund geschlossen war, machten sie ihre Pläne: Peter mochte gern im Heizwerk unterkommen und mit Hildegard und den Kindern in einem der Mehrfamilienhäuser wohnen. Arbeit war sofort zu haben, Wohnraum war ad hoc nicht frei. Sie verblieben zu fünft in ihren Barackenzimmern. Wie sich Willys Familie nun vergrößert hatte, war er schon froh. Allein, die Jungen strebten danach, für sich sein zu wollen, beschrieben mit frohen Worten ihre nahe Zukunft. Willy fühlte sich abgeschoben, allein gelassen und knurrte: »Ein Häuschen, eine Werkstatt, paar Blumenbeete drumherum, war das zu viel verlangt?« Da dämmerte es Hildegard. Ohne nach rechts und links zu schauen, stürmte sie zu den Gipfeln der pädagogischen Wissenschaften, stellte sich neue Ziele, lebte auf, band sich an den Geliebten, schaffte froh und vergaß im Gewühl dieses schönen Alltages ihres Vaters größten Wunsch. So einfach und so brutal kann Leben sein.

Anderntags stiefelten Willy, Peter und Hildegard durch die herbstlich kahle Stadtrandsiedlung. Nur wenige Menschen lebten dort, die meisten Häuschen standen halb fertig im dunstigen Grau des Novembertages, auf einigen Grundstücken hatte sich noch gar nichts getan. Peter sah sich um, Hildegard fühlte sich schuldig und Willy maulte sich seinen Unmut von der Seele. Am Ende fasste Peter zusammen: »Eine Investruine vom Feinsten. – Was ist, kommt Ihr mit oder soll ich den Sesselfurzern alleine auf die Bude rücken?« – »Wir gehen zusammen«, antwortete Hildegard.

Direktor Dietmar Richter ließ seine Besucher leutselig eintreten, Platz nehmen und fragte aufgeschlossen nach Sorgen und Wünschen. Peter holte aus: »Die Randbebauung ist ja so nun nicht gerade geglückt.

Wir sind hier, um Dich an den Plan und das Versprechen zu erinnern, sofort und unverzüglich alle Mittel in die Eigenheimsiedlung zu stecken. Wie geht es also weiter? Wann sind die Häuser bezugsfertig?« Richter machte große Augen und parierte spitz:»Kein Plan, kein Versprechen. Wer sagt denn so was?« Willy ereiferte sich:»Es war von Anfang klar, dass eine handvoll Bewerber hier draußen ihr Eigenheim bekommt. Erst die großen Projekte und dann die kleinen.« –»Ja«, hielt Richter gedehnt und selbstsicher gegen,»nur sind wir längst nicht fertig mit den großen Projekten. Das Bekleidungswerk zum Beispiel –« Weiter kam er nicht. Peter zischte:»Freundchen, ich rate Dir, wenn Du glaubst, die kleinen Leute verschaukeln zu können, dann treffen wir uns vor dem Kadi wieder. Pass auf, Mann! Plan hin und Plan her. Wir sehen alles ein und machen auch alles mit, aber am Ende steht nicht nur das große Ganze auf dem Prüfstand, sondern auch das Kleine. Mag sein, dass sich manchmal die Prioritäten ändern, mag auch sein, dass man persönlich zurückstecken muss. Aber es kann nicht mehr sein, dass Du Leute mit falschen Versprechungen hierher lockst und hängen lässt.« Richter blähte sich auf und bellte:»Nie! Niemals habe ich was versprochen und nicht gehalten. Eigenleistung und Feierabendarbeit habe ich genehmigt. Wenn einige aber zu faul sind oder keine Initiative zeigen, was kann ich denn dafür?« So redete er wider besseren Wissens noch dies und jenes, verhedderte sich immer mehr in Widersprüche. Dabei verhärteten sich zugleich die Fronten und nichts war erreicht. Verärgert zogen die Bittsteller ab. Verunsichert blieb Richter in seinem Arbeitszimmer zurück. –»Da hilft nur eins«, verkündete Peter nach dem Abendessen,»wir müssen die Leute zusammennehmen und den Druck erhöhen.« Willy war da skeptisch. »Hast doch gesehen, dass Du an den Direktor nicht rankommst. Der lässt uns gnadenlos hängen.« Hildegard winkte abwertend: »So einen Aufriss muss man gar nicht machen. – Dietmar Richter hatte von Anfang an einen Faible für die Kinder. Weißt Du noch, Vater, wie der unsere Jungs zum Kindergarten geschleppt hat? An dem Nerv packen wir ihn.« Sie schmunzelte weise.

Kurz vor Weihnachten flatterte Direktor Richter die Einladung zur Kinderweihnachtsfeier im Kulturhaus auf den Schreibtisch. Er überschaute seinen Kalender, wälzte ein paar Termine auf seine Mitarbeiter ab und folgte gern. Die Kinder führten ein kleines Programm auf, ihre Betreuerinnen warteten mit Überraschungen an Geschenken und Spielen auf. Es gab Kaffee für die Erwachsenen, Schokolade für die Kinder und für alle Kuchen. Es fehlte nicht an weihnachtlichen Gesängen und fröhlichem Geplapper. Richter fühlte sich wohl zwischen den Knirpsen. Er klopfte sich innerlich auf die Schulter und wusste, dass viel, wirklich sehr viel, was hier an Gutem für die Kinder erreicht war, seinem Ideenreichtum und seiner Tatkraft entspross. Als das Fest zu Ende ging, Mütter und Väter sich anschickten, ihre strahlenden Sprösslinge heimzuführen, pirschte sich die Erzieherin Sieglinde an Richter heran und raunte: »Zu schade, dass einige unserer Jüngsten immer noch in der Baracke hausen.« Das wirkte wie ein Keulenschlag, ernüchterte und setzte augenblicklich Richters Fantasie frei. Er jagte in sein Büro, rief zu nachtschlafender Zeit seinen Stab zusammen und gegen Morgen hatten sie in sämtlichen Nischen Baukapazitäten aufgespürt und freigeschaufelt. – Es dauerte noch einmal ein halbes Jahr, bis endlich alle Häuser standen. Ab Sommer 1960 entfaltete sich das pralle Leben auch in der Einfamilienhaussiedlung Am Schlaatz. – Willy Krumm überblickte sein kleines Reich. Sein Haus war fertig und im Garten prunkten Tomaten, Gurken, Dahlien und Lilien. Er hatte auch ein Bassin für die Kinder aufgestellt, denn es war Sommer und es war warm. Kinder lieben das Spiel mit dem Wasser. Das Bassin war freilich kein sonderlich exklusives Bad, sondern eine ausrangierte Zinkwanne, die Willy halb in den Boden eingelassen, inwendig nochmal gut abgedichtet und die Außenkanten fein säuberlich abgestumpft hatte. Da tummelten sich die Jungen, Volkmar und Andreas, wobei es lärmend zuging, denn sie blieben nie lange allein. Nachbarskinder trollten sich herzu.

Auf einem Festakt händigten der Direktor und die Dozenten den Absolventen der Pädagogischen Hochschule ihre Abschlusszeugnisse aus. Dieses Jahr war auch Hildegard unter ihnen. Sie trug stolz den Titel »Diplom-Fachlehrerin für Deutsche Sprache und Geschichte« und schon zog es sie weiter. Heimerzieher wurden händeringend gesucht. Engagierte, gut ausgebildete Pädagogen waren gefragt. Menschen mit Herz, Scharfblick und Durchsetzungsvermögen wurden gebraucht, um in Gemeinschaftsunterkünften elternlose Kinder aufzuziehen. Das Kinderheim Himmelpfort nahe Fürstenberg, in landschaftlich reizvoller, sehr dünn besiedelter Gegend, war soeben eröffnet worden, harrte seiner Zöglinge und Erzieher. Bedürftige Kinder gab es zuhauf. Solche, die durch einen Unfall ihre Eltern verloren hatten, aber auch solche, die vernachlässigt beziehungsweise misshandelt irgendwo aufgelesen worden sind. Es mangelte in allen Heimen an Erziehern. Hildegard fühlte sich berufen und nahm die Herausforderung an. Sie versprach: »Vater, wir sehen uns oft, sehr oft. Jedes Wochenende kommen wir Dich besuchen. Die Kinder schicke ich Dir in den Ferien, wenn Du magst.« – Willy wusste, dass so etwas nie aufgeht. Sie werden arbeiten, die Kinder werden sich einleben und bald ist die alte Heimat vergessen. Schöne Versprechungen hatte er schon viele gehört. Seine leiblichen Kinder, vier Stück an der Zahl, der Anton, der Harald, die Helga und die Uta, hatten sich auf den gepriesenen Großbaustellen der Republik eingerichtet und dort auch ihre Familien gegründet. Sie ließen sich niemals mehr blicken. Bestenfalls an Weihnachten traf eine Karte von denen ein. Er glaubte nicht mehr an solche Worte.

Eine Träne stahl sich über die Runzeln seiner Wangen. Er wischte sie fort und schlurfte in seine Werkstatt. Er zog sich seinen Kittel über, wählte aus den fein sortiert liegenden Teilen eine Muffe, steckte sie sich in die Tasche, nahm eine Kombizange zur Hand, versenkte sie auf der anderen Seite in seinem Kittel, spulte noch etwas Hanf ab und begab sich in sein Badezimmer. Dort untersuchte er die Rohrleitung, den Abfluss, sämtliche Dichtungen. Enttäuscht wendete er sich ab. Es gab nichts zu tun. Entschlossen trabte er zu Nachbar Achim Schmitt und bot seine Kunst an. Aber auch der hatte nirgendwo ein Leck, nicht mal einen winzigen Haarriss vorzuweisen. Willy stand nutzlos herum. Schmitt zeigte auf die Sitzgelegenheiten vorm Haus und öffnete zwei Flaschen Bier. Die Szene war übrigens längst bekannt und wiederholte sich einmal wöchentlich.

Als selbständiger Handwerker bekam Willy Krumm kaum Aufträge herein. Sehr selten tropfte einem der Wasserhahn oder war etwa in einem Garten ein neuer Anschluss zu installieren. Was sich in dem beschaulichen Städtchen Teltow seinerzeit so leicht gefügt hatte, erwies sich hier in der modernen Siedlung Am Schlaatz als potemkinsche Vorstellung. Willy ahnte, dass er sich selbst sprichwörtlich das Wasser abgegraben hatte. Wie er nämlich vor Jahren mit seinen Lehrlingen aufbaute, zusammenflickte, ständig an tausenderlei Orten gleichzeitig hantierte, ohne vorwärts zu kommen, sann er auf langfristig wirksame, stabile Lösungen. Es kann nicht sein, sagte er sich, wie wir schweißtreibend Leitungen verlegen und Zapfstellen einrichten und zugleich von allen möglichen Havarien ständig überrollt werden, wobei jeder Wassereinbruch auch noch die Substanz in Mitleidenschaft zieht. Das ist kein modernes Bauen, das ist Pfusch und Kurzsichtigkeit. Er erforschte die Ursachen ihrer Unzulänglichkeit. Das war zum einen zunächst der Leute Ungeschick und Unwissenheit. Dies galt es zuerst aus der Welt zu schaffen. Sie lernten emsig, verbesserten sich allmählich, kamen zu Erfolg und hatten trotzdem ständig mit irgendwelchen Ausfällen zu tun. Willy begutachtete ihre Materialien und entdeckte beachtliche Mängel. Er nahm Kontakt zu den Zulieferern auf und verlangte erstklassige Qualität. Mit derartigen Forderungen machte er sich nicht nur Freunde. Ganze Chargen ließ er zurückgehen. Er legte sich mit Händlern, Werksleitern, Meistern und Produktionsarbeitern an, bis die Teile auch hielten, was sie versprachen. Verarbeiteten die Klempner fortan geschickt und wendig alsbald einwandfrei gefertigte Stücke, so waren sie nun auch in der Pflicht, das wertvolle Gut anständig zu pflegen. Willy rief die permanente Instandhaltung ins Leben. Das heißt, keine Anlage sollte mehr auf Verschleiß gefahren werden, sondern war einer ständigen Kontrolle zu unterziehen. Willy setzte durch, dass ermüdete Teile augenblicklich auszuwechseln sind, und zwar, bevor das ganze System bricht. Das funktionierte bald im Werk, genügte Willy aber längst nicht. In einer von ihm und seinen Kollegen groß angelegten und aufwendig geführten Kampagne verlangten sie von den Hausmeistern, Mietern und Eigenheimbesitzern, die Rohrleitungen, Hebel, Schieber, Hähne in dichter Folge periodisch gewissenhaft zu prüfen. Sie erklärten physikalische Gesetze, die natürliche Belastung und Abnutzungserscheinungen. Willy setzte vehement auf Vorbeugen denn auf Heilen. Er warb unermüdlich darum, den spontanen Bruch zu verhindern und sie alle vor akuten Notsituationen zu bewahren. Seine Ideen griffen, überwanden tausenderlei Widerstände, auch Unachtsamkeit, Trägheit sowie Faulheit, und er brachte sich, weil die Klempnerei Am Schlaatz nunmehr ohne Mehraufwand und ziemlich reibungslos lief, letztendlich um seine kleine private Bude. Willy verblieb in der Klempnerbrigade der Kommune, gab in der Freizeit seinem Spleen als Freiberufler statt und bot sich unverdrossen bei den Nachbarn an. Die sahen es ihm nach, holten ihn herein und plauderten entspannt eine Weile. Das tat in diesen Wochen besonders Not, da Willy von der Familie verlassen, viele Stunden allein in seinem schönen Haus hockte, auf seinem fruchtbaren Grund werkelte und eigentlich sehr traurig war.

Es waren die Herbstferien des Jahres 1960 und Willys Enkelsöhne saßen tatsächlich eines Nachmittags auf Koffern brav wartend vor seiner Tür. »Wo kommt Ihr denn her?«, rief der Großvater erfreut aus. Andreas erklärte:»Mama hat uns gebracht. Sie ist jetzt in Potsdam und kommt heute Abend zurück.« Sie wuchteten das Gepäck ins Haus, die Kinder trollten sich zum Spielen in den Garten und Willy lüftete die Betten im Schlafzimmer. Anschließend bereitete er das Abendessen vor. Hildegard trat in die Diele, schüttelte Regentropfen aus ihrem Haar und hängte den Mantel an die Garderobe. »Vater, in Potsdam habe ich einiges erreicht, längst nicht alles. Ich komme nächste Woche nochmal vorbei«, sprudelte sie. Willy nahm seine Tochter in die Arme und sagte: »Schön, dass Du da bist, Kind. Können wir in Ruhe reden.« Sie antwortete: »Ja, können wir. – Nur leider, viel Zeit habe ich nicht, in einer halben Stunde geht mein Bus.« – »Ist gut«, schnitt Willy alle Gemütlichkeit weg, »dann im Telegrammstil. Wie lange bleiben die Jungen? Hast Du ihre Unterbringung geregelt? Wann holst Du sie wieder ab? Geht es Euch gut?« Sie antwortete flott: »Uns geht es gut. Die Jungen bleiben zehn Tage. Sie besuchen tagsüber die Ferienspiele hier in der Schule. Peter holt sie Freitag in einer Woche ab.« Willy gab sich zufrieden. Er rief die Jungen ins Haus. Sie aßen in der Küche zu Abend.

Derweil Hildegard noch überlegte, wie sie ohne Aufhebens rasch fortkommt, klopfte es an der Haustür und ohne abzuwarten stand Eckhard Deibel im Rahmen. »Tach, Willy. Tach, Hilde.« – »Tach, Eckhard.« – »Tach, Jungs.« – Willy sagte: »Magst Du was essen?« Hildegard stand auf und Deibel setzte sich. »Tschüss, Vater.« – »Tschüss.« Sie schnappte sich ihren Mantel und weg war sie. Die Männer sahen sich kurz verdutzt an und dann sprachen beide nachsichtig wie die Greise: »Die Jugend ist nicht aufzuhalten.« Volkmar und Andreas kicherten. – »Was gibt es?«, eröffnete Willy zwischen zwei Happen das Gespräch. Er und die Jungen kauten. Eckhard ließ sich Zeit, langte zu Brot und Belag. Endlich kam: »Willy, wenn Du Lust hast, kannste mal in Urlaub fahren.« – »Wieso denn das?« – »Die Gewerkschaft hat paar Ferienreisen rausgerückt.

Auszeichnung für besondere Verdienste. Ich habe für Dich plädiert. Wenn Du willst. Vier Wochen Schwarzes Meer, Krim, Jalta, Simferopol.« Willy starrte und die Jungen posaunten: »Ist ja irre.« Willy sagte trocken: »Ich kann doch nicht einfach alles im Stich lassen.« Eckhard legte forsch fest: »Auf der Arbeit brennt nüscht an. Du packst Deinen Koffer und saust los.« Willy war mulmig zumute.

Er stand der Sowjetunion nicht mehr ganz vorbehaltlos gegenüber. In seiner Jugend hatte er das Geburtsland der proletarischen Revolution als das Vaterland aller Kommunisten betrachtet, bewundert und sich sehr nach dort gesehnt. Reisen in die Sowjetunion? Darüber brauchte ein einfacher Arbeiter freilich gar nicht nachzudenken. Dafür fehlten ihm gänzlich die Mittel und auch die Beziehungen, selbst wenn er in der Kommunistischen Partei organisiert war. Willy schöpfte sein durchweg positiv konnotiertes Wissen über den sozialistischen Weg in der Sowjetunion aus der kommunistischen Presse und erwarb es auf Weiterbildungsveranstaltungen seiner Partei. Nachdem der deutsche Faschismus an die Macht kam, liefen die Nachrichten spärlich, nichtsdestotrotz hoffnungsvoll. Der Nachtangriffspakt, unterzeichnet von Joachim von Ribbentrop und Wjatscheslaw Molotow, verhieß auf lange Zeit Frieden, war jedoch eine klare Fehlkalkulation. Der Krieg – zunächst als Polizeiaktion gegen die Republik Polen geführt – brach unmittelbar aus. Willy, der seit dem Reichstagsbrand, der Verhaftung seiner Genossen sowie ihres Führers, Ernst Thälmann, von der Partei abgeschnitten war, dümpelte vor sich hin und bildete sich selbstständig seine Meinung. Eine Meinung, die nicht ganz unbeeinflusst von den offiziellen Nachrichten, den Propagandareden Goebbels' und den Spekulationen der Nachbarn bleiben konnte. Selbst den Überfall auf die Sowjetunion verstand er zunächst als Präventivkrieg. Freilich steht der kleine Mann militärischen Auseinandersetzungen stets zurückhaltend gegenüber und ein überzeugter Kommunist sowieso, aber der Expansionswille »mongolischer Horden« und »bis zu den Zähnen bewaffneter Roter Kommissare« erschien auch einem Willy Krumm als plausible Begründung für vorbeugende Abwehrreaktionen. Bis er selbst an die Ostfront kam! Von der Weichsel bis zum Don, vom Baltischen Meer bis zum Schwarzen Meer, überall brannte die Erde, dreihundertfünfzig ausgelöschte Dörfer und die Städte waren bis auf die Grundmauern niedergewalzt. Sogar die Apfelbäume in den Gärten legten sie um und die Toten stapelten sich an Wegrändern und in tiefen Gruben. Auf ihrem Vormarsch plünderten und mordeten die Deutschen, auf ihrem Rückzug blieb kein Stein auf dem anderen, nichts und niemand entkam ihrem Zerstörungswahn. – Eingekreist, beschossen, sich der Übermacht beugend und zugleich erlöst geriet Willy in Gefangenschaft. Der Rote Kämpfer mit dem derben, breiten Gesicht, den schräg stehenden, dunklen Augen fauchte ihn an, winkte mit dem Gewehrkolben und führte ihn vor. Willy schloss mit dem Leben ab und bereute es nicht. Er schämte sich und er war müde, unendlich müde. Der Rote stieß zu und herrschte: »Wannaja!« Wozu Baden, wenn man doch gleich stirbt? Willy badete, wurde in eine schlichte Kluft eingekleidet, bekam zu essen und weinte. Sie steckten ihn in ein weit im Hinterland, bei Swerdlowsk gelegenes, eintausend Meter tiefes Steinkohlebergwerk und er musste Entwässerungsanalgen installieren und instand halten. Willy gehorchte stumm und arbeitete, so gut er konnte. Er kam allmählich zu sich und vermerkte nachhaltig wirkenden Hass. Nicht nur Hass. Es war eine abgrundtiefe Abneigung zwischen den Russen und den Deutschen. Eine Abneigung, die sich nicht nur aus den jüngsten Ereignissen speiste, sondern sich auch aus der völligen Abwesenheit von Kultur oder irgendeiner anderen Form von Zivilisation nährte. Während die Russen unten im Berg die Förderung der Kohle bis zur physischen Leistungsgrenze forcierten – Arbeit ist niemals leicht zu stemmen –, kannten sie aber auch übertage weder Erbauung noch Entspannung. Die Vorarbeiter und Ingenieure pressten aus sich, ihren Leuten und den Gefangenen das Letzte heraus, verbrachten kurze Pausen in Erdhöhlen, in wenigen, halbverfallenen Stein- oder Holzhäusern und nagten förmlich am Hungertuch, vegetierten am Existenzminimum. Menschen starben wie die Fliegen in der aufkommenden Winternacht. Sieht so Sozialismus aus? Das enttäuschte den Kommunisten und Internationalisten Willy Krumm maßlos. Im Gegensatz zu den Russen entfalteten die Kriegsgefangenen selbst noch unter den primitiven Bedingungen ihrer Unterkunft und Versorgung Anregendes und Erholsames, wie Gesangsstunden, Bildungsveranstaltungen, Diskussionsrunden. Willy meinte, dass dem Russen seine Rückständigkeit wie eine Erbkrankheit anhaftet. Er versteht es einfach nicht, sich einzurichten. Allmählich, wie er genauer hinschaute und die Sprache auch verstand, dämmerte es Willy: Wir befinden uns im Ausnahmezustand! Dieser Krieg ist ein Vernichtungskrieg, angezettelt und ausgeführt von der zum Sterben verurteilten Bestie. Der Krieg tobt nicht nur an den Fronten, er überzieht den ganzen Kontinent, er wird an jedem Arbeitsplatz geführt, er überschattet alle Siedlungen von Brest bis Wladiwostok, leckt nach den entferntesten

Winkeln, kriecht in jede Hütte hinein und zerrt am Leben jedes Einzelnen. Kurzum: Das getretene Land mobilisiert seine Reserven, fordert Mann, Frau und Kind. Ganz logisch erzeugen seine Entbehrungen und Opfer Hass, ohnmächtige Wut und Abneigung. Unweigerlich werden die Russen weder Frieden schließen und verzeihen können. – Wie Willy entlassen und heimgekehrt war, verloren die damaligen Eindrücke an Bedeutung. Allein, unterschwellig mitlaufende Skepsis bedrückten ihn und im Angesicht permanenter Hochrüstung in allen Lagern häuften sich alte Vorbehalte. – In die Sowjetunion reisen? Wozu?

»Was soll ich denn da?«, murrte Willy konsterniert. Eckhards Miene verdüsterte sich: »Na, Mensch, zum einen mal schön faulenzen und zum anderen mal schauen, wie die sich hochgerappelt haben. Sind doch unsere Bündnispartner.« Plakativ legte er nach: »Von der Sowjetunion lernen, heißt doch siegen lernen. Die sind doch sozusagen unser Vorbild. Schließlich hören unsere Leute hier auf Dich. Magst dann berichten, wie es wirklich ist.« Willy sah sich nie als Agitator. Er war ein Mann der Praxis. Als Sprachrohr mochte er sich schon gar nicht einspannen lassen. »Dann fahr Du doch«, wehrte er unwirsch ab. Eckhard kramte ein Papier heraus, schob es zu Willy hin und schloss: »Am fünfzehnten Oktober ist Vorbereitungsveranstaltung beim Bezirk in Potsdam. Und am ersten November geht es los. – Kannst es Dir ja noch überlegen.« Willy nickte. Eckhard erhob sich: »Tschüss, denn. – Wir treffen uns auf der Arbeit.« Draußen war er. Willy schaute verdutzt und seine Jungen ungläubig.

Volkmar und Andreas war auf der Fahrt zum Großvater aufgegangen, wie herrlich es mit einer Eisenbahn zugeht. Der Zug trägt seine Passagiere über weite Strecken, eröffnet neue Einsichten und Aussichten. Landschaften dehnen sich, Häuser, Gärten, Straßen, Felder huschen vorbei, die Bilder wechseln in rascher Folge, Bahnhöfe künden vom pulsierenden Leben, Leute plaudern, berichten dies und jenes. Die Jungen konnten nicht genug davon bekommen. Als sie nach nur zwei Stunden ausstiegen, schickten sie dem sich entfernenden Zug sehnsüchtige Blicke nach. Die Mutter tröstete: »Es wird doch nicht das letzte Mal gewesen sein, dass wir zum Opa gefahren sind.« Sie zottelten missmutig hinter der Mutter her. Wäre ihnen einer gekommen und hätte eine Fahrkarte auf den Tisch gelegt, würden sie sofort aufbrechen. »Aber, Opa, wie kannst Du so was ablehnen?«, entrüstete sich Volkmar. Willy grummelte: »Abgelehnt habe ich nicht. Nur Bedenkzeit erbeten.« Andreas hakte dort ein: »Du darfst aber nicht zu lange überlegen, sonst fährt ein anderer.« – »Schon ja«, murmelte Willy gedrungen. Volkmar stob hoch, holte den Atlas, breitete die Karte über Tellern und Tassen aus. Sie steckten die Köpfe zusammen und checkten aufgeregt die Strecke. Über zweitausend Kilometer durch verschiedene Gegenden und mit allerlei sehenswerten Orten dazwischen. »Opa, das musst Du einfach machen. Und später erzählst Du uns davon.« – Nun ja, um der Kinder willen, mochte Willy fahren. Und was verlor er denn? In einer Reisegruppe sich zurückhalten und still beobachten, so konnte er die vier Wochen über sich ergehen lassen. Damit wären alle zufrieden gestellt, außer eventuell er selbst, dem arg übel ankam, wie widersprüchliche, alte Eindrücke und Emotionen aufkeimten.

Willy stellte sich zur Vorbereitungsveranstaltung in Potsdam ein. Dort wurden sie mit der Route vertraut gemacht, auf landestypische Gepflogenheiten hingewiesen, auf Zurückhaltung und Anstand eingeschworen. Als wäre das nötig gewesen! In Auslandsreisegruppen trafen sich ausschließlich Menschen, die der Sache des Kommunismus aufgeschlossen gegenüberstanden und denen die Worte von der Völkerfreundschaft und Toleranz keine Plattitüden waren. Willy regelte seine Angelegenheiten und sauste am ersten November in einer Gruppe aus zwanzig Urlaubern gen Osten. – Und dann kamen die viel besungene, atemberaubend weite, wunderschöne Landschaft, Städte und Dörfer in der Blüte ihrer Jahre, liebenswerte Menschen und das berauschende Flair orientalischer Lebensart. Stolz und hingebungsvoll präsentierten die Russen ihre Heimat, öffneten ihre Museen, Theater und ihre Wohnungen, lasen ihren Gästen jeden Wunsch förmlich von den Augen ab, boten alle Bequemlichkeiten auf, ließen es nicht an Entgegenkommen fehlen und verrieten mit keiner Silbe, was lange hinter ihnen lag. Taumelnd zwischen den erhebenden Gefühlen aus Dankbarkeit und Begeisterung für das gigantische Werk, das der schaffende Mensch hier errichtet hatte, kehrte Willy tief beglückt zu seinem Haus Am Schlaatz heim. Obgleich oder gerade weil ihn die Agitationsreden seines Parteiorganisators Eckhard Deibel derweil oft als aufgeblasen und abgehoben aufstießen, hielt Willy einen schlichten Vortrag vor einem zahlenmäßig recht kleinen Publikum im Kulturhaus. Er legte seine Reiseeindrücke ohne Pathos dar und vermittelte als Augenzeuge das leicht verständliche Lebenselixier aller: Frieden.

# HIMMELPFORT

Der Ort machte seinem Namen alle Ehre: Die Pforte zum Himmel beziehungsweise das Paradies, wenn man sich beides als einen mehrstöckigen, palastähnlichen Bau in einer nahezu naturbelassenen, üppig wuchernden, friedvollen Umgebung vorstellt. Das Kinderheim war im ehemaligen Gutshaus untergebracht. Rings um das schöne Gebäude erstreckte sich ein riesiger Park mit prächtigen uralten Bäumen. Ein über Steine und andere niedrige Wehre springendes Fließ vermittelte Wildromantik. Zum Heim führte vom Dorf her eine breite Zufahrtsstraße. Das Haus betrat man über eine Freitreppe am Fuße eines stuckverzierten Eingangsportals und erreichte zunächst den Gemeinschaftsraum. Früher diente das helle, weite Vestibül den Empfängen der hohen Herrschaften. Jetzt nahm es die Kinder und ihre Erzieher während ihrer gemeinsamen Mahlzeiten und Feierlichkeiten auf. Das erste und mit Hingabe vorbereitete Fest, das Hildegard, Peter und ihre Kollegen mit den Kindern feierten, war das Weihnachtsfest des Jahres 1960.

Es musste eingekauft, gewaschen, geputzt, gekocht, gebastelt, eben all das erledigt werden, was in einer ganz normalen Familie üblicherweise ebenfalls getan wird. Hildegard hatte als Heimleiterin den Plan erarbeitet und alle Fäden in der Hand. Peter, der in erster Linie als Haushandwerker fungierte, nahm die Bastelfreunde zur Seite. Sie wuchteten die Tanne ins Vestibül und schmückten den Baum. Helmut und Eva Künne, beide so um die Vierzig, miteinander verheiratet und mit vier eigenen Kindern hier angetreten, oblagen das leibliche Wohl der quirligen Gemeinde. Sie füllten die Speicher, verwalteten die Finanzen, kümmerten sich um die Hauswirtschaft. Mit den Leckermäulchen ackerten sie tagelang in der Küche, backten und verzierten Kuchen, Torten und Plätzchen. Reichlich Kräfte waren da gefragt, zumal außerdem die Zubereitung der täglichen Mahlzeiten auch noch anstand. Angelika war die Jüngste unter den Erwachsenen. Sie hatte soeben die Erzieher-Ausbildung beendet und war enthusiastisch dem Ruf ihrer Partei gefolgt, elternlosen Kindern ein Zuhause zu geben. Sie stellte sich ihren Zöglingen, eher als große Schwester, denn als ihre Ersatzmutter, zur Seite. Angelika studierte mit den musisch begabten und interessierten Kindern ein paar Lieder und ein hübsches Märchenspiel ein. Bei aller Arbeitsteilung war zugleich jeder für alles und jeden verantwortlich, ganz genau so, wie es in einer richtigen Familie eben auch zugeht. Im Haus wuselte und brodelte es vor Emsigkeit und Vorfreude. Freilich gab es manchmal Zank und Streit, selbstverständlich war nie alles eitel Sonnenschein. Im Großen und Ganzen schafften sie jedoch recht glücklich und frohsinnig.

Hildegard visierte die Räume, schaute nach dem Rechten, befragte Kinder und Erwachsene, registrierte Wünsche, korrigierte oder bekräftigte Absprachen, strich diesem und jenem Kind über den Kopf, lobte, schmeichelte und gesellte sich dann zu den Bastlern im Festsaal. »Nun, wie sieht es aus?«, fragte Peter strahlend, »ist die Chefin zufrieden?« Hänschen äffte: »Chefin.« Hildegard konterte gemütlich: »Ihr sollt nicht immer Chefin zu mir sagen.« Sie nahm eine schillernde Kette zur Hand, hängte sie an den Baum und blickte zum Fenster hinaus.

Sie sinnierte: Ein riesengroßer Krach mit dem Bezirksschulrat, Doktor Eugen Bräuer, in Potsdam war der anheimelnden Atmosphäre des Hauses voraus gegangen. Der Mann war mitnichten der Meinung gewesen, dass ein Kinderheim heiliger und schützenswerter Familienersatz ist. Er wähnte das Heim als politisches, kulturelles Zentrum der Fünfhundert-Seelen-Gemeinde Himmelpfort. Mit klarem Auftrag, die Bevölkerung heranzuziehen und größtmöglichen Einfluss auf sie auszuüben, verlangte er, dass das Haus seine sämtlichen Angelegenheiten der Öffentlichkeit präsentiert. Er sprach von Transparenz und gesellschaftlicher Verantwortung in dem gleichen Maße wie er die Erzieherinnen und Erzieher als Avantgarde kommunistischer Erziehung in der nach wie vor mittelalterlich geprägten Gemeinde aus kleinen Bauern und Fischern sah. Er redete von Dialektik und historischer Entwicklung, bis Hildegard ihn unumwunden, nüchtern fragte: »Sag mal, bist Du bekloppt?« Bräuer schluckte und legte konsterniert nach: »Das Heim, mit teuren Mitteln aufgebaut, hat jetzt die hohe Pflicht, mit der verstaubten Tradition im Ort zu brechen. Das sind wir der Arbeiterklasse schuldig. Der Bündnisfall Arbeiter und Bauern wird Früchte tragen.« Hildegard hieb die flache Hand auf die Schreibtischplatte. Bräuer hielt erschrocken inne. »Jetzt will ich Dir mal was sagen«, führte sie spitz aus, »in erster und einziger Linie ist ein Heim eine Familie. Schon schlimm genug, was den armen Würmern passierte. Aber noch schlimmer, ja geradezu verheerend wird sich auswirken, wenn wir das Haus öffnen. Hast Du denn gern Besuch in Deinem Schlafzimmer? – Respekt vor der Privatsphäre verlange ich. Das verlange ich kategorisch!« Bräuer holte tief Luft und schlug zurück: »Du willst Dich also dem politischen Auftrag entziehen, Genossin Huber?« Hildegard griente lässig: »Ich habe keinen politischen Auftrag. Ich habe einen menschlichen Auftrag.« Er dröhnte:»Du wirst also keine gesellschaftlichen Höhepunkte in Himmelpfort arrangieren?« Sie zischte:»Meine Höhepunkte gehen Dich gar nichts an, die sind nämlich reine Privatangelegenheit.« Der Schulrat beharrte auf seinem Standpunkt und die Heimleiterin verließ verstimmt die Amtsstube.

Aus Potsdam zurückgekehrt, berichtete sie ihren Kollegen:»Das ist ein ganz Hundertprozentiger. Der macht uns Schwierigkeiten. Der weist uns nach, dass wir unfähig sind.« Helmut wiegelte ab:»Ich kenne den. Der bellt laut, ist aber ungefährlich. Wirst sehen, da kommt nichts nach. Und kommt was nach, sind wir ja auch noch da.« – Weit gefehlt. Der Schulrat rauschte zur Inspektion herbei, schnüffelte überall herum, mäkelte und nörgelte, erlaubte sich Urteile über Tatbestände, von denen er offenkundig keine Ahnung hatte. Peter maulte:»Dem trete ich ins Kreuz.« Helmut behielt auch hier die Ruhe. Er lockte Bräuer ins Lager, ließ ihn sich umsehen und staunen. In Regalen, Kisten und Körben stapelten sich die herrlichsten Gaben, Lebensmittel aber auch Textilien und Ausstattungsgegenstände, von denen der normale Durchschnittsbürger nur träumen konnte. Helmut war nämlich ein findiger Zeitgenosse und wusste die monetäre Großzügigkeit des Staates in die rechten Kanäle zu lenken. Er hortete hier die Köstlichkeiten und Luxusgüter, mit denen er die Heimbewohner zu verwöhnen pflegte.»Nun?«, fragte Helmut schmeichelnd,»ein Beutelchen Apfelsinen gefällig oder lieber das hier?« Er zeigte auf eine flauschige Wolldecke. Bräuer druckste herum. Helmut legte ihm beides in den Arm und ans Herz:»Lassen Sie die junge Kollegin in Ruhe. Sie ist noch ein wenig ungehobelt. Mit der Zeit wird das schon.« Bräuer nickte ergeben und verabschiedete sich. – Später fragte Hildegard:»Sag mal, Helmut, hast Du dem Bräuer was zugesteckt? Ich sah ihn mit Sachen zum Auto laufen, die er vorher kaum dabei hatte.« Helmut hob einen Finger an die Lippen und raunte geheimnisvoll:»Kleines Dienstgeheimnis.« Hildegard zog die Stirn kraus. Helmut besänftigte:»Du weißt doch, wie ich wirtschafte. Da fällt so ein Schweigegeld alle Male ab.« Sie fühlte sich auf zwiespältige Art beruhigt.

Leichter Schneefall setzte ein und überdeckte den Herbstmatsch mit einem weißen Schleier. Die Kinder tobten vors Haus, jauchzten und feierten diese Herrlichkeit. Sie suhlten sich regelrecht im Park. Restlos verdreckt traten sie zum Abendbrot an. Hildegard lachte und scheuchte das Völkchen ins Bad. Helmut moserte:»Unter der Woche baden, das war noch nie da.« Hildegard lockte:»Du bist doch der beste Wirtschafter, sagst Du selbst. So was fällt ab.« Helmut legte widerwillig einige Schaufeln Koks im Heizkessel nach. Sie badeten sich. – Nach dem Essen verzogen sich sämtliche Kinder in ihre Schlafräume. Den Kleinen sang Angelika ein lieblich säuselndes Schlaflied, die Großen durften noch etwas länger aufbleiben, lesen oder mit Hildegard noch ein wenig schwätzen. Während sich oben Ruhe allmählich ausbreitete, klapperte und schnaufte es noch unten in der Küche. Eva, Helmut und Peter wuschen an die vierzig Teller, Tassen, Bestecke. Nach dem Abwasch rumorte es im anderen Wirtschaftsraum. Sie sortierten die schmutzige Wäsche, befüllten die Maschinen, ließen sie rumpeln. Jeder nahm sich dann noch eine Handarbeit vor. – Endlich war für heute alles getan beziehungsweise die Kräfte erschöpften sich. Restlos ausgelaugt suchten sie ihre Schlafplätze auf, nur der Nachtdienst, das war heute Angelika, richtete sich im Vestibül mit Leselampe und Lektüre auf der seitlich in einer Nische stehenden Liege ein. Sie begann zu wachen.

Sehr leise, kaum hörbar kratzte und klopfte es an der Eingangstür. Angelika lauschte, schreckte hoch, lauschte wieder und war sich sicher: Da ist jemand. Mitten in der Nacht? Sie schlich zur Tür, legte ein Ohr ans Holz, öffnete vorsichtig und lugte hinaus. Im Schein der hoch angebrachten Außenbeleuchtung erkannte sie ein kleines, graues, buckliges Männlein. »Was wollen Sie?«, fragte Angelika. Er wisperte scheu: »Ich habe Ihnen etwas mitgebracht.« Er kramte ein Tuchpäckchen heraus, schlug es auf und zeigte ein Häufchen bunt eingewickelter Bonbons. Er flüsterte hingebungsvoll: »Für die Kinder«, und reichte die Bonbons zu. Zögernd nahm Angelika die Gabe. »Warum kommen Sie mitten in der Nacht? Wer sind Sie?« Er sagte: »Ich bin der Frieder. Der zweite Hof am Wald.« Sie wiederholte: »Warum in der Nacht?« Er sprach ganz dünn: »Man weiß es nicht.« – »Was weiß man nicht?«, fragte Angelika und erhielt keine Antwort. Der Mann war geräuschlos verschwunden. – Anderntags hockten die Erzieher beieinander und beratschlagten sich. Die Bonbons lagen zwischen ihnen auf dem Tisch. Hildegard fasste zusammen: »Ganz so einfach ist es offenbar nicht. Wir hier und das Dorf da. Die Leute machen sich Gedanken, spekulieren, sind verunsichert. Ein Heim hat immer auch was Geheimnisvolles.« – »Also doch Transparenz, Öffnung«, folgerte Eva. Helmut präzisierte: »Wie unter Nachbarn halt üblich: Man lädt sich gegenseitig ein und plaudert ein wenig.« – »Ein wenig!«, beharrte Hildegard und sah sich von der Realität überrollt. Sie gab zu: »Wir schauen, was sich machen lässt. Weihnachten in Familie und Silvester meinetwegen mit den Nachbarn.« – Weihnachten kam und ging vorüber. Silvester feierten sie auch unter sich. Die Zeit war einfach zu knapp, die ganzen Umstände ungeklärt, um da noch irgendetwas zu organisieren. Für den Dreikönigstag hatte Hildegard die zündende Idee. Ganz und gar nach altem Brauch putzten sie ein paar Kinder hübsch heraus und schickten sie mit Klingelbeutel, Kerzen und Sternchen ausstaffiert einmal die Dorfstraße hoch und runter. Die Bauern schauten stumm. Hildegard lobte sich die Verbindung von Tradition und lebendiger Gegenwart. Bei ihrem Vorgesetzten stieß sie mit der Nummer auf restloses Unverständnis. »Bist Du völlig übergeschnappt?«, herrschte Bräuer bei seiner nächsten Visite, »lullst die Kinder mit diesem Schwachsinn ein und hältst die Bauern zum Narren.« Hildegard rechtfertigte sich auftrumpfend. Allein, weder Starrsinn noch Argumente überzeugten. Heimleiterin und Schulrat gifteten sich böse an, trennten sich vergrämt und Helmut griff erneut in sein Arsenal aus Delikatessen und Luxusartikeln.

Die Jungen, Andreas und Volkmar, inzwischen acht und neun Jahre alt, zog es zum Großvater. Sie hatten ihren eigenen Kopf und bestimmten recht selbstbewusst ihren Aufenthaltsort. So gut es ihnen in Himmelpfort gefiel, so gern mochten sie unbedingt, jetzt endlich Willys Reiseberichten lauschen. »Osterfeiertage in Familie«, moserte Hildegard und musste sich aufklären lassen: »Opa ist auch Familie und kann uns paar Eier verstecken und Süßigkeiten kaufen.« Damit war die Sache entschieden, Hildegard fand sich ab und setzte die Kinder auf die Bahn. Zugleich war ihr Nachgeben auch davon befördert, dass sie hier ohnehin genug zu tun hatte, Andreas und Volkmar praktisch nebenher mitliefen, während Hildegard ihren Zöglingen die volle Aufmerksamkeit schenken musste. In ihr rumorte der Konflikt aller berufstätigen Mütter: Habe ich ausreichend Zeit für meine Kinder? Sie kniete sich in ihre Arbeit und wähnte, was allen nutzt, tut am Ende auch den eigenen gut, und merkte dabei nicht, wie sie die Heimkinder vorzog. Nicht dass Andreas und Volkmar Mangel litten. Das war es nicht. Aber die permanente Öffentlichkeit in der großen Gemeinschaft aus dreißig Kindern und fünf Erziehern, der penibel organisierte Tagesablauf im Haus, das alles empfanden die Knaben als recht ungemütlich und sie wichen daher zum Großvater aus. Dort durften sie auch mal faulenzen, auch mal was rumliegen lassen, auch mal Essenswünsche außer der Reihe äußern, die dann sogar erfüllt wurden. – Alsbald war der Aufenthalt von Volkmar und Andreas nie mehr Diskussionsgegenstand. Die Jungen packten ihre Taschen ganz allein, düsten los und entfernten sich sukzessive von der Mutter. Was sie als den normalen Abnabelungsprozess Heranwachsender theoretisch gut zu begründen wusste, schmerzte trotzdem als Entfremdung. Willy Krumm baute das Dachgeschoss seines Hauses aus. Er richtete sich dort ein kombiniertes Schlaf- und Wohnzimmer ein und zog sich zurück, wenn er seine Ruhe brauchte. Den Knaben bewilligte er die unteren Räume. Sie mochten sich ausbreiten, mit Freunden treffen und was auch immer treiben. Einzig gemeinsames Domizil blieb die Küche, wo Willy auch energisch das Zepter schwang, im Allgemeinen jedoch Gemütlichkeit dominierte. Sie nannten es »Männerrunde«, wenn Willy aus seinem Leben erzählte, wenn er aber auch, denn das musste freilich von Mal zu Mal sein, den einen wie den anderen zur Ordnung rief.

Der Sommer des Jahres 1961 kam mit herrlichem Wetter daher. Alle Welt verbrachte angenehme Ferien. In einer lauen Nacht dichteten Einsatzkräfte der Kampfgruppen der Deutschen Demokratischen Republik die Staatsgrenze zu Westberlin hermetisch ab. Das wurde Sonntag im Radio durchgegeben. Hildegard realisierte schlagartig: Wir sind von den Verwandten abgetrennt! Erst jetzt fiel ihr wirklich und wahrhaftig auf, dass sie seit Jahren den Kontakt vernachlässigt hatte. Zunächst als Folge ihres nahezu panischen Aufbruchs, später aus echtem Zeitmangel und dann aus Gewöhnung verschob sie die schlichte Meldung ihres Umzuges von Teltow nach Potsdam sowie nach Himmelpfort auf den Sankt Nimmerleinstag. Die arme Tante Else, folgerte Hildegard mitleidig, wird irgendwann bei uns vor der Tür gestanden haben und keiner war mehr da. Dabei ging es ja nicht nur um Äpfel, Kirschen für Else oder die paar Westmark für Hildegard, sondern es ging auch um die Nähe innerhalb der Familie. Obgleich das alles im Alltagswust untergegangen und als unwichtig beiseite geschoben worden war, litt Hildegard an diesem 13. August heftigen Trennungsschmerz. Sie fühlte sich plötzlich total unglücklich und einsam. Hätte sie die Zeit zurückdrehen oder die neue Grenze einreißen können, wäre sie mit aller Kraft dabei gewesen. Eine solche Lösung war irrwitzig und bot sich ja auch gar nicht an, also fügte sie sich schwer angeschlagen in das Unvermeidliche. Die Grenze betrachtete sie fortan als Affront gegen ihre ureigensten Privatangelegenheiten. Als sich dann auch noch im Zentrum Berlins amerikanische und russische Panzer gegenüberstanden und ein winziges Fünkchen genügt hätte, das Pulverfass Europa in die Luft zu jagen, nahm Hildegard ihr Parteibuch, zerriss es in ganz kleine Schnipsel und warf es ins Feuer. Zufrieden mit ihrem Werk, setzte sie sich an ihren Schreibtisch und schrieb eine Karte an Vater Erich und Ziehmutter Else. Wortreich leistete sie Abbitte, beschwor den Familiensinn und bat inständig um Wiederaufnahme der guten, alten Beziehungen. Sie beschriftete die Karte noch mit der Adresse, Berlin-Lankwitz, Nicolasstraße 25, klebte eine Marke drauf, versicherte sich mit einem raschen Rundumblick der Ordnung im Haus und jagte zum zwei Kilometer entfernten Bahnhof. Plötzlich hatte sie das drängende Gefühl, keine Zeit mehr versäumen zu dürfen. Eine fürchterliche Unruhe loderte in ihr. Fürwahr! Abgehetzt und atemlos erreichte sie die Bahn, genau jenen Zug, der die Post beförderte, drückte dem Zugbegleiter ihre Karte in die Hand und sackte förmlich in sich zusammen. Mit letzter Kraft schleppte sie sich zu der dort stehenden Bank und ließ sich nieder. Stumm geschlagen starrte sie lange vor sich hin.

Da fiel ein Schatten von drei Figuren in ihr Sichtfeld. Hildegard blickte hoch und gewahrte Schulrat Bräuer mit zwei Kindern an seiner Seite.»Was ist Dir, Hildegard?«, fragte er behutsam. Sie wiegelte ab:»Ich weiß es nicht. Bisschen warm vielleicht heute. – Was ist los?« Bräuer wies auf die Kinder:»Diese beiden sind ab heute bei Dir. Nimmst Du sie mir ab? Ich stocke Euren Etat auf. Die Akte habe ich gleich mitgebracht. Steht aber nicht viel drin. Wenn Du willst, berichte ich mündlich, ansonsten tschüss.« Er wartete. Hildegard raffte sich hoch und knurrte:»Klar. – Erzähle, was ich wissen muss, aber fass' Dich kurz.« Hildegard ergriff die kleinen Händchen und führte die Kinder zur Straße. Bräuer folgte in geringem Abstand.

Die Kinder, Jaqueline und Cäcilia Schubert, waren Geschwister und stammten aus einem Durchgangsheim in Berlin-Oberschöneweide. Lang hatten die Fünfjährigen dort ausgeharrt und nichts und niemand hatte sich um sie gekümmert. Betreuerinnen gab es freilich und die waren auch rührend um die Mädchen bemüht. Aber die Kinder warteten auf die Mama oder den Papa, auf die Oma oder den Opa. Einer musste sie doch vermissen und wieder abholen. Jaqueline und Cäcilia erinnerten, wie sie eines Abends zu Bett gebracht wurden, die Mama einen Kuss gab, gute Träume wünschte und am nächsten Morgen nicht mehr da war. Sie kam auch am Mittag nicht und am Abend nicht und in der Nacht schon gar nicht. Die Kinder hockten allein und schlugen sich tapfer durch, doch irgendwann war die seelische Not nicht mehr zu verdrängen und sie öffneten das Fenster und schrien ihre Pein hinaus: »Mama, komm doch! Papa, wo bist Du?« Der Ruf verhallte ungehört. – Achtundvierzig Stunden waren die Kinder sich selbst überlassen, dann kam Bewegung in die Nachbarn und sie alarmierten die Polizei. Ein Zettel auf dem Küchentisch offerierte: »Wir holen Euch später nach. Suchen in München eine neue, schöne Wohnung. Gruß und Kuss von Mutti und Vati.« Im Durchgangsheim warteten die Kinder fünfzehn Wochen auf ein Zeichen ihrer Lieben. Zeitung und Radio gaben erst täglich und später pro Woche einmal die Suchmeldung bekannt. Am 13. August starb die Hoffnung, dass sich noch jemand meldet und die Kinder wurden fest nach Himmelpfort eingewiesen.

»Ja, Hildegard, wenn Du so lieb sein willst«, stammelte Bräuer wie ein Bittsteller und ließ die Schultern hängen. Ihn dauerte die Situation. Kinder, die wie ein unbrauchbar gewordenes Möbelstück zurückgelassen werden, erschütterten ihn nachhaltig. Mehr noch: Statt jemanden zu bitten, den Kleinen hilfreich zur Seite zu stehen, sie etwa der Fürsorge oder einem Kinderheim vor die Tür zu setzen, wurden diese beiden dem Hungertod ausgeliefert. Freilich stirbt niemand so leicht und auf die hellhörigen Nachbarn ist Verlass. Aber es hätte auch sonstwas passieren können. Eins konnte aus dem Fenster fallen oder sich bei der Zubereitung einer Mahlzeit lebensgefährlich verbrühen. In Bräuers Augen wäre das nicht die Folge von Vernachlässigung oder ein Unfall, sondern Mord. Ginge es nach ihm, würde er die Eltern an den Haaren herbei und zur Verantwortung ziehen. Leider gab es derartige Verhandlungen zwischen beiden deutschen Staaten nicht. Die vielgepriesenen humanitären Bemühungen Bonns griffen nicht. Den Hiesigen waren die Hände gebunden. Das Zerwürfnis litten die Kinder. Dass die Heimleiterin ihm die Kinder abnimmt, setzte er als Selbstverständlichkeit voraus, das gehörte ja zu ihren Pflichten. Was ihn im Moment der Übergabe niederdrückte, waren seine Hilflosigkeit und die Herzenskälte der leiblichen Eltern. – Hildegard hatte sich inzwischen zu ihrer alten Form durchgerungen, klemmte sich die Akte unter den Arm und sagte forsch: »Ist doch schon klar. – Hau endlich ab!« Bräuer trabte zum Bahnhof, wo sein Wagen stand.

Hildegard schob die Kinder ins Haus. Der vierzehnjährige Heiner lungerte gerade lässig im Vestibül herum. Hildegard rief ihn herbei. Er kam, begrüßte die Kleinen und zottelte sie mit sich. Die Kinder trollten sich in den Park. Hildegard, noch die Akte in Händen, suchte Wirtschaftsleiter Künne auf. Zwei Bettchen waren bereitzustellen, persönliche Kleidung sowie Spielzeug mussten her und ab sofort beanspruchten die beiden Mädchen ihren Platz an der gemeinsamen Tafel. Helmut Künne grummelte: »Wieder zwei.« Er kramte in Regalen und Schubfächern. »Haben wir gleich«, sagte er noch.

Sie wendete sich ab, ging ins Büro, legte die Akte auf die Schreibtischplatte und hockte sich sinnierend nieder: Es ist erstaunlich, wie einfach sich Kinder in die veränderte Situation hineinfinden. Freilich greinen sie erst und rufen nach der Mutter. Aber das ist rasch vorbei. Wenn sie in Himmelpfort ankommen, ist das Schlimmste schon überwunden. Polizei, Fürsorgerin, Arzt, Durchgangsheim, das sind die üblichen Stationen. Dabei werden die Kinder immer stiller, bis sie irgendwann gar nichts mehr sagen, nur noch registrieren. Hier tauen sie rasch auf, fügen sich wie selbstverständlich in die Gruppe und es ist, als hätte es ein Davor nie gegeben. Ja, es ist einfach. Kinder spüren mit sicherem Instinkt, wer ihnen gut ist. Und genau an diesem unproblematischen Übergang von der Familie zum Kinderheim reibt sich das Gefühl, bäumt sich das Gewissen auf, schmerzt einem das Herz. Hildegard unterdrückte ihre Aufwallung von Zorn. Es bringt nämlich nichts, den Eltern Flüche nachzujagen. Wie es erst recht nichts bringt, mitleidig auf die Kinder einzugehen. Wollten sie ihre Zöglinge emotional stabilisieren, musste das Trauma der Zurückweisung gründlich von der lebendigen Normalität ihres neuen Alltages weggespült werden. Dafür lieferten die Kinder die beste Vorlage. Sie schwiegen, kamen an und machten einfach weiter. Hildegard raffte sich auf, legte die Akte zu den anderen siebenundfünfzig und nahm ihren Kontrollgang durch das Haus und übers Gelände auf.

Jacqueline und Cäcilia spielten derweil schon sichtlich unbekümmert zwischen den anderen. Angelika führte Aufsicht, saß auf der Bank unter beschattenden Bäumen, hatte ein Buch bei sich, blinzelte ab und an ins Blätterdach, überschaute scheinbar teilnahmslos das quirlige Völkchen, das es zwar im Blick zu behalten, nicht aber unausgesetzt zu kontrollieren, anzuleiten oder etwa zu bevormunden galt. Hildegard setzte sich zu ihr. Angelika fragte:»Ob sie wirklich vergessen?« – »Ganz wohl nie«, quittierte Hildegard und erinnerte ihrer eigenen Geschichte. Einer Geschichte, die von verstoßenen Kindern, einer herzlosen Mutter und einem gewissenlosen Vater handelte, im Dunklen lag, wenig erklärt, nur kummervoll kommentiert wurde, bis sie nach der Mutter forschte und Ziehvater Willy – damals lebten sie noch in Teltow – ins Gebet nahm.

Willy Krumm erzählte:»Wir gehen mal zurück in die zwanziger Jahre, also dahin, wo Deine Eltern noch jung waren. Von meinem Bruder habe ich nie viel gehalten. Ich sage mal so: Erich ist ein Hallodri, egoistisch und selbstherrlich. Jahrelang lebte er zwei Verhältnisse. Das eine mit Deiner Mutter Martha und das andere mit Else. Die eine wohnte in Brügge, heute Ławy im Kreis Myślibórz, jenseits der Oder, etwa hundert Kilometer von hier entfernt. Die andere lebte hier in Berlin. Als Kraftfahrer mit eigenem Wagen war es für Erich nie ein Problem, zwischen den beiden hin und her zu sausen. In Berlin spielte er den Lebemann. Das war gar nicht schwer. Er hatte im Beruf Erfolg und Else bot einiges. Sie stammte aus gutem Hause und war sozusagen eine Frau, die was darstellt. Martha war das Kind sehr einfacher Leute, ein wenig einfältig vielleicht, aber auf jeden Fall mit großen Hoffnungen, Träumen und einem wirklich liebenden Herzen. Erich versprach ihr alles. Sie ließ sich auf ihn ein und Dein Bruder und Du kamen zur Welt. Ihr ward dann in Brügge im kleinen Haus, bei Mutter und Großeltern. Erich zahlte Unterhalt, nicht zu viel und eher sporadisch, und er heiratete hier in Berlin seine Else. Soweit, so gut – oder eben nicht gut. Das lief so an die zehn Jahre, hätte auch weiterlaufen können, bis Erich im Jahr achtunddreißig die Aufforderung vom Gesundheitsamt bekam, sich wegen Erbkrankheit vorzustellen. Was war geschehen? Du und Dein Bruder waren als erbkrank bezeichnet und Ihr solltet als Probanden an vertierte Ärzte in einer Klinik abgeliefert werden. – Nun kann einer sagen, er habe nichts gewusst oder nicht mal was geahnt oder nichts gesehen. Weißt Du, im Nachhinein waschen alle ihre Hände in Unschuld. – Aber so war es nicht. Alle wussten, was mit Erbkranken geschieht: Sie wurden getötet und die nahen Verwandten wurden sterilisiert. Klar, dass Erich in Panik geriet. Wollte er sich retten, musste er seine Kinder retten. Soweit die Logik meines Bruders. Er und Else fuhren nach Brügge und holten Euch als kleine Kinder von dort weg. Raus aus der Schusslinie und untertauchen, das war die erste Reaktion. Ganz einfach. Klar war Martha traurig, wie sie Euch hergeben sollte und ihre Eltern heulten auch zum Gotterbarmen, aber was sollten sie denn machen? Ihr kamt also hier in der großen Stadt Berlin an. Aber so leicht ging es dann doch nicht. Lankwitz, wo Erich und Else leben, war auch ein Dorf. Jeder kannte jeden. Wie erklärt man den Nachbarn, der Fürsorge oder etwa in der Schule, dass plötzlich zwei Kinder da sind? Die waren doch auch wach und Ihr kein Einzelfall. Mord an Kindern – Erbkranke, unerwünschte Rassen und so weiter, das war doch gang und gäbe. Einer bespitzelte den anderen. Zunächst half die Lüge, dass die leibliche Mutter verstorben ist. Aber das langte nur für ganz kurze Zeit.

Ihr Kinder musstet wieder weg. Fritze brachten sie nach Lüneburg auf den Bauernhof vom Felix Sauerbier. Das ist der Bruder von Else. Felix war ein strammer Nazi, also die beste Tarnung. Er beschäftigte auf seinem Hof hunderte arme Leute, angeblich zwecks Umerziehung und Wiedereingliederung. Der fragte nicht lange nach der Herkunft von einem, Hauptsache, er konnte arbeiten. Fritze lernte also arbeiten. Und Du kamst zu mir und Anna. Wir wohnten ja damals im Prenzlauer Berg, dicht bevölkertes Arbeiterviertel, ein Haufen Gören sowieso. Da fällt eins mehr oder weniger nicht so rasch auf. Nur eins war wichtig: Absolutes Schweigen! Ihr durftet niemandem etwas erzählen können. So haben wir es gehalten. – Was wäre noch über Erich zu sagen? Klar hat er sich selbst gerettet, indem er Euch wegbrachte. Klar. Nur, ist ihm das zu verdenken? Er hat sich nie sonderlich um andere gekümmert, aber eins ist ihm sicher hoch anzurechnen, nämlich, dass er im entscheidenden Moment richtig und mutig reagierte. Else will ich da nicht aussparen. Teils aus Anhänglichkeit an ihren Mann, aber zu einem großen Teil aus Mitgefühl hat sie in dieser wirklich schlimmen Situation zu uns gestanden. – Ja, wie gesagt, ich habe nie viel von meinem Bruder gehalten und wir waren uns fast nie einig. In dieser Sache war es aber so, dass wir das gemeinsam gestemmt haben. Was sollte denn werden?« Erschöpft hielt Willy inne.

Hildegard hatte derweil über den Suchdienst ein Papier erhalten, das Auskunft gab: Die Mutter verstarb in Ravensbrück. In diesem Konzentrationslager wurden während der Zeit des Faschismus an die zweihundertfünfzigtausend Frauen, Mädchen und Kinder interniert, von denen zwei Drittel ums Leben kamen, der Rest, schwerkrank und traumatisiert, wurde im Früh-

79

jahr 1945 von der Roten Armee befreit. In der Gedenk-stätte gab es Zeugnisse von ehemaligen Häftlingen. Der Martha Kroll erinnerten einige. Hildegard fragte weiter:»Ich weiß von der Mutter und den Großeltern eigentlich fast nichts. Wieso kamen sie ins Konzentrationslager?« Willy setzte fort:»Du musst Dir das so vorstellen: Brügge, ein ganz kleiner Ort mit nur höchstens fünfhundert Leuten. Da kennt auch einer den anderen. Wie die Kinder fort waren, wurden die Nachbarn natürlich stutzig. Freilich hatten die Krolls sich eine Legende zusammengestrickt, unge-fähr so: Die Kinder werden in Berlin in der Charité be-handelt. Das genügte sicher zunächst auch. Mit der Zeit fielen die Nachbarn aber über Martha und ihre Eltern her, denn wohlgesonnen war denen kaum einer. Die Krolls waren lange vor Hitlers Macht kommunistisch gesinnt und politisch auch immer aktiv. Genaues weiß ich freilich nicht. Aber eins weiß ich genau, dass die paar bekannten Gegner des Regimes nach dreiunddrei-ßig geächtet und von den eigenen Leuten schikaniert und denunziert wurden. Der aufgeputschte Mob wollte sie bluten sehen. Man muss leider sagen: Die Masse ist in ihrem Elend unerbittlich gegenüber noch Schwäche-ren. Ich nehme deshalb an, dass man sie hänselte und provozierte, bis es zum Eklat kam und sie wahrschein-lich eine unvorsichtige Bemerkung machten oder so. So was ging ganz schnell. Sie wurden abgeholt, verhört und schwiegen. Das ist sicher. Sie müssen durchgehal-ten haben, denn hätten sie nicht geschwiegen, wären wir alle draufgegangen. Wir blieben unbehelligt. Von Martha wissen wir wenigstens noch, wo sie starb. Von ihren Eltern fehlt jede Spur.« Hildegard bemerkte hilf-los:»Vielleicht leben sie noch irgendwo, sind ausge-wandert, melden sich irgendwann.« Willy entgegnete:

»Mädel, das sind Hirngespinste. Der kleine Mann hat weder Beziehungen noch Geld, um auszuwandern. Du kannst Dir gar nicht vorstellen, wie arm die Krolls waren, dagegen waren wir immer reich. Und außerdem, warum hätten sie sich nicht melden, Euch und uns nicht suchen sollen? Sieh mal, jahrelange Durchsage über den Rundfunk, seitenweise Anzeigen in den Zeitungen. Glaube mir, die Großeltern sind tot.« – »Woher weißt Du das alles? Warum redet Erich nicht?« – Willy wiederholte: »Erich ist da ziemlich kurzsichtig. Aus den Augen, aus dem Sinn. Er macht sich eigentlich nie Gedanken um andere, handelt fast immer nur zum eigenen Vorteil. Erklärungen kannst Du von dem nicht erwarten. Das ist das eine. – Und warum ich das weiß? Zum einen war das hier überall so. Und zum anderen, war ich ja selber einmal in Brügge bei der Verwandtschaft, daher kenne ich sie alle. Nee, das sind ehrliche Leute gewesen. Die geben ihre Kinder nicht ohne Not auf. Wirklich nicht. Nicht ohne ausdrückliche Not! Freilich habe ich damals auch nicht alles so restlos durchschaut, aber mit den Jahren lernt man dazu und kann sich manches zusammenreimen.« Hildegard dankte ihrem Ziehvater überschwänglich. Er schob sie burschikos weg: »Ist schon in Ordnung.«

Das Himmelpforter Land lag friedlich unter der milden Sonne dieses Sommerabends. Die Hitze hatte nachgelassen, ein leichter Wind fuhr durchs Laub der Bäume. Die Kinder tummelten sich im Park. Das lustig gurgelnde Fließ hatte es ihnen angetan. Sie warfen Steinchen, ließen Hölzchen schwimmen und leiteten mit kindlicher Experimentierfreude das Wasser über Wehre und in von ihnen selbst geschaffene, kleine Staubecken. Die beiden Erzieherinnen hockten auf der Bank und beobachteten mit Hingabe. Hildegard wischte ihre Erinnerungen und allen Trübsinn fort. Einige ganz aufgeweckte Mädchen und Jungen buhlten um die Neulinge, jeder mochte denen zu Gefallen sein. Hildegard meinte, dass diese unbeschwerte Geselligkeit am Ende so gut wie jede Wunde heilt und die Zurückweisung vergessen macht. Sie erhob sich:»Komm, Angelika, lass uns nach dem Abendbrot schauen.« Die beiden Frauen überließen ihre Zöglinge dem Spiel und gingen ins Haus. In der Küche war zu tun. Sie deckten den Tisch für immerhin an die sechzig Kinder und fünf Erwachsene.

Regelmäßig einmal im Monat fanden sich die Genossen der Parteigruppe zu ihrer Beratung zusammen. Eva, Peter, Angelika saßen schon und warteten auf Hildegard. Sie huschte geschäftig vorbei und Peter rief:»Hildegard, mach' hinne!« Er rückte einen Stuhl zurecht. Hildegard kam und sagte gleichmütig:»Bin nicht mehr drin.« Große, fragende Augen schauten sie an. Hildegard ergänzte:»Bin ausgetreten.« Angelika blätterte die Seiten des Protokollbuchs durch:»Wieso wissen wir nichts davon?« Peter ranzte:»Ohne mit uns zu reden?« Hildegard äffte:»Wissen? Reden? – Ja, hat denn einer mit mir geredet?« –»Hildegard, bist Du denn restlos von allen guten Geistern verlassen«, echauffierte sich Peter,»so was spricht man doch ab. – Weiß Vater davon? Hast Du ihn gefragt?« Hildegard kreischte:»Meinen Vater habe ich nicht gefragt. Ja, wie denn auch? Der sitzt hinter der Mauer fest. Den konnte ich gar nicht fragen.« Peter stob hoch, auf sie zu, ergriff ihre Hände und flehte:»Hildegard, komm zu Dir. Ich meine, Willy. Damit bringst Du ihn um.« Hildegard entwand sich:»Lasst mich in Ruhe. Macht Euren Mist allein. Palaver hin, Palaver her. Für die Drecksarbeit bin ich mir zu schade. Die großen Sachen fallen nicht in unser Ressort. Hinter unserem Rücken schmieden sie heimtückische Pläne!« Sie streckte einen Arm aus und zeigte in imaginäre Ferne.»Ist das Demokratie? Ist das die Macht, von der wir träumten?« Tränen liefen über ihre Wangen, sie rannte fort und die drei Genossen blieben betäubt zurück. Gedanken kreisten dämonisch in ihren Köpfen. Sie waren nicht nur Mitglieder einer Partei, sie waren doch auch Freunde, Kameraden, Gefährten. Ihre ganze Arbeit sowie auch ihr persönliches Wohlbehagen stand und fiel mit der Aufgeschlossenheit und Ehrlichkeit gegenüber dem Nächsten. Angelika schlug das Protokollbuch zu und sagte:»Wir vertagen uns. Das hat heute keinen Zweck mehr.« Sie gingen auseinander. – Stunden später huschte Peter in Hildegards Zimmer. – Die Eheleute hatten getrennte Schlafräume, auf dass einer den anderen während der Nachtbereitschaft nicht störe. – Er lauschte. Hildegard rührte sich nicht. Er tastete sich zu ihrem Bett, spürte ihre Wärme, strich über Schulter, Hals, Gesicht. Ein zitterndes Stöhnen entrang sich ihrer Brust. Er flüsterte: »Hilde, Liebes, darf ich zu Dir?« Sie rückte zur Seite. Er schlüpfte unter die Decke und fühlte tiefe Erschütterung. Er streichelte und koste behutsam. Sie wurden ruhig und schliefen ein. – Am Morgen sagte Peter zu seiner Frau:»Ich verstehe Dich schon. – Lass uns einfach weitermachen.« Sie machten weiter.

Mit der Zeit stellte sich Zutraulichkeit zwischen den Himmelpforter Familien und den Heimbewohnern her. Das ging ja auch gar nicht anders. Die Kinder besuchten im Ort die Schule, trödelten auf ein Eis zum Einkaufsladen, mischten sich bei Kino- oder Tanzveranstaltungen unter die Dorfjugend. Es bahnten sich Freundschaften und schüchterne Liebeleien an. Trotz dieser völlig natürlichen, friedvollen Annäherung kam es allmählich zu Händel. Der hatte zunächst eine ganz einfache Ursache. Die Heimkinder schwelgten förmlich im Luxus ihrer großzügigen Ausstattung. Sie bekamen von allem einfach mehr, als normale Eltern ihren Kindern bieten können. Das erzeugte Neid von Seiten der Dorfjugend, die Heimkinder brachten auch gar keine Zurückhaltung auf und produzierten sich förmlich mit ihrem reichhaltigen Spielzeug, schicken Schuhen und Kleidern. Die ersten Reibereien waren noch banal und rasch mit Ermahnungen beizulegen. Doch dann nährte das Zerwürfnis ein Übel ganz anderer Art. Das Kind eines kleinen Bauern ist nämlich immer gefordert, seinen Anteil an der individuellen Hofwirtschaft zu leisten. Derartiges wurde von den Heimkindern nicht verlangt, zumal die meisten Arbeiten zu ihrer Versorgung sowieso von den Erzieherinnen und Erziehern verrichtet wurden. Wenn es dann also um Tanzvergnügen oder andere Geselligkeiten ging, waren die Heimkinder längst frei, während das Gros der Dorfjugend ackerte. Wer zu spät kam, fügte sich nur schwer ins längst laufende Spiel, musste mit dem schlechteren Platz vorlieb nehmen und sich auch noch als Trödeltante oder Störenfried bezeichnen lassen. Sich für diese offensichtliche Zurücksetzung revanchierend, beschimpften sie nun ihrerseits die Zöglinge als asozial, elternlos, vagabundierend und so weiter. Allmählich köchelte eine explosive Mischung hoch, die die Himmelpforter in zwei unversöhnliche Lager zu spalten drohte. Feindschaften, die von den Kindern ausgingen, hartnäckig ausgefochten, von der Dorfjugend auf ihre Eltern wirkten und von denen sowohl mitgetragen als auch ungebremst forciert wurden. Da war dann guter Rat verdammt teuer.

Ein paar besonnene Naturen hockten sich zusammen und redeten sich ihren Kummer von der Seele. Das gute Werk schien soeben restlos den Bach runterzugehen. Niemand war in der Lage, das Lebensniveau im Dorf derart anzuheben, auf dass alle Missgunst aus der Welt geschafft worden wäre. Mit Engelszungen schlichten, Verständnis erheischen oder etwa das autoritäre Zepter schwingen, konnte auch nichts mehr bringen. Sie erwogen dies und jenes, doch das waren alles nur Worte, und Worte fruchten am Ende sehr wenig. Von Peter Huber kam folgender Vorschlag: »Wie wäre es, wenn wir zum einen nochmal die Ausstattung prüfen. Etwas mehr Sparsamkeit wird niemandem schaden.« Die Gemeinde nickte. »Zum anderen könnten wir alle zusammenlegen. Alle anstehenden Arbeiten sind gemeinsam zu erledigen. Dabei will ich nicht eine riesengroße Kommune haben. Das wäre Quatsch und ist so auch nicht zu schaffen oder völlig unübersichtlich. Ich denke eher so: Ist Tanz oder Kino angesagt, gehen Unsere herum, holen ihre Freunde von daheim ab. Ist einer noch nicht fertig mit Viehfüttern oder Wieseharken oder was auch immer anliegt, dann packen die Unsrigen mit an, bis alles getan ist.« Ein findiger Bauer wendete ein: »Klug angelegt, lässt sich einer von Euch seine ganze Wirtschaft machen und der andere guckt in den Schornstein.« Hildegard lächelte: »Über solchen Egoismus sollten wir doch längst hinweg sein. Außerdem sind die Kinder kritisch, gewitzt, ehrlich, kennen ungefähr das rechte Maß, werden sich nicht übertölpeln lassen.« – »Einen Versuch ist es wert.« – Die Heimerzieher schworen ihre Jungen und Mädchen auf Hilfsbereitschaft ein und legten unerbittlich fest:»Tanz oder Kino beginnt nicht eher, bevor nicht alle frei sind.« Das Experiment lief freilich am Anfang knirschend, zögerlich, aber schließlich doch ziemlich gut. Nicht zuletzt fing die Genossenschaft das Problem wider Erwarten auf. Die individuelle Hofwirtschaft ging allmählich ein, häusliche Kinderarbeit wurde sukzessive überflüssig, und was die Jungen und Mädchen, Heimkinder und Dorfjugend gemeinschaftlich in produktiven Lehrstunden oder Subbotniks schafften, unterlag sowieso der öffentlichen Kontrolle und entzog sich ohnehin eifersüchtiger Kritik oder Nörgelei. Das Himmelpforter Leben nahm seinen angenehmen Verlauf. – Am zweiten Advent kehrten alle im Dorfkrug zu einer Weihnachtsfeier ein. Jeder hatte etwas mitgebracht. Sie sangen und spielten. Die hohen Feiertage verlebten sie im kleinen Rahmen in Familie beziehungsweise im Heim, um sich allesamt an Silvester wiederzutreffen und frisch-fröhlich das Jahr 1962 zu begrüßen. Das Sternsingen am Dreikönigstag ließen sie ausfallen, dafür organisierten sie für Anfang Februar einen turbulenten Faschingsumzug. Eifersüchtig war bald keiner mehr.

Endlich traf Post aus Lankwitz ein. Einem voluminösen Paket war ein langer Brief von Else beigelegt, Vater Erich hatte einen winzigen Gruß drunter gekritzelt. Sie schrieben von ihrer Enttäuschung über die abrupte Trennung, mehr noch über ihr völliges Unverständnis, wie man Familien, gewachsene, soziale Beziehungen in einer Stadt derart brutal auseinanderreißen kann. Der Duktus war neu. Hildegard schüttelte den Kopf. Sie kannte ihren Steglitzer Familienzweig als gänzlich unpolitisch, als Leute, die unbedarft umhertappen, ja förmlich angewidert jeglicher Propaganda ausweichen.

Mit diesen Zeilen beschimpften sie die Russen, die Parteibonzen in der Zone, die Kommune als Brandstifter und Provokateure. »Nichtsdestotrotz«, formulierte Else zum Schluss, »wollen wir unsere Lieben nicht vergessen und unterstützen Euch nach Kräften. Mit herzlichem Gruß ...« Hildegard legte das Papier weg und überschaute den Inhalt des Paketes: Haferflocken, Graupen, Grieß, Trockenmilch. Sie übergab die Sachen dem Wirtschaftsleiter. Der fragte spitz: »Habe ich ein Kinderheim oder einen Hühnerstall?« – »Kannst es ja bei Gelegenheit einem Bauern zuschieben. Der schmeißt den Mist in die Schweinetonne.« – Hildegard blieb höflich. Sie bedankte sich für Brief und Paket, erzählte bisschen was von sich und hielt den einmal geknüpften Kontakt aufrecht.

Anfang Juli 1964 wurde Hildegard zwecks Absprache dringend notwendiger Kaderangelegenheiten in den Bezirk gerufen. Sie eilte nach Potsdam und saß Schulrat Doktor Eugen Bräuer gegenüber. Der erstattete einen kurzen Bericht: »Unsere Revision hat also ergeben, dass Dein Wirtschaftsleiter nicht ganz unerhebliche Mittel in die eigene Tasche fließen lässt. Das ist freilich untragbar. Veruntreuung von Volkseigentum und das noch dazu zum Nachteil der Kinder. So geht es nicht! Wir werden ihn also von seinem Posten ablösen und stellen Dir in Kürze Ersatz zur Verfügung.« Hildegard fragte: »Was wird mit Helmut?« Bräuer antwortete: »Wir ziehen das Ehepaar Künne ab und setzen es in einem anderen Bezirk ein. Arbeit gibt es genug.« Hildegard fuhr hoch: »Was redest Du da? Zur Rede stellen und im alten Kollektiv auf Bewährung belassen. So wird ein Schuh draus. Außerdem bestrafst Du mit einer Versetzung die ganze Familie. Die Künne-Kinder

sind eingewöhnt, die Frau hat bei uns ihre Aufgaben.«
Bräuer sagte gelassen: »Woanders ein Neustart. Das
wird ihnen helfen, aus alten Fehlern zu lernen.« Hildegard belferte: »Das hilft vor allem Dir. Du hast doch
auch abgesahnt. Aus den Augen aus dem Sinn.« Bräuer
herrschte: »Kollegin Huber, mäßigen Sie sich!« Hildegard wich brüskiert zurück. Sie hätte gern noch etwas
gesagt. Außer wütendem Geschimpfe fiel ihr jedoch
nichts ein. Das Spiel war abgekartet, die Sache längst
entschieden, verwischt, zugedeckt. Und hatte sie nicht
selbst jahrelang zugesehen und nichts unternommen?
War sie glaubhaft, wenn sie jetzt den Richter gab? – Die
Karten werden neu gemischt und sie machen weiter.
Nicht zuletzt riskierte sie mit einer Palastrevolte die eigene Beständigkeit. Bräuer neigte bekanntermaßen zu
raschen Entschlüssen und Versetzungen. Diese Macht
hatte er und musste Hildegard akzeptieren. Es wäre ihr
Schaden, Himmelpfort aufzugeben, denn sie liebte ihre
Arbeit und die Kinder waren ihr ans Herz gewachsen.
Sie lenkte ab: »Der neue Mann?« – »Ist ein Absolvent
von der Pädagogischen Hochschule, jung, ungebunden,
hochmotiviert. Der übernimmt die Hauswirtschaft. Peter Klein ist sein Name. Hier die Akte.« Er schob die
Papiere über den Tisch. Hildegard schmunzelte: »Noch
ein Peter.«

Bräuer atmete gelöst durch und ging weiter: »Kommen wir zu Kollege Huber, Peter Huber.« Hildegard
horchte misstrauisch. »Kollege Huber ist ja nun mitnichten qualifiziert für ein Kinderheim. Er wird von uns
als Hilfserzieher geführt. Da empfehle ich Entlassung.
Er kann sich in einem der umliegenden landwirtschaftlichen Produktionsbetriebe um Arbeit bemühen. Will
er weiterhin im Heim wohnen, wäre da Miete fällig.«
Hildegard schlitzte die Augen und giftete: »Du weißt

schon, dass Du von meinem Mann sprichst?« Bräuer redete abgehoben: »Was Ihr privat habt, interessiert mich nicht. Wie mich Deine Privatangelegenheiten sowieso nichts angehen.« Hildegard krümmte sich und parierte verzweifelt: »Du machst gerade mein ganzes Heim kaputt. Was soll das?« Bräuer redete kühl: »Im Gegenteil, ich bewahre Dein Heim vor dem Untergang. Mit Rücksicht auf die Kinder und in Anerkennung Deiner Verdienste, strukturiere ich vorsichtig um. Hättest Du unsere Parteidokumente gelesen, wäre Dir aufgefallen, dass wir nur noch qualifizierte Pädagogen in unseren Betreuungs- und Bildungseinrichtungen einsetzen wollen. Die Jugend ist es uns wert. Aber Du bist ja nicht mehr drin. Du hast es ja vorgezogen, uns den Rücken zu kehren. Da muss ich eben für Dich mitdenken.« Er grinste süffisant. Hildegard hätte den Kerl jetzt gern angespien. Sie bezwang sich: »Kann Peter bleiben, wenn er sich qualifiziert?« Bräuer ging geneigt darauf ein: »Freilich. Nur müsste das bald sein.« – Die Praxis sah dann so aus: Eva und Helmut gingen fort, Peter Klein kam, Peter Huber beugte sich via Fernstudium über die Bücher. Damit fehlten dem Heim anderthalb Arbeitskräfte. Konnten sie schon früher nicht gerade über Langeweile klagen, so waren sie jetzt bis zur Leistungsgrenze belastet. Trotzdem, oder jetzt erst recht, rauften sie sich zusammen.

# AUFWÄRTS

Fritz Kroll entwickelte mit den Jahren eine regelrechte Briefkastenphobie. Wie ging das zu? Er war ein tüchtiger Schlosser und die ihm anvertrauen Baumaschinen liefen wie am Schnürchen. Das schlug sowohl in der Firma positiv zu Buche als auch in seinem privaten Portmonee. Er überblickte auch seine persönlichen Angelegenheiten souverän und erledigte jede Forderung gewissenhaft. Kein Grund also zu irgendwelchen Animositäten. Allerdings benötigte Fritz Geld ohne Ende. Die Unterhaltszahlungen für die Betreuung seiner beiden Jüngsten waren nicht unerheblich und trotz allen Fleißes sowie aller Sparsamkeit blieb ihm am Monatsende nur sehr wenig. Deshalb schnallte er den Gürtel hin und wieder extrem eng, um sich, wirklich sehr selten, eine kleine Auszeit zu gönnen. Diszipliniert kalkulierte er, wartete inwieweit seine Rechnung aufgeht und trug dann die paar Mark, die er erübrigen konnte, in die Kneipe. Glückselig ließ er sich volllaufen, schleppte torkelnd seinen Rausch heim, schlief sich aus und erschien pünktlich wieder auf der Arbeit. Niemand bemerkte seinen Kummer, niemand fragte nach seinen Sorgen. Fritz war ein heimlicher Trinker geworden. Er verlegte seine Exzesse grundsätzlich auf das Wochenende. So ertrug er die Dinge und so konnte es weitergehen. Allein, alsbald fischte er eine neue Unterhaltsforderung aus dem Kasten, die sein wohlgeordnetes Dasein von Grund auf durcheinander brachte. Hatte er nicht schon genug gelöhnt? War er nicht schon ausreichend geschlagen? Immer wieder fiel Bruder Alexander, dem Oberhaupt der Steglitzer Baptisten, etwas ein, was außerdem noch zu finanzieren, anzuschaffen, aufzubessern ist. Fritz' sämtliche Beteuerungen, er sei am Ende, halfen nichts. Die Forderungen blieben unerbittlich. Fortan verkrampfte sich Fritz' Seele, die Hände zitterten, der Blick ging unstet, Herz und Puls rasten, wenn er in den Hausflur und zum Kasten trat, vorsichtig das Türchen öffnete und die Post herausnahm. War eine Nachricht vom Kinderheim darin, riss er den Umschlag auf, überflog die bitterböse Botschaft und empfing sie wie einen Peitschenhieb. Derart war ihm an diesem Samstagabend im Sommer des Jahres 1964 geschehen. Fritz taumelte mit weichen Knien und schweißigen Händen in die Kneipe, legte ein paar Mark auf den Tresen und ließ sich einschenken.

Der Wirt kannte seine Gäste genau. Jedem einzelnen schaute er in Herz und Seele. Er wusste um ihre Vorlieben und Sorgen. Im Dusel erzählt so mancher. Auch war der Wirt kein besonders feiner oder sensibler Mann. Er lebte vom Geld der Säufer und amüsierte sich über deren frivole, geschmacklose Eskapaden. Allerdings dauerte den Wirt, wie sich ein Fritz Kroll seit Monaten systematisch ruiniert. Der war kein gewöhnlicher Trinker – ab und an ein Schnäpschen und dann heim zu Muttern –, der war auch kein abgewrackter Penner, der sich gnadenlos die Kante gibt! Nein. Fritz Kroll war ein gestandener Familienvater, ein feinsinniger Mensch, ein fleißiger Arbeiter. Der Wirt pirschte sich heran: »Magst das Maul aufmachen? Jetzt, bevor Du völlig dune bist. Vielleicht kann man was tun.« Fritz glotzte aus bereits glasigen Augen. Er überlegte. Er lächelte irre: »Lass gut sein. Hat alles eh keinen Sinn.« Der Wirt stach beleidigt zu: »Versäufst alles. Pfui Teufel!« Fritz trank. Der Wirt wusch Gläser. Fritz sinnierte stumpf. Während den Wirt seine kleine mitmenschliche Geste reute, fuhr Licht in Fritz' Nebel: »Sage mal,

Du bist doch Unternehmer?« Die erhabene Anrede ließ den Mann geneigt aufhorchen. »Weißt Du eigentlich, ab wann Kinder erwachsen sind? Ich meine, weißt Du, ab wann Kinder arbeiten können? Ich meine, reguläre Arbeit mit Einkommen und so.« Der Wirt kramte in seinen dünnen Kenntnissen. Sein Etablissement hielt er konsequent von Kindern und Jugendlichen frei. Er legte keinen Wert auf Auseinandersetzungen mit der Sitten-Polizei. »Tja, ich denke, mit vierzehn.« – »Aha!«, schloss Fritz, schob sein halbvolles Glas von sich, sprang hoch und stürzte entschlossen zur Tür.

So einfach, wie Fritz sich das dachte, war es dann doch nicht. Zuerst fragte er in der eigenen Firma an: »Meine Tochter ist vierzehn. Sie heißt Monika. Sie mag den Bau sehr und möchte sich gern eigenes Geld verdienen.« Fritz' Vorarbeiter fand das befremdlich. Er kannte den Mann als gewissenhaften, ja hingebungsvollen Arbeiter und sah ihm gelegentliche Ausfälle gern nach. Er ahnte, dass Fritz im Hintergrund ein ordentliches Päckchen zu tragen hat. Nur, wer hat denn keine Sorgen? Will der jetzt etwa seine Brut hier einschleppen? Das ginge deutlich zu weit. Ausweichend gab er an: »Mädchen nehmen wir auf dem Bau grundsätzlich nicht. Es sei denn, sie haben was Anständiges gelernt. Buchhaltung, Technisch Zeichnen oder so was. – Lass doch das Kind was lernen. Ist doch heute groß in Mode gekommen, dass auch Mädels was lernen. Bist doch ein moderner Mensch. Das musst Du doch einsehen.« Fritz verdrückte sich dankend. Zwischen Einsehen und Realität klaffte ein Loch von wenigstens ein- bis zweihundert Mark monatlich. Er suchte beharrlich weiter. Beim Frisör und beim Schneider verdiente eine ungelernte Hilfskraft verdammt wenig, allerdings könnte Trinkgeld hereinkommen. Das waren unsichere Aussichten.

Die verwarf Fritz sofort wieder. Er stiefelte unverdrossen zur nächsten Adresse und wurde in der Schule für Hauswirtschafterinnen vorstellig. Die verlangten zum einen Ausbildungsgeld und zum anderen vermittelten die gar keine Arbeiterinnen. Bei dem Stichwort »Arbeiterinnen« fiel Fritz ein, dass der Bischoff-Konzern längst seine Produktion wieder aufgenommen hat. Er fuhr nach Bischoff-Stadt raus und offerierte dem Personalchef seine Tochter als Bandarbeiterin. Der erfahrene Mann wiegte den Kopf und sagte: »Herr Kroll, tut mir leid. Eine Vierzehnjährige ans Band? Formaljuristisch mag es funktionieren. Menschlich ist es Mord.« Fritz trat beschämt ab.

Er kehrte wieder in die Kneipe ein, verlangte ein Glas Wasser und erzählte dem Wirt, was er erlebt hatte. Der Wirt strahlte. Er hatte sich nicht getäuscht. Fritz Kroll ist ein ehrenwerter Mann, ein treusorgender Familienvater, ein wirklich anständiger Kerl. Und ihm kann geholfen werden! »Fleischermeister Helge Sanft, gleich hier um die Ecke, sucht eine tüchtige Mamsell. Du sagst doch, dass Dein Mädel hauswirtschaftlich bisschen was drauf hat. Mensch, das Übrige lernt sich doch schnell. Der Sanft zahlt auch gut. Wirklich gut.« Der Wirt neigte seinen Mund dicht an Fritz' Ohr. »Die Arbeit ist manchmal bisschen schmutzig und stinkig. Ist nicht jedermanns Sache.« Fritz wiegelte erleichtert ab: »Unsereins muss sich auch dreckig machen.«

Der Kontrakt mit Helge Sanft war ohne Aufheben geschlossen. Der Fleischermeister stellte Monika unbesehen zum 1. September 1964 ein. War das blauäugig? War das leichtfertig? Nein. Sanft kannte Mittel und Wege, einer möglicherweise ungeschickten oder faulen Angestellten auf die Sprünge zu helfen. Das war schon die halbe Miete. Die andere Hälfte war ebenfalls nicht zu verachten. Arbeitsschutz, Schutz vor Übergriffen, Arbeitszeitregelungen, Kinder- und Jugendschutz, Verbot von Nachtarbeit für unter Achtzehnjährige, feste Tarife und so weiter, das waren alles Fantasien irgendwelcher Idealisten, die eventuell in Großbetrieben griffen, niemals aber für einen kleinen Privatunternehmer galten. Sanft und seine Zunftgenossen hatten in jeder Hinsicht den Rücken frei. Fritz Kroll pfiff spitzbübisch: »Frühzeitig krümmt sich, was ein Häkchen werden will«, und lief gut gelaunt einmal quer durch Steglitz zum Hause seines Vaters nach Lankwitz. Unterwegs kaufte er Blumen für Else, eine hübsche Bluse für Monika, zwei Flaschen Bier für Erich, Kuchen für alle zusammen und baute sich strahlend vor der Wohnungstür auf.

Das war eine Überraschung! Begrüßung, Blumen auspacken, ins Wasser stellen, Kaffee bereiten, Kuchen anrichten, sich niedersetzen und endlich plaudern. »Was gibt es Neues?«, eröffnete der Hausherr. Fritz nahm sich bescheiden zurück: »Später. – Erst seid Ihr dran. Wie geht es Euch? Wie geht es den Kindern?« Den persönlichen Kontakt zu Doris und Daniel unterhielten derweil nur noch Erich, Else und Monika. Fritz brachte dafür keine Zeit und keine Nerven mehr auf. Er ließ sich gelegentlich berichten. Else sprach: »Gut. Alles in allem sehr gut. Da ist nichts Neues hinzugekommen. Sie wachsen und gedeihen, wie es sich für propere Kinder gehört.« Sie lachten. Else zeigte die aktuelle Post aus der Zone vor. Fritz las. Hildegard schrieb höflich und zugleich nichtssagend. Das interessierte ihn herzlich wenig, wie ihn eigentlich alles, was von drüben kam, überhaupt nicht tangierte. Missmutig legte er die Karte auf dem Tisch ab: »Ist doch egal.« Erich belehrte harsch: »Könntest auch mehr Interesse zeigen. Ist schließlich Deine Schwester. Wir kümmern uns und Dir ist es egal. Fast monatlich schicken wir Pakete rüber, damit sie übern Berg kommen.« – »Dafür habe ich kein Geld und auch gar keine Zeit«, blubberte Fritz. Erich korrigierte überlegen: »Geld braucht es nicht. Das kriegst Du alles von der Steuer wieder. Es braucht nur etwas Zeit. Stimmt's, Mädel?« Er tätschelte Else die Schulter. Ja, wenn man ein Hausmütterchen hat, dachte Fritz gallig, kann man so manche Mildtätigkeit leisten. Er besann sich und log unverblümt: »Fein, wie Ihr das macht. – Ich bin ja froh, dass Ihr es macht und will Euch danken.« Er holte tief Luft und weitläufig aus: »Ich habe mir überlegt, unsere Monika lernt ab nächsten Monat einen anständigen Beruf. Solide Ausbildung in einem soliden Fach. Das hat Zukunft. Alle Welt spricht heute vom Fortschritt. Warum soll nicht ein Mädel von Anfang an ...« So redete er mit Engelszungen und packte alles in eine schillernde Glitzerhülle. Else und Erich hörten, dass der Vater längst Pläne gemacht und sogar schon gehandelt hatte. Dem natürlichen Lauf der Dinge gaben sie gern nach. Monika ist erwachsen und muss auf eigene Füße kommen. Sie lobten Fritz und entließen das Mädel aus ihrer Obhut.

Fleischermeister Helge Sanft war baff erstaunt und restlos entwaffnet. Das Mädchen Monika Kroll war von außergewöhnlicher Schönheit und ausgesprochen angenehmen Umgangsformen. Er sinnierte: Der Liebreiz meiner Angestellten wird die Kunden betäuben, so dass sie in Scharen herbeilaufen, das Wunder bestaunen und hingerissen jede Summe zahlen. Sanft sah das Geld in der Kasse klingeln und sich selbst zum größten Unternehmer der Lebensmittelbranche aufsteigen. Er unterwies Monika. Sie war anstellig und geschickt. Er behandelte sie gut – vielleicht war er auch ein wenig verliebt – und zahlte ihr ein anständiges Salär. Alle waren es zufrieden.

Monikas Berufstätigkeit entspannte auch die Haushaltslage der Krumms. Das beförderte Erichs Geberlaune und er empfahl seiner Frau, wenn sie mag und es für richtig hält, doch mal etwas anderes als nur Nährmittel in die Pakete für Hildegard hineinzulegen. »Außerdem«, führte er hintergründig aus, »können die in der Zone ruhig sehen, wie gut es uns geht.« Dabei dachte er an einen kleinen Seitenhieb gegen seinen angeberischen Bruder Willy. Der war seinerzeit mächtig abgehoben wegen seines Eigenheims mit Werkstatt und Garten drumherum. Als könnte sich unsereins so was nicht leisten, sinnierte Erich und fasste stur zusammen: Wer hängt sich denn so einen Klotz ans Bein? Else fügte sich den Wünschen ihres Mannes gern, empfand sie doch längst schamvoll, beim Kaufmann doppelt Haferflocken, Mehl, Graupen und so weiter einzukaufen. Der Mann muss ja denken, wir futtern nichts anderes. Das dachte der Kaufmann freilich nicht, denn die wenigsten Steglitzer konnten sich täglich Fleisch oder frisches Gemüse leisten. Davon wusste Else allerdings nichts. Sie kam kaum unter Leute. Doch beschämt, wie sie nun einmal war, nahm sie einen weiteren Weg auf sich und besorgte ihre Einkäufe am anderen Ende der Stadt. Hatte der Hausherr nun ein paar Delikatessen und Luxusartikel bewilligt, wollte sie im Laden an der Ecke gern mit ihrem gehobenen Anspruch und prall gefülltem Portmonee beeindrucken. Sie stiefelte los, packte die herrlichen Gaben zusammen und buckelte die Sendung zur Post. Die Reaktion ließ auch nicht lange auf sich warten. Ein Dankesbrief in höchsten Tönen von Hildegard und eine Postkarte von Willy: »Behaltet Euren Dreck!« Else fühlte sich unglaublich erniedrigt und vor den Kopf gestoßen. Willy ist ein Flegel. Sie weinte. Sie hätte sich jetzt gern bei irgendjemandem angelehnt. Aber niemand war da, sie zu trösten. Auf Erich war da kein Verlass, der würde nur unflätig über seinen Bruder herfallen und noch mehr Salz in die Wunde streuen. Also ließ sie die Karte verschwinden, zog sich ihre Jacke über und suchte Monika im Laden auf. Die beiden Frauen waren sich bald einig: Auf die Männer kannst Du pfeifen, aber auf alle! Nur wir Frauen taugen was und halten zusammen. Else blieb dran, korrespondierte mit Hildegard und packte schöne Päckchen. Von Willy kam nichts mehr. Die Wogen glätteten sich. Allein, Else und Monika hatten fortan ein Geheimnis. Sie tratschten über die Kerle, sie amüsierten sich über deren Schwächen, sie lauerten förmlich derer Niederlagen auf, sie stachelten sich im Suchen und Finden von Mängeln an und erhöhten damit ihr Selbstwertgefühl. Zugleich priesen sie ihre weibliche Überlegenheit, ihre Raffinesse, ihre Souveränität.

Da nun erwiesenermaßen mit den Männern weder zu rechnen noch zu reden war, konzentrierten sich die Frauen auf sich selbst. Die Korrespondenz mit Hildegard schwoll an, wurde intensiv gepflegt und ausgewertet. Befördert durch Hildegards Schilderungen und die eigene Fantasie ergab sich allmählich ein ganz wunderbares Bild: Die im Osten leben im Paradies. Weder Else noch Monika sprachen das in dieser Form jemals so aus, und doch ermächtigte sich ihrer ein nagendes, zehrendes Sehnen: Man möchte einmal schauen, wie jemand zurechtkommt, der so gar nicht klagt und komplett mit sich im Reinen ist. Sie spähten das Loch in der Mauer aus, beantragten und bekamen ein Tagesvisum und setzten sich auf die Bahn. – Hildegard freute sich über die Initiative der Schwägerinnen. Sie befragte Willy und Peter, ob sie Interesse an einem Familientreffen haben, wurde abgewiesen, schnappte sich ihre Söhne und fand sich zum verabredeten Zeitpunkt am Grenzübergang ein. Mit steifer Freundlichkeit gingen Hildegard und Else aufeinander zu. Immerhin waren seit ihrer letzten Zusammenkunft an die fünf Jahre vergangen. Monika, Volkmar und Andreas kannten die Verwandtschaft nur vom Hörensagen und standen verunsichert abseits. »Lasst uns in ein Café gehen«, lockerte Hildegard die Atmosphäre. Sie zottelten los. Friedrichstraße, Unter den Linden, Alexanderplatz zeigten großstädtisches Flair aus rekonstruierten Gebäuden, Neuerbautem, Läden, Restaurants, vorübereilenden Geschäftsleuten und neugierig flanierenden Touristen sowie den üblichen Müßiggängern, Kraftwagen aller Art brummten die Straßen hoch und runter. Allerorten zogen auf Gerüsten stehende Arbeiter Mauern hoch, hievten Kräne Dachbalken oder Platten, türmten sich Materialhaufen und rangierten Laster. Allerdings waren auch die Spuren des letzten Krieges noch unübersehbar. Eine Lücke zwischen zwei Häusern, eine bröckelnde Wand, ein halbwegs abgeräumtes Grundstück gaben den Blick auf verkohltes Ziegelwerk, Einschusslöcher, Trümmer frei. Else und Hildegard hatten die Stadt am Boden liegend erlebt und ihre Augen waren an Zerstörtes gewöhnt. Sie registrierten alles Neue oder Wiedererrichtete mit Wohlwollen. Die Jugend kannte sowieso nichts anderes. Ganz Berlin ist eine einzige Baustelle mit ständig wechselnden Bildern und Eindrücken.

In einem Café auf der prächtigen, weitläufig angelegten Karl-Marx-Allee ließen sie sich nieder, bestellten

Getränke und fingen vorsichtig an zu erzählen. Else und Hildegard tasteten einander ab. Die wunden Punkte, wie das ungeklärte Verschwinden Ursulas oder Fritz' schwierige Lebenssituation als das Ergebnis der sporadisch auftauchenden Kinderfreundlichkeit eines Erich oder das flegelhafte Auftrumpfen eines Willy, mochten sie nicht aufwärmen, zumal stichwortartig das Wesentliche in Briefen bereits mitgeteilt war. Anderes als Familiäres anzuschneiden, erschien genauso wenig ergiebig. Irgendwie war eine Hemmung eingetreten. Monika hielt ihre drängende Frage zurück. Volkmar und Andreas bereuten, mitgegangen zu sein. Was hatten sie denn von den langweiligen Tanten erwartet? Das Gespräch plätscherte oberflächlich dahin. Endlich raffte sich Monika auf:»Tante Hilde, wie kommst Du eigentlich mit Deinem neuen Mann klar?« – »Was heißt klarkommen?« – »Ich meine, was gibt er Dir, damit es Dir gutgeht. Du bist zufrieden, hört man. Da muss er Dir doch was gegeben haben?« Hilde stutze: Was will die Kleine wissen? Sie senkte die Lider, wurde rot und gestand:»Liebe.« Die Jungen kicherten, Monika blickte verwundert und Else lächelte tiefsinnig. Ein Schimmer Wehmut zog durch ihr Gemüt. Wenn sich einer über Jahre das Ideal von Liebe erhalten kann, muss es eine ganz besondere Bewandtnis damit haben. Monika hakte nach:»Er sorgt wohl gut genug für Dich?« Sie schaute zu Else hin und die nickte bekräftigend. Hildegard vermerkte einen kühl, etwa berechnenden Anspruch. Sie belehrte behutsam:»Doch ja, nur Liebe. Ansonsten brauchen wir nichts. – Wir wohnen auf der Arbeit, machen alles zusammen, freuen uns über die gleichen Sachen. Es läuft einfach so. Ganz normal. Damit sind wir wirklich zufrieden.« Sowohl Else als auch Monika hatten Zurückhaltung und Bescheidenheit ausreichend gelernt. Diese Art von Einschränkung, die Hildegard hier offerierte, war ihnen fremd. Irgendetwas Großes, ganz Erhabenes, vor allem etwas, was sich materiell vorzeigen lässt, hatten sie sich vorgestellt. Und nun? Jetzt bot ihnen Hildegard einen Heizer als Märchenprinzen, der nichts als Freude und Liebe zu geben vermag? – Das ist doch gelogen! So was kann doch gar nicht sein. Das kann auch nicht gutgehen. Sie sahen sich um. Die Prachtstraße verlor ihren Glanz, das pulsierende Leben draußen vor den hohen Fenstern stagnierte, das Café versackte in Düsternis, die Getränke schmeckten schal und die Gesichter verzogen sich zu Fratzen. »Na ja«, fasste Else, ihr Urteil als Älteste in dieser Runde sicher platzierend, spitz zusammen, »wenn Du da mal nicht den falschen Griff getan hast.« Hildegard erschrak ob des schroffen Tons. Else und Monika kamen ihr jetzt ungleich angespannt, gereizt vor. Sie wollte keinen Streit und wich lieblich säuselnd aus: »Ich weiß schon, was Du meinst. – Garantien für eine lebenslange Beziehung gibt es ja nie. Wer weiß, was noch kommt? Ist ja sowieso alles ungewiss. Da muss man halt schauen, wie es geht.« Volkmar und Andreas horchten auf. Was ist denn in die Mutter gefahren? Seit wann redet die denn so einen undurchsichtigen Schwachsinn? Else registrierte Einlenken und Monika war nicht einen Deut schlauer als vordem. Sie wagte einen neuen Vorstoß: »Ist er Dir nicht reichlich unterlegen?« Das langte! Hildegard parierte: »Was geht es Dich eigentlich an?« – »Entschuldigung«, nahm sich Monika zurück. Damit war das Gespräch abgewürgt. Scheu lauerten sie auf der Szene. Hildegard dachte: Es war wohl nicht die beste Idee, sich so spontan hier zu treffen? Sie mochte weglaufen. Allein, einfach so aufstehen und gehen, dazu fehlte es ihr an Courage, zumal so ein abrupter

Bruch schon gar nicht in ihrem Sinne lag. Familie hatte auch für sie immer so etwas Ehernes, Geheiligtes. Else rettete die Situation und ließ sich von den Jungen aus der Schule berichten. Viel von deren Ausführungen verstand sie nicht, aber sie überbrückte geschickt noch einige Zeit. Doch dann mangelte es wirklich an Stoff und das gegenseitige Interesse starb restlos. Hildegard winkte die Kellnerin heran, zahlte, bedankte sich und schützte Arbeit vor. Sie trennten sich. – Else und Monika fuhren heim. Der Besuch hatte nichts gebracht. Der Osten ist hässlich und grau. Hildegard ist ärmlich, dumm, hängt verträumt an einem Tunichtgut. Da können einem Volkmar und Andreas nur noch leid tun, meinten sie, blieben trotzdem oder gerade wegen der Jungen dem einmal eingeschlagenen Weg treu und hielten guten Kontakt zur Verwandtschaft.

Übers Jahr stieg Monika in der Fleischerei des Helge Sanft auf und gab tatsächlich nicht nur eine sehr beliebte, sondern auch eine fähige, tüchtige Mamsell ab. Der Meister scharwenzelte um sie herum und las ihr förmlich jeden Wunsch von den Augen ab. Seine anfängliche Schwärmerei war tiefer Leidenschaft gewichen und er verzehrte sich nach der jungen Frau, die ja eigentlich noch gar keine Frau, sondern nur ein fünfzehnjähriges Mädchen war. Er musste sich gedulden und er tat es. Derweil besserte er großzügig ihren Lohn auf. Sie sollte alle Mittel haben, sich zu pflegen und schön zu sein. Monika mit ihrem sensiblen Organ für die Grenzen ihrer Spezies wusste inzwischen, dass eine Frau, wenn sie sicher durchkommen will, sich bescheiden geben und zugleich das Unmögliche verlangen muss. Die nächste Lohnerhöhung lehnte sie entschieden ab. Helge Sanft wich konsterniert zurück. Für Momente genoss sie seine Verblüffung und fühlte einen Schimmer Machtrausch. Sie näherte sich ihm bis auf wenige Zentimeter und raunte ihm zu:»Meinst Du nicht, Helge Sanft, dass unser Geld bei Dir besser aufgehoben ist?« Das saß! Helge strahlte. Sie hatte »unser« gesagt und damit den Mann restlos in Bann geschlagen.

Während Meister Sanft gebunden war, kümmerte sich Monika liebevoll um ihren Vater, versorgte ihm den Haushalt und hielt ihm den Rücken frei. Geld floss ausreichend, so dass Fritz' geringe Bedürfnisse leicht zu befriedigen waren, er tatsächlich Ruhe in sein Dasein bekam, und auch Monika zuweilen Abwechslung bei Tanz oder Kinobesuch fand. Schöne Kleider waren kein Problem, ein paar Kosmetika auch locker zu finanzieren, und wenn Fritz jetzt ab und an eine Arbeitspause einlegte, besserte Monika das Haushaltsbudget auf. – Als er eines Sonntags gegen Mittag stinkend, mit Kopfschmerzen aus den Federn kroch und zermürbt zu ihr in die Küche schlurfte, bereitete sie ihm wie üblich sein Katerfrühstück zu. Fritz aß mit Widerwillen. Monika saß ihm gegenüber und schaute ihn mitleidig an. Er fühlte sich ertappt und hundeelend. Sie fragte:»Soll ich Dir ein Bier aufmachen?« Er lehnte tapfer ab. »Nee. Ich dusche mal lieber.« Er stand auf und ging ins Bad. Derweil räumte Monika die Küche auf, drapierte Bierflasche und Glas auf einer Serviette und verschwand. Zwei Stunden später hockte Fritz körperlich schlaff, aber bestens gelaunt vor dem vierten Glas. Monika trat hinzu:»Schöner Tag heute, nicht wahr?« Er sagte:»Ja. Bleib ein wenig bei mir.« Sie nahm Platz und die beiden plauderten. – Am 1. Oktober 1966 setzte Fritz Kroll in der Anwaltskanzlei Hecker&Arnold seine Tochter Monika als seine alleinige Erbin für den Fall ein, dass er unverhofft aus dem Leben scheiden sollte. Diese Aktion entbehrte in den Augen des Notars jeglicher Logik, da es nichts zu vererben gab. Der Klient lebte seit einem halben Jahr von Arbeitslosenunterstützung und machte einen kranken Eindruck. Die erbberechtigte Tochter war zu bemitleiden. – Monika führte ihren Vater hinaus, die Straße entlang, an der Kneipe vorbei, stützte ihn die Treppe hoch, half ihm beim Auskleiden und reichte liebevoll ein Glas mit hochprozentiger Flüssigkeit. Fritz trank, ließ sich erschöpft in die Kissen fallen, nuschelte: »Monika, mein Engelchen«, und entschlief.

Monika rief erst den Arzt und dann den Bestatter. Nachdem der Sarg die Treppe hinuntergehievt war, streifte sie das bereitliegende Trauerkleid über und lief in den Laden. Helge Sanft rief entsetzt: »Monika, was ist passiert?« Sie warf sich ihm schluchzend in die Arme. Die umstehenden Kunden lauerten gierig auf der Szene. In Windeseile verbreitete sich die Nachricht, dass Fritz Kroll verstorben ist. Die einen sagten mitleidig: »Die arme Waise.« Die waren deutlich in der Überzahl. Andere vermerkten giftig: »Der Alte war ein Säufer.« Von nun an war Fleischermeister Helge Sanft in der Pflicht. Nicht, dass ihn jemand dazu aufforderte. Das nicht. Aber seine Menschlichkeit und die Liebe zu dem Mädel gaben ihm auf, die Beerdigung zu bezahlen, Monikas Wohnung zu unterhalten und sich auch ansonsten um die Minderjährige zu bemühen. Sanft hätte die Kleine auch gern in sein Haus aufgenommen, das stand für ihn völlig außer Frage, nur musste er einsehen, dass es so nicht geht. Monika setzte ihm behutsam auseinander: »Um unserer gemeinsamen Zukunft willen müssen wir jeglichem Gerede und Getratsche aus dem Weg gehen. Wie sieht denn das aus, wenn ein Vierzigjähriger mit einer gerade mal Sechzehnjährigen unter einem Dach haust?« Er müsse sich gedulden, sagte sie. Helge geduldete sich.

Bruder Alexander, der Leiter des Kinderheims der Baptistengemeinde, empfing mit schöner Regelmäßigkeit einmal im Monat seinen besten Freund und Gönner Egon Hirsch. Sie verplauderten ein paar Stunden, schauten zurück und nach vorn, und wenn Alexander seinen Gast zur Haustür brachte, fühlte er sich reich beschenkt. Das waren in den letzten Jahren nicht mehr so sehr materielle Güter, als vielmehr Freundlichkeit, Verständnis, Entgegenkommen und wertvolle Ratschläge. Alexander hatte inzwischen die sechzig überschritten. Egon Hirsch zählte jetzt vierundvierzig Lebensjahre.

Hirsch war Offizier der amerikanischen Streitkräfte und mit geringen Unterbrechungen in Deutschland stationiert. Seinerzeit, als Alexander und die Pflegerin Schwester Roswitha versuchten, zwei Dutzend kleine Kinder halbwegs durchzubringen, liefen sie um Lebensmittel und Kleidung von Pontius zu Pilatus, ohne tatsächlich Hilfe zu bekommen. Bettelnd zogen sie herum. Viel kam dabei nicht herüber. Die Leute waren arm und die Sieger hielten ihre Magazine geschlossen. Nicht so ein Egon Hirsch. Er tat seinen Dienst nicht wie andere. Herrscherallüren waren ihm fremd. Kaum hatte er die Not erkannt, durchforschte er die Möglichkeiten und brachte heran, was immer er auftreiben konnte. Zuerst Nahrung, dann Bettzeug, dann Kleiderstoffe und schließlich sogar Haushaltsgeräte. Was waren seine Beweggründe? Was machte Hirsch zum Menschenfreund? Er selbst entstammte einer jüdischen Familie, die bereits dreiunddreißig Deutschland verlassen hatte.

Damals war Egon noch ein Kind und hätte schnell vergessen können, aber in der Familie erinnerten sie der Heimat unablässig und betrachteten Amerika nur als Interimslösung. Egon trat enthusiastisch in die Armee ein und gehörte zu den ersten Befreiern. Als er dann aber hier ankam, das Ausmaß der Zerstörungen realisierte, wobei ihn nicht nur die Trümmer erschreckten, sondern ihm vielmehr die Gleichgültigkeit und die Hartherzigkeit der Menschen naheging, kniete er sich mit missionarischem Eifer in den Wiederaufbau. Allein, die Entwicklung war zäh und zeitigte nur spärliche Erfolge, so dass Egon einerseits den Lieben daheim von allzu rascher Rückkehr abriet. Andererseits suchte er für sich selbst Bestätigung. Die Unterstützung des Kinderheims der Baptistengemeinde vermittelte ihm Schaffensfreude und machte den Dienst in Deutschland durchaus erträglich.

Nachdem das Kinderheim materiell ausreichend eingerichtet war, kam ihnen der Gesetzgeber mit einer Bildungsreform. Die allgemeine Schulpflicht war wieder eingeführt. Die Betreuer statteten ihre Zöglinge aus und schickten sie in die naheliegende staatliche Schule. Doch was musste geschehen? Die Heimkinder wurden gehänselt, abgewiesen, lieferten sich mit ihren Mitschülern wahre Gefechte und sahen sich nicht zuletzt Forderungen gegenüber, die sie einfach nicht erfüllen konnten. Es hagelte Beschwerden von Seiten der Lehrerschaft. Das war zunächst noch gut zu ertragen, denn dergleichen pariert spätestens bei der dritten oder vierten Wiederholung jeder Vater mit Gelassenheit und ein selbstbewusster Ziehvater wie Alexander erst recht. Außerdem riet er seinen Kindern, nicht nachzugeben, sich eben nichts gefallen zu lassen. Gleiches Recht für alle und der Stärkere siegt! Das stählt fürs Leben. Allerdings litten Alexanders Kinder zunehmend. Einige verkümmerten sichtlich, andere verwahrlosten bei Schulschwänzen und Sichherumtreiben. An diesem Punkt war er ratlos, unglücklich bis zur Verzweiflung. Er sah das hehre Werk an der Staatsräson zerschellen. Schickte er seine Kinder in die Schule, zerbrachen sie. Schickte er sie nicht, brachte er sich selbst vor den Kadi. Egon Hirsch, derweil zum Vertrauten geworden, hatte die Lösung parat. Man gründe eine Privatschule und unterrichte die Kleinen im geschützten Raum. Gesagt, getan. In Schwester Ottilie fanden sie die rechte Lehrerin. Sie war gebildet und ausdauernd. In einem eigens dafür ausgestatteten Raum – Hirsch hatte wieder alle möglichen Utensilien herangeschafft – nahmen sie alle schulpflichtigen Kinder zusammen und Ottilie lehrte Lesen, Schreiben, Rechnen und freilich etwas Religion. Wobei Religion nicht im Fokus stand. Hier griff Hirsch als weltgewandter Mensch ebenfalls ein und riet zu freiem Bekenntnis, etwa in dem Sinne der Wiedertäufer. Er empfahl: »Wir erziehen keine Diener Gottes, sondern bereiten die Kinder auf das Leben vor. – Da sollte man die Glaubensbindungen zunächst offen lassen. Nur vorab schon mal informieren.« Sie informierten vorsichtig. – Die Schulaufsicht inspizierte das Unternehmen skeptisch und verließ die Samariter überzeugt: »Ja, so kann Schule funktionieren.« Sie erteilten die Betriebserlaubnis.

Nun bleiben Kinder aber nicht Kinder. Sie wachsen, werden Jugendliche und bahnen Liebschaften an. Schon taten sich neue Sorgen auf. Alexander erinnerte seiner eigenen Jugend, plädierte für Aufklärung und sich fortsetzende Bindungen. In keiner normalen Familie werden die Geschwister voneinander isoliert. Da war Egon Hirsch jedoch ganz anderer Meinung. Er war nicht prüde und mochte Flirts sowie Annäherung durchaus dulden. Eine strickte Trennung von Knaben und Mädchen spätestens ab dem zwölften Lebensjahr präferierte er trotzdem. Das stellte sie vor die Herausforderung, zusätzlichen Wohnraum zu schaffen. Die Mittel waren knapp und ein Neubau überhaupt nicht zu stemmen, zumal auch weiteres Personal für das separate Domizil gebraucht wurde. Hirsch war bestens informiert und gar nicht verlegen. Sie beantragten Fördermittel und setzten die Tarife der Elternschaft hoch. Die Gelder flossen. Das Knabenheim ward eingerichtet.

So zufrieden Bruder Alexander mit seinem Werk war und er sich die Zusammenarbeit, ja die wirklich innige Freundschaft zu dem Amerikaner lobte, breitete sich ein bitterer Beigeschmack mitunter aus. Väter oder Mütter – es gab derer ohnehin nicht viele – klagten unablässig über exorbitante Unterhaltsforderungen. Diejenigen, die ihr Kind bei Nacht und Nebel vor der Tür absetzten, konnte man nicht zur Kasse bitten. Sehr selten fand sich ein Elternteil im Nachhinein wieder ein. Diejenigen aber, die einen Betreuungsvertrag abschlossen, schröpften sie förmlich bis zum Ruin. Alexander war doch nicht blind. Er sah das Flackern in den Augen des Bittstellers. Er bekam doch mit, was da verlangt wurde, er kannte die Preise und wusste, was ein Arbeiter verdient. Unnachgiebig beharrte er auf seinen Forderungen und haderte zugleich mit seinem Gewissen. Einmal öffnete er sich dem Freund und hörte harsch betont: »Wenn ein Kind keine Eltern hat, soll es gut aufgehoben sein. Okay. Wenn es aber Eltern hat, sind die auch in der Pflicht.« Alexander bereute augenblicklich, das Thema berührt zu haben, und nahm sich scheinbar einsichtig zurück. Hirsch schob nach: »Hier muss ich mal als Amerikaner sprechen. Milliarden fließen ins Land. Tut mir leid, das sagen zu müssen. Was glaubt Ihr Deutschen eigentlich, wer Ihr seid? Man kann doch nicht nur die Hand aufhalten.« Diese Zurechtweisung erzeugte in Alexander ein stetig nagendes Minderwertigkeitsgefühl und subtile Schuldkomplexe. Das verunsicherte ihn, ließ ihn sehr behutsam agieren. Er berührte die Unterhaltsfrage nie wieder. Ja, er verdrängte sie sogar, und wenn jemand an seine Tür klopfte, ließ er sich verleugnen. Eine Ausrede fand sich schließlich immer. Wobei seine Ausreden nicht nur Ausflüchte waren, sondern tatsächlich den Gegebenheiten entsprachen. Er hatte wirklich viel zu tun, so dass Pausen im Tagesgeschäft eher selten vorkamen.

Inzwischen stand er einem richtigen Imperium vor: Kindergarten, Schule, Berufsausbildung und das alles kombiniert mit kompletter Unterbringung und Verpflegung, das hieß also Ganztagsbetreuung mit Aufsicht und Unterweisung. Der Betrieb funktionierte bestens als ein in sich geschlossenes System, brachte Großartiges fertig, formte aus hilflosen Wesen leistungsfähige Menschen und hatte damit etwas Göttliches. Die letzte Phase ihrer Ausformung zum Erwachsenen erlebten die Kinder ebenfalls hier im geschützten Raum. Als die ersten ins Ausbildungsalter kamen, versuchten sie gar nicht mehr, die Zöglinge den Stürmen dieser Welt auszusetzen. Wozu etwas einrühren, woran man sowieso scheitern muss? Sie richteten Werkstätten ein und bildeten selber aus. Und das schlug jetzt richtig zu Buche! Es stellte sich sogar ein kleiner Profit ein. Fast alles, was sie verbrauchten, produzierten sie innerhalb ihres Hauses. Damit waren sie bar aller Sorgen um Fördermittel, Spenden, Zuwendungen, egal welcher Art auch immer. Die von den Eltern aufgebrachten Zahlungen konnten für größere Anschaffungen angespart werden und – das darf man, bitteschön, nicht außer Acht lassen! – endlich waren sie in der Lage, den emsig schaffenden Pflegerinnen, Betreuern, der Lehrerin, dem Nachtwächter, dem Haushandwerker einen angemessenen Lohn auszuzahlen.

Bruder Alexander stellte Gläser heraus und entkorkte eine Flasche Wein. Mit Blick auf die Uhr vermerkte er, dass nur noch wenige Minuten sind. Gleich trifft der Freund ein. Schon schellte es. Er eilte zur Tür, öffnete, breitete die Arme aus und rief theatralisch: »Egon, liebster Gast, pünktlich wie immer.« Sie beklopften einander die Schultern und gingen hinein. Sie hockten sich in bequeme Sesseln am Rauchtischchen gegenüber und strahlten. Sie prosteten sich zu und tranken. Alexander ließ den Tropfen im Mund zerrinnen. Egon goss sich das halbe Glas schwungvoll in die Kehle. Manieren wie ein Bauer, registrierte der Priester, während Egon mitleidig zu Kenntnis nahm, dass der Andere in Erinnerung an seine Armut offensichtlich bescheiden genießt. Geneigt sagte er: »Was kann ich für Dich tun? Gibt es etwas, wo ich helfen darf?« Alexander schüttelte überzeugt den Kopf. »Nun, dann habe ich eine Bitte. Lass mich Dir eine Geschichte erzählen«, begann Egon Hirsch, »diesmal wirst Du mir helfen.« Alexander lehnte sich zurück.

Egon berichtete: Er war damals noch nicht lange in Deutschland und noch ein ganz kleiner Soldat, da schickten ihn seine Vorgesetzten mit einem Laster los, um aus einem entlegenen Lager ein paar Dinge zu beschaffen. Eine ganz normale Sache, wenig aufregend, nur dadurch interessant, weil es ein ganzes Stück über Land ging, und davon befördert, weil Egon einer der wenigen war, die perfekt deutsch sprachen. Er setzte sich also in Marsch, kam gut durch und war schon auf dem Rückweg, als er in der Dunkelheit am Straßenrand ein Mädchen und einen Knaben ausmachte. Kinder auf der Hamstertour. Die hätte er ignorieren können. Sein Auftrag hieß nicht, verlorene Kinder zu retten. Aber was kann nicht alles passieren, wenn Kinder allein unterwegs sind! Er lud sich den Knaben und das Mädchen auf und beförderte sie weiter. Soweit war noch gar nichts Besonderes dabei. Er hätte deren Weg ebnen und sie vergessen können. So war es aber nicht. Die Kinder waren nämlich gar keine Kinder mehr, sondern junge Erwachsene, allerdings durch die Zeiten arg lädiert. Tot, Zerstörung, Mangel hatte Egon schon zuhauf gesehen und seinen Sinnen befohlen, sie nicht mehr zur Kenntnis zu nehmen. Allerdings hob sich die konkrete Geschichte farbig, lebendig, plastisch und deshalb ergreifend aus der Masse ab. Sie verabredeten ein Wiedersehen. Doch wie es der Teufel will, ein paar Wochen später suchte er die angegebene Adresse auf und seine Schützlinge waren nicht mehr da. Niemand, aber auch gar niemand wusste etwas über deren Verbleib. Nun gibt es ja der Möglichkeiten viele, wie und warum einer verschwindet, doch die Angelegenheit war allzu widersinnig. Der junge Mann, er hieß Fritz, kam zwar reichlich naiv, aber ungleich strebsam herüber. Warum sollte er Freundschaft beschwören, wo er sie nicht zu halten gedachte? Wieso schlägt einer Hilfe aus, obwohl er derart bedürftig ist? Fast zwanzig Jahre lang hielt Egon die Augen offen, ohne fündig zu werden. Der Zufall sollte ihm Fritz in die Hand spielen und seine Geschichte weitererzählen. Nichts dieser Art geschah. – Egon ward dieser Tage in die Heimat zurückgerufen und empfand schmerzende Leere.

»Du fährst heim?«, resümierte Alexander betroffen. Egon lachte, schüttete sich den Rest seines Weines in den Rachen und erklärte:»Irgendwann muss jeder mal scheiden. Du brauchst mich doch gar nicht mehr. Und sieh mal, für mich muss auch mal Schluss sein. – Ich hätte nur gern meine kleine private Story zu Ende gebracht.« Alexander meinte, das ist ja wie im Film, und er dachte abfällig, offenbar leben die Amerikaner solche Schnulzen wirklich. Er schenkte Wein nach und kommentierte lakonisch:»Einwohnermeldeamt, Standesamt. Ihr habt doch alle Fäden in der Hand. Wo liegt denn das Problem? Du findest den Mann tot oder lebendig, es sei denn, er ist auf die Schattenseite des Mondes ausgewandert.« – »Na prima«, erklärte Egon schroff,»ich jage dem kleinen Mann den Nachrichtendienst auf den Hals?! Was soll denn dabei herauskommen? Ich will doch nur wissen, wie es ihm geht und ihn stützen, wenn er etwas braucht. – Sieh mal, ich habe eine Idee, wenn Du als Priester mal ganz harmlos die Behörden abklapperst, unauffällig nachfragst, bleibt alles schön, wie es ist, und ich bekomme Nachricht oder eben nicht.« – »Oder eben nicht«, echote Alexander. Egon schaute treu, liebenswürdig:»Machst Du?« – »Okay. Wie heißt der Mann? Letzte Wohnung? Geburtsdatum?« Egon trank vom Wein, Alexander nippte an seinem Glas. Egon reichte einen Zettel her. Alexander las verblüfft:»Fritz Kroll, geboren am 15.6.1927, Lankwitz, Nicolasstraße 10, bei Heise.« Egon lauerte:»Was ist los?« Alexander schwieg, stand auf, ging zum Schreibtisch, nahm gedankenverloren Papier und Stift, kehrte um und setzte sich wieder. Die Lücke hatte er gebraucht, um sich zurecht zu legen, wie er seinem tief im Innern verborgenen Mitgefühl stattgeben wird. Er sagte gleichmütig:»Der Mann lebt. Er lebt gut versorgt hier gleich in der Nähe. Ich kenne ihn. Er hat zwei Kinder bei uns.« Alexander malte sich vielfarbig aus, wie die beiden Männer zusammentreffen, einander aus ihrem Leben erzählen, der Amerikaner reumütig die Spendierhosen wieder anzieht und den Vater aus der Schuld entlässt. Der Schlechteste ist Egon Hirsch nämlich nicht. Er lud seinen Gast ein, ihm stehenden Fußes Fritz' Wohnung zu zeigen. – Gut gelaunt brachen sie auf, liefen ein paar Querstraßen hinauf und klingelten Freegestraße 39, zwei Treppen hoch bei den Krolls. Sie trafen ein trauerndes Mädchen an. Konsterniert hörten sie von zehrender Krankheit und frühem Tod. Wie kann das sein?, fragte sich Egon bestürzt, war Fritz nicht gut ausgestattet, und wie man hörte, sogar beruflich bestens aufgestellt gewesen? Ganz kurz sinnierte er: Sollte ich der Tochter unter die Arme greifen? Doch dann entschied er sich dagegen. Mildtätigkeit hat nämlich auch ihre Grenzen. Fritz' Kinder sind bestens aufgehoben und sichtlich munter drauf. Der Schmerz wird vergehen und die Sonne wird ihnen wieder lachen. Er strich Monika liebevoll übers gebeugte Haupt und verabschiedete sich herzlich dankend von Bruder Alexander.

# Kinder, Kinder!

Der Schulrat ließ Hildegard ausreden, würgte den Kloß im Hals hinunter, stand auf, durchmaß seine Amtsstube, ging zum Fenster und schaute hinaus. Was ihm die Frau diesmal offerierte, war eine unglaubliche Ungeheuerlichkeit. Er schüttelte die Aufwallung seiner Empörung ab und kam sachlich herüber: »Ich fasse also nochmal zusammen: Die sechzehnjährige Schülerin Anja Schulz und der zweiundzwanzigjährige Heimerzieher Peter Klein stehen in einem intimen Verhältnis. Anstatt das Verhältnis zu unterbinden, weil es sich um ein Abhängigkeitsverhältnis handelt, hast Du als Heimleiterin die ganze Zeit zugesehen und nichts unternommen. Die Schülerin ist schwanger im sechsten Monat, dadurch ist die Sache ans Licht gekommen.« Hildegard hielt die Luft an und nickte brav. Bräuer legte eine Pause ein, überlegte noch einmal und kam entschlossen: »Der werdenden Mutter weisen wir eine Wohnung zu. Wir holen sie hierher nach Potsdam und sie bekommt Am Schlaatz Unterkunft für sich und das Kind. – Kollege Klein muss mit einem Disziplinarverfahren rechnen. Ich weiß nicht, was diesem Menschen da in den Kopf gekommen ist! Er kann von Glück sprechen, wenn der Staatsanwalt die Füße still hält. – Und Du?« Das Du spie er regelrecht durch den Raum. Hildegard zuckte zusammen. Bräuer setzte sich hinter den Schreibtisch. Er blätterte in einer Akte: »Ich habe von Cottbus die freien Stellen bekommen. Der Klein wird aus Himmelpfort dorthin versetzt. Raus aus der Schusslinie.« Er schaute hoch und Hildegard fragend an.

Sie atmete tief ein, sammelte sich und sprach mit Engelszungen: »Eugen, ich will nichts Unmögliches von Dir. Ich weiß auch, dass der Fall formal so aussieht: Der Vater gehört eingesperrt und die Mutter an den Schandpfahl. Aber bedenke, bitte, was wir dem Kindchen damit antun. Du denkst an Ausweisung und Trennung. So geht es aber nicht. In diesem Falle gar nicht. – Die beiden lieben sich! Das darf man doch nicht auseinanderreißen. Im Moment hocken Anja und Peter todunglücklich daheim und warten auf Deinen Spruch. Bist Du denn Gott?« Bräuer lächelte unwillkürlich. Sie legte eindringlich nach:»Ist es nicht viel eher so, dass wir ihnen ein Nest bauen müssen?« Er fragte:»Wie stellst Du Dir das denn vor?« Hildegard entwickelte behutsam:»Den Peter Klein brauche ich als Arbeiter. Ohne den ist die Hauswirtschaft nicht aufrechtzuerhalten. Du weißt, dass ich ohnehin nur mit Ach und Krach rumkomme. Zieh mir bitte niemanden mehr ab.« Bräuer nickte.»Für das Mädel können wir im Haus sorgen. Das Baby kann im Ort in den Kindergarten gehen. Dann macht Anja die Schule fertig und beginnt die Ausbildung und wenn sie achtzehn ist, schauen wir weiter.« Bräuer stöhnte:»Ein Säugling ist kein Spielzeug. Der läuft doch nicht en passant bei Euch mit. Um den muss man sich doch kümmern.« – »Dafür sind doch die Eltern da.« Bräuer blieb dran:»Kindergarten schön und gut. Aber was macht Ihr im Wochenbett der Mutter und wenn es Komplikationen gibt?« – »Dafür haben wir Schwester Agnes«, antwortete sie überzeugt. Er stutzte:»Wen, bitte?« Sie sagte:»Schwester Agnes. Agnes Kraus, die Gemeindeschwester. – Noch nie von ihr gehört?« Bräuer schüttelte den Kopf und wendetet nachdenklich ein:»Alles so lassen, wie es ist? Dem Klein seine Gedankenlosigkeit durchgehen lassen? Leisten wir damit nicht einer gewissen Zügellosigkeit Vorschub? Wenn das Schule macht?«

Hildegard riss die Augen auf, forschte in seinem Gesicht. Er hielt ihrem Blick stand und sendete einen Schimmer Wohlwollen aus. Sie lächelte erleichtert: »Dann kriegen wir Kinder.« Er brummelte friedfertig: »Kinder, Kinder!«

Ganz so entgegenkommend und besänftigt, wie er sich gab, war der Schulrat derweil nicht. Ein Kinderheim ist nämlich mitnichten der Hort minderjähriger Mütter und leichtfertiger Väter. Freilich musste er einsehen, dass die junge Liebe eine Chance und nicht Abstrafung braucht. Auch ist bei dem ständigen Mangel an Arbeitskräften eine Versetzung, gedacht als Denkzettel, rasch vollzogen, und das eine Loch gestopft, nur eben andernorts wird dann zugleich ein größeres aufgerissen. Allerdings machte den Schulrat stutzig, wie die ewig bissige, jederzeit streitbare Heimleiterin diesmal förmlich bettelnd vor seinem Schreibtisch hockte. Hatte die etwas zu verbergen? Eine Revision war fällig. Sofort! Bräuer lud Hildegard ein: »Wollen wir jetzt zusammen nach Himmelpfort fahren oder hast Du hier noch zu tun?« Hildegard hatte eigentlich bei Vater Willy Am Schlaatz, kaum zehn Bahnminuten von hier, vorbeisehen wollen. Der kümmerte sich unablässig um ihre Söhne. Da gehörte es sich, wenigstens mal nachzufragen, ob alles läuft. Iwo, schob sie den Gedanken beiseite, Willy meldete sich schon, wenn er was braucht. Sie nickte. Sie bestiegen Bräuers Wagen und sausten gen Norden.

Bräuer forschte: »Hildegard, Du kannst mir doch nicht weismachen wollen, dass Du von dem Techtelmechtel, das der Klein angezettelt hat, nichts mitbekommen hast. Es nächtigen immer zwei Mädchen in einem Zimmer. Wo war die andere, während sie ihr Liebesspiel trieben? Oder hat der Klein das Mädel etwa woandershin gelockt?« Hildegard seufzte. Kann einer so weltfremd sein? Offensichtlich ja.

Bräuer ging jetzt auf die Fünfzig zu und war, soviel Hildegard wusste, noch nie verheiratet oder irgendwie gebunden. Er gab den trockenen Schreibtischarbeiter und Stubengelehrten. Seine gelegentlichen Visiten verliefen stets und ständig nach einem exakten, immer dem gleichen Muster und wenn es etwas zu bemängeln gab, traf er kurze knappe Anweisungen und rauschte alsbald wieder fort. In theoretische Debatten ließ er sich selten ein, obgleich er promovierter Pädagoge war und jeden Disput mit Bravour hätte meistern sollen. Hildegard konnte sich bessere Vorgesetzte vorstellen als gerade Doktor Bräuer. Allein, sie war auf ihn angewiesen, weil er die Mittel bewilligte, die sie für ihre Arbeit brauchte. Nicht zuletzt war sie mit der Zeit auch an ihn gewöhnt und hatte gelernt, ihn zu händeln. Es bedurfte nicht unwürdiger Bestechungsversuche, um ihn zu besänftigen, sondern schlichtweg eines harschen Tons, und Bräuer lenkte am Ende immer ein. Was Hildegard diesmal bewog, zu bitten und nicht zu fordern, war ausschließlich der diffizilen Situation geschuldet. Niemand, auch eine Hildegard Huber nicht, konnte voraussehen, inwieweit der Verbleib von Mutter und Kind im Heim das Zusammenleben aller Zöglinge beeinträchtigt. Da war es gut, die vorgesetzte Behörde mit im Boot zu wissen. – Sie berichtete gefühlvoll: »Freilich habe ich gesehen und gehört. Aber kann man gegen die Natur etwas machen? Ich entdeckte das Liebespaar hinten im Park auf einer Bank. Es war scheußliches Wetter, sie hatten sich eine Zeltplane über die Köpfe gezogen. Ich dachte erst, ein paar Jungs, die wie immer den Gong zum Abendessen ignorieren. Ich schlich mich ran, wollte sie erschrecken. Da hörte ich, um was es geht. Ich verzog mich und stellte den Klein später zur Rede. Meine erste Reaktion war wie Deine: Suspendierung vom Dienst und sofortige Versetzung. Aber dann nahm ich mir das Mädel vor und begriff schlagartig, dass es sich um erwachsene Menschen handelt. Sie ist selbstverständlich noch reichlich unerfahren, aber was sie mir anbot, zeugte vom festen Willen, zu ihrem Mann zu halten. Fluchtpläne waren schon geschmiedet, trennen würden wir die beiden nie. Abgesehen davon, dass ich auf den Klein als Mitarbeiter nicht verzichten will, ist doch fraglich, ob wir nicht Gesundheit, Glück und Fortkommen aller riskieren, wenn wir mit der Brechstange eingreifen.« – »Ich bin doch keine Brechstange!«, wehrte sich Bräuer heftig. »Das habe ich nicht behauptet«, erklärte sie und setzte fort: »Ich fand die Parkbank bei aller Romantik denn doch nicht gerade anheimelnd, arrangierte eine Verlobung und ließ Anja mit Peter in seinem Zimmer wohnen.« Bräuer schwoll der Kamm. Das ist Kuppelei! Genauso rasch wie sein Missmut entflammte, keimte ein anderer Gedanke: Sind seine Wertungen und Maßstäbe nicht recht archaisch? Gehörte er, der Schulrat, nicht zu denjenigen, die stets anderen Umgang, moderne Sichtweisen einfordern? Er gestand sich ein, dass »Kuppelei« und »Schandpfahl« der Inquisition entstammen und mitnichten zu den Strategien unserer Zeit zählen dürfen. Ihn beschlich ob seiner antiquierten Vorurteile Scham. Er hörte weiter: »Wir haben die notwendige Aufklärung angeschoben, nichts unversucht gelassen und waren deshalb restlos überrumpelt, als Anja schwanger wurde.« Bräuer schwankte. Er sagte: »Du hättest mich früher ins Vertrauen ziehen sollen. Jetzt ist das Kind in den Brunnen gefallen.« Sie lachte: »Kannst Du die Hand dazwischen halten?« Er lachte auch. Seinem Lachen war Unsicherheit anzumerken.

Himmelpfort erreichten sie in der frühen Nachmittagsstunde. Die Dorfstraße war wenig belebt. Ein kläffender Köter grollte zornig und eine Katze turnte angeberisch auf einer niedrigen Mauer. Vor dem Lebensmittelgeschäft waren zwei Frauen ins Gespräch vertieft und ganz hinten trat eine Frau in die Pedale ihres Rades. Sie kamen heran und Bräuer wich der Radfahrerin aus. Er überholte. Hildegard rief:»Stopp! Halt mal an.« Er bremste, sie sprang hinaus, stellte sich der Fahrradfahrerin in den Weg und die beiden begrüßten sich freudig. Hildegard lenkte die Frau zum Wagen. Bräuer kurbelte die Scheibe runter. Hildegard sagte:»Das ist Schwester Agnes. Agnes Kraus.« Bräuer sah eine alte Frau mit einem klapprigen Fahrrad, stieg nun ebenfalls aus und reichte höflich die Hand. Hildegard sprudelte:»Schwester Agnes wird uns beistehen, wenn es um Schwangerenfürsorge und Säuglingsbetreuung geht. Sie hat vieljährige Praxis. Sie kommt, wenn wir sie rufen.« –»Freilich, ist doch klar, Tag und Nacht, bei jedem Wetter«, warf sich Agnes stolz in die Brust. Bräuer betrachtete den Weg skeptisch:»In Notfällen! Was machen Sie in Notfällen?« Agnes antwortete gleichmütig:»In Notfällen holen wir die Rettung aus Fürstenberg. Zuerst komme ich, überschaue die Lage, dann sause ich zum Telefon und rufe die Rettung. So geht es.« Sie strahlte. Er examinierte:»Wer ruft Sie?« Agnes sagte:»Na, wer betroffen ist. Irgendein Angehöriger klopft bei mir an und ich starte sofort.« Bräuer überschlug: Im besten Fall braucht der Bote fünf Minuten, die Schwester ist in weiteren fünf Minuten ran, fünf Minuten Untersuchung, fünf Minuten zum Telefon, der Arzt ist nochmal fünfzehn bis zwanzig Minuten unterwegs. Sind wir schon bei vierzig Minuten. Er knurrte:»Da kann ja sonstwas passieren!« Agnes schüttelte den Kopf:»Es passiert aber nicht sonstwas!«-»So geht es nicht!«, herrschte Bräuer, wendete sich brüsk ab und zischte:»Hildegard komm!« Die Frauen sahen sich verdutzt an. Hildegard grummelte entschuldigend:»Er ist ein ewiger Nörgler und trocken wie Tuch.« Agnes winkte ab:»Lass sein.« Sie schob ihr Rad zu einem Hof hin. Im Wagen maulte Bräuer:»Die Rettungskette ist zu lang und störanfällig ist sie auch.« -»Ja und?«, fragte Hildegard harmlos.

Nach der Inspektion saßen sich der Schulrat und die Heimleiterin nun an ihrem Schreibtisch gegenüber. Er holte aus:»Hildegard, was Ihr hier vorhabt, ist heller Wahnsinn. Ein Heim am Ende der Welt und eine poröse Rettungskette. Wenn Kind und Mutter was passiert, werden wir unserer Tage nicht mehr froh. Ich würde die Anja und den Peter gern hier fortnehmen.« Sie dachte: Den Peter gebe ich nicht her! Und die Anja hat hier ihre Wurzeln. Die bleibt auch. Sie redete Verständnis erheischend:»Was macht Dich denn so dermaßen unwillig. Hier am Ende der Welt kriegen Frauen seit hunderten von Jahren Kinder und es läuft. Wo liegt denn Dein Problem?« Er belehrte:»Genau das stimmt eben nicht. Seit hunderten von Jahren sterben Frauen, besonders in ländlichen Gegenden unter der Geburt und im Wochenbett. Das Mädel gehört in die Nähe einer Klinik. Sie braucht die beste Versorgung.« Der Mann beharrte auf seinem Standpunkt. Er meinte es sicher gut, überzeugte aber gar nicht. Hildegard ließ Argument auf Argument folgen, spürte allmählich ihre Kraft schwinden und ihre Geduld schmolz dahin. Ihr kamen die Tränen, sie schlug die Hände vors Gesicht und barmte:»Was um Himmels willen, hat Dich geritten? Warum lässt Du uns nicht einfach in Ruhe hier unsere Kinder kriegen?« Sie weinte bitterlich. Bräuer schaute eine ganze Weile betroffen zu und plötzlich dämmerte ihm:»Hildegard, Du bist schwanger.« Sie blickte erstaunt auf und er lachte. Er lachte aus vollem Halse:»Du alte Kratzbürste! – Ich habe mich die ganze Zeit gefragt, warum Du diesmal wie ein Lämmchen bist. – Kinder, Kinder!« Er kam um den Tisch herum, zog sie hoch, umarmte sie und redete auf sie ein:»Nicht weinen, schöne Frau. Das Kindchen kriegt sonst Falten.« Endlich besprachen sie offenherzig, wie es weitergehen soll.

Es ging so weiter: Der Schulrat vermittelte dem Kinderheim Himmelpfort sowie Schwester Agnes einen Anschluss an das öffentliche Telefonnetz. Das war freilich nicht nur mit der Bereitstellung von Mitteln, sondern auch mit den Mühen der Überzeugungskraft verbunden. Seit jeher verfügten die kleinen Ortschaften über nur einen Apparat auf der Poststation oder im Gemeindebüro. Da sträubte sich so mancher und wollte wissen, warum das in Himmelpfort nun so ganz anders werden sollte. Des Weiteren brauchten Schwester Agnes und das Heim einen motorisierten fahrbaren Untersatz.»Es kann nicht sein«, sagte Bräuer,»dass die Frau bei Nacht und Nebel mit dem Fahrrad durch die Gegend gondelt und auch einer der Heimbewohner muss rasch mal von A nach B gebracht werden.« Die Wartelisten für Kraftwagen waren lang, die Automobilindustrie lieferte überhaupt nur zögerlich. Da trennte sich Bräuer kurzentschlossen von seinem Lieblingsgefährt und nutzte fortan die Bahn.

Ohne Angabe von Gründen bestellte er ein paar Wochen darauf den werdenden Vater, Peter Klein, ins Amt ein. Bräuer eröffnete unumwunden:»Wir müssen mal unter Männern reden.« Der Delinquent saß zitternd vorm Schreibtisch. »Was hast Du Dir dabei gedacht?«, belferte Bräuer. Klein gestand: »Nichts?« Der hohe Vorgesetzte schoss weiter: »Du hattest jetzt ewig Zeit, darüber nachzudenken und bietest mir ein Nichts an?« Klein kroch in sich zusammen und schwieg. Was sollte er denn auch sagen? Was erwartete der Schulrat? Der schob brutal nach: »Unreife hast Du bis jetzt ausreichend bewiesen. Ich möchte ab sofort absolut klare Bilder sehen.« Wie Klein denn nun so geknickt dasaß, registrierte Bräuer, dass er ungeschickt begonnen hatte. Er erhob sich und sprach jovial: »Lass uns auf ein Bier gehen. Es redet sich leichter.« In der Kneipe nahm er seinem Schützling auseinander, dass Liebe und Treue oft nur Lippenbekenntnisse sind, die zwar schnell ins Bett einer Frau führen, diese Frau aber genauso rasch ruinieren können. »Mutterschaft ist nach wie vor kein Zuckerschlecken«, führte er aus, »auf die Frauen kommt oft eine fürchterliche Mehrbelastung aus Kinderbetreuung, Haushaltsführung und Berufstätigkeit zu. Da sind die Männer gefragt, aber nicht als Hilfe, sondern als souverän agierende Partner. Gehst Du als Mann, was uns ja liegt, teils aus Bequemlichkeit, teils aus Unwissenheit leichtfertig darüber hinweg, wirst Du sehen, dass Deine Anja vor der Zeit altert und Du Dich rasch nach einer Jüngeren umsiehst.« Liebevoll redete er auf Peter Klein ein. Der lockerte sich bald, verstand derweil die Intentionen seines Vorgesetzten nach wie vor nicht. Er war doch willig, er wollte und konnte seine Anja schützen, er pflegte auch zu halten, was er versprach. Allmählich begriff er Bräuers Rede als das Geschwafel eines alternden, vom Leben enttäuschten Mannes. Unschuldig betont fragte er: »Gibst Du persönliche Erfahrungen preis oder hast Du was gegen mich?« Bräuer war wie vor den Kopf geschlagen. Einen solchen Affront hatte er nicht erwartet. Er musste einsehen, dass diesem Menschen mit Schönreden nicht beizukommen ist. Er schwang das Zepter und drohte: »Pass auf, Kerl! Ich beobachte Dich, und sollte ich feststellen, dass Deiner Anja ein Leid geschieht, Gnade Dir Gott!« Verstimmt trennten sie sich. Bräuer war gewappnet und Peter Klein nannte den Alten bei sich einen »Volltrottel«.

Am 1. März 1967 entband Anja Schulz ohne Schwierigkeiten von einem gesunden Mädchen. Die Heimbewohner nahmen das Baby in ihrer Mitte auf und überschlugen sich förmlich in Hilfsbereitschaft und Rücksichtnahme. Obgleich das von Hildegard präferierte Betreuungsmodell nur die Ausnahme bleiben konnte, sah sie sich doch in ihrer Theorie bestätigt: Ein Kinderheim als Familie betrachtet, kann sehr viel leisten und bringt nicht zuletzt auch sehr viel Frohsinn. Vier Wochen später kam Hildegard mit ihrem Töchterchen nieder. Sie und ihr Mann waren glücklich, nannten ihren Nachzügler Karin und verbanden sich dem Winzling mit dem ganzen Herzen und all ihrer Liebe.

Allein, das Schicksal war grausam. Das kleine Mädchen nahm seine ersten Schritte ins Leben nur zögerlich auf, und auf mehrmaliges, drängendes Nachfragen rückte die Kinderärztin mit der vollen Wahrheit heraus: »Karin ist mit dem Langton-Down-Syndrom geboren, die Lebenserwartung ist nicht hoch, weil sich meistens parallel ein irreparabler Herzfehler eingestellt hat, die Lernfähigkeit tendiert gegen Null. – Am besten ist, sie lassen das Kleine in der Klinik und mühen sich nicht weiter ab.« Die Mutter riss schreiend ihr Kind an sich, der Vater stand hilflos dabei und die Ärztin entfernte sich kopfschüttelnd. Diese Eltern, dachte sie vergrämt, sind nicht mehr die Jüngsten und sollten sich klüger verhalten. Peter und Hildegard Huber haben bereits zwei gesunde Söhne. Da können sie zufrieden sein. Das las die Ärztin in Hildegards Anamnesebogen. Was sie freilich nicht wusste, weil es nicht drinnen stand und sie nicht fragte, war die Sehnsucht nach dem sich spät einstellenden familiären Glück, auf das die beiden so lange gewartet hatten. Hildegard verlor ihren ersten Mann und Vater ihrer Söhne auf tragische Weise, während Peter noch gar keine eigenen Kinder hatte. – Sie nahmen das Kleine mit nach Hause und umsorgten es, wie es gute Eltern eben tun. Karin war kein sonderlich robustes Baby, aber auf die Mühen reagierte sie durchaus positiv. Licht und Hoffnung kamen wieder auf, auch Freude am Kindchen zog ein. Als Karin ein halbes Jahr alt war, stellte Hildegard ihr Töchterchen im örtlichen Kindergarten vor. Schließlich musste und wollte sie wieder an Arbeit denken.

Die Kindergartenleiterin, Frau Susanne Süßholz, besah das Kind, dann die Mutter und erklärte sachlich: »Es tut mir leid. Ich weiß nicht, wie Sie auf das schmale Brett kommen, dass wir Karin hier aufnehmen. Wir können und dürfen behinderte Kinder hier nicht betreuen.« Hildegard bäumte sich auf: »Karin ist ein Kind wie jedes andere. Und was soll heißen, Sie dürfen nicht?« Frau Süßholz referierte: »Ein bestimmtes Entwicklungsniveau und Entwicklungspotenzen müssen wir schon voraussetzen. Karin wird drei Jahre lang und länger wie ein Säugling zu behandeln sein. Das können wir hier nicht leisten. Das Kind rückt also nicht ordnungsgemäß auf, macht Nachfolgern also keinen Platz, blockiert diesen Platz ewig. Nein, so geht es nicht.« Die Absage traf mitten ins Herz. Hildegard nahm ihr Kindchen und trottete tief betrübt heim. Was sollte werden?

Ohne Unterbringung im Kindergarten war an Arbeit nicht zu denken. Dabei ging es ja nicht nur um Arbeit schlechthin. Hildegards Kräfte wurden gebraucht. Ihre Kollegen rackerten sich ab und hofften jeden Tag, dass sie ihre Reihen wieder stärke. Todunglücklich teilte sie sich ihren Leuten mit. »Langfristig betrachtet«, endete sie, »wird man mich hier ablösen, wenn ich nicht mehr einsatzfähig bin.« Ihre Gefährten trösteten: »So schnell geht es nicht.« Sie sausten in alle Himmelrichtungen los, um herauszubekommen, welchen Anspruch ein Kind mit Behinderung hat und wie andere betroffene Mütter ihre Berufstätigkeit handhaben. Sie waren restlos davon überzeugt, dass es fertige Regelungen mit Rechten und Pflichten gibt. Mutter und Kind standen schließlich hierzulande hoch im Kurs. Nach anstrengender und nerviger Recherche ergab sich folgendes Bild: Kinder mit geistiger Behinderung, ein ohnehin marginaler Teil der Bevölkerung, verbleiben als Dauerpatienten in den Krankenhäusern oder werden von kirchlichen Einrichtungen aufgenommen. Eine Tagesbetreuung, die familiäre Bindungen aufrechterhält, ist nicht vorgesehen und wird auch überhaupt nicht angestrebt. Freilich gibt es Mütter oder Väter, die ihre Kinder nicht hergeben wollen. In diesem Falle verzichtet ein Elternteil vollständig auf seine Berufstätigkeit. – Die Nachrichten waren niederschmetternd und der Schluss logisch: Wollte Hildegard ihr Kind behalten, musste sie daheim bleiben. Oder? Nach ein paar tränenreichen Tagen entschied sie sich für das Oder und wurde bei Schulrat Bräuer vorstellig.

»Eine Tagesgruppe für Kinder mit Behinderung? – Hildegard, jetzt bist Du restlos übergeschnappt! So was war doch noch nie da«, sträubte er sich. Sosehr er das

Schicksal der jungen Mutter bedauerte, so unmöglich erschien es ihm, in eine staatliche Einrichtung behinderte Kinder zu integrieren. Hildegard hielt gegen:»Ich will sie ja gar nicht integrieren. Einen extra für Behinderte geschaffenen Kindergarten will ich. Das muss doch möglich sein. Ahnst Du, wie viele Eltern zu Hause sitzen und sich grämen, nur weil ihr Kind nicht ins Raster passt.« Bräuer wendete gleichmütig ein:»Sie müssen nicht. Die Kirche leistet Bewunderungswürdiges in dieser Frage.« Hildegard fuhr spitz hoch:»Wir überlassen die Schwächsten der Kirche!?« Bräuer blieb entspannt bei sich:»Das schadet nichts. So ein Kind lernt doch eh nix.« Hildegard ballerte weiter:»Wir fesseln Mütter ans Pflegebett, nur weil wir keine Fantasie haben? Warum holen wir nicht die Betroffenen zusammen und beraten ein tragfähiges Konzept? Ich bin überzeugt, da treten Potenzen zutage, von denen wir träumen.« Bräuer lehnte sich zurück, nickte zur Tür und sagte ruhig:»Träum weiter. Ich sehe mich derweil nach einer Nachfolgerin für Dich um. – Schön' Tag auch.« Er beugte sich über die Papiere auf seinem Schreibtisch und Hildegard verließ grußlos den Raum. Als die Frau draußen war, ließ er erleichtert Luft ab. Unglaublich, was die sich erlaubt, sinnierte er und belächelte Hildegards Fantasien. Zugleich wusste er um ihren unermüdlichen Arbeitseifer. Die wird sich doch nicht ewig an ihre Mutterpflichten klammern, meinte er, früher oder später gibt sie auf und das Kind bei der Kirche ab.

Zum Jahresanfang 1968 flatterte Eugen Bräuer ein Rundschreiben des Ministeriums für Volksbildung auf den Schreibtisch:»In Auswertung der Beschlüsse der Sozialistischen Einheitspartei Deutschlands sind alle produktiven Reserven zu mobilisieren, um die gesteckten Ziele zwecks Erhöhung des Lebensstandartes der Bevölkerung zu erreichen. Unter anderem bedeutet das, bisher nichtberufstätige Frauen in Arbeit zu bringen. Deshalb sind die Schulräte verpflichtet, flächendeckend Kindertagesstätten, nötigenfalls Sonderkindergärten, einzurichten ...« Bräuer kippte fast vom Stuhl, rappelte sich hoch und spurtete los. Er schrieb sich einen Dienstreiseauftrag aus, ließ ihn von seinem Stellvertreter gegenzeichnen, meldete sich bei seiner Sekretärin ab und eilte zur Bahn. Mit ein wenig Glück, konnte er rascher in Himmelpfort eintreffen als die Entscheidung des Ministeriums die Runde gemacht haben würde. Die Siegesmiene gönnte er einer Hildegard Huber nicht. Er mochte die Neuerung gern als sein eigen Kind herausstellen. Er legte sich seinen Text zurecht und blickte von Zeit zu Zeit nervös auf die Uhr. Allein, die Lokomotive schnaufte unwillig, die Strecke war verschneit, der Zug blieb liegen, ruckelte paar Meter vorwärts und hielt schon wieder. Stunden vergingen. Bräuers Hast folgte zunächst Panik und dann stumpfe Gelassenheit. Ich komme zu spät, resümierte er enttäuscht und ergab sich in sein Schicksal.

Gegen Mitternacht erreichten sie Fürstenberg. Die Reisenden waren durchgefroren, restlos zermürbt, müde und schlechter Laune. Auch ein Bräuer war auf dem Tiefpunkt angekommen. Im Bahnhofsgebäude fingen Sanitäter, Schwestern und Dispatcher die Leute auf, versorgten sie mit allem Lebensnotwendigen und brachten sie per Kettenfahrzeuge an ihre Bestimmungsorte weiter. Auf der Bahn ging nichts mehr. Die Weichen waren eingefroren, Signalleitungen gerissen. Das Chaos war perfekt. Der Bahnhofsvorsteher wuselte herum und bedauerte kümmerlich: »Der Winter, so überraschend und so hart.« Bräuer herrschte: »Mit ein wenig Gefühl und Draufsicht, hättet Ihr die Katastrophe kommen sehen.« –»Bin ich Hellseher?« – Bräuer beharrte:»Man muss kein Hellseher sein, um gute Leitungsarbeit zu leisten.« Der Vorsteher verdrückte sich. Von allen Reisenden war Bräuer der einzige, der noch in den Morgenstunden dahockte und nicht vorwärts kam. Der Bahnhofsvorsteher rückte wieder ins Bild:»Tut mir leid. Nach Himmelfort geht kein Transport. Aber wenn Sie wollen, nimmt Sie meine Frau nachher mit.« Bräuer willigte grummelnd ein.

Die Frau stellte sich als Ilka vor, war ein frisches, rundes Weib, sprudelte vor Energie und lenkte einen Pferdeschlitten. Sie fuhren den Weg parallel zur Bahnstrecke. Der war inzwischen freigeschoben. Auf den Gleisen schaufelten Männer und Frauen, offene Kohleherde qualmten und Mechaniker zogen Elektrokabel. Sie werkelten wie die Ameisen unter der blassen Wintersonne. In weiche Pelze eingehüllt, nur die Nasenspitzen draußen und Raureif am Mützenrand, glitten Bräuer und Ilka über das Land. Das breitete sich bis zum Horizont wie ein weißes, buckliges Laken aus. Gehöfte lagen verstreut, die Häuser trugen dicke Schneekappen, aus den Schornsteinen kräuselten sich feine Rauchsäulen empor, schmale Wege schlängelten sich wie Adern zu den Anwesen, hier und da schippte noch einer die Verbindung zur Straße frei, Bäume einzeln und zu Gruppen schlummerten unter der schützenden Decke, ein Fuchs schnürte zum Gartenzaun. Plötzlich brach der Himmel auf und die Sonne goss gleißendes Licht aus. Bräuer kniff die Augen zusammen und als er sie wieder öffnete, erblickte er ein vielfarbiges Leuchten in der Ferne. Atemlos verfolgte er die Illumination und senkte sie angenehm berührt als Wintermärchen in seine Seele. Der Wolkenvorhang schloss sich wieder.

Bräuer wendete sich geneigt seiner Wegbegleiterin zu:»Was machen Sie eigentlich, wenn sie nicht gerade verirrte Reisende transportieren?«Ilka antwortete: »Ich fahre immer, egal, was gebraucht wird. Ich bin Berufskraftfahrerin. Himmelpfort ist meine Lieblingsstrecke.« – »Mit dem Pferd?!« – »Iwo, mit dem Laster. Das Pferd ist heute eine Ausnahme«, erklärte sie,»was meinen Sie, wie die Kinder sich freuen, was das für ein Gaudi wird, wenn wir mit dem Schlitten rumfahren?« Spielerei, vermerkte Bräuer und hörte schon weiter: »Für die Kleinen, die noch nicht so gut drauf sind, ordert Hildegard immer mal eine Extratour.« Bräuer hakte nach:»Sie kennen die Heimleiterin?« Ilka strahlte auf:»Und ob.« Sie erzählte ihre Geschichte.

Ilka war bei der Geburt ihres Kindes zwanzig gewesen, jung, gesund, alle Zeichen standen auf gut. Aber als Uwe das Licht der Welt erblickte, grinste diese Welt sarkastisch zurück. Ilkas Sohn war als nicht bildungsfähig eingestuft und daher von jeglicher staatlicher Fürsorge abgeschnitten, es sei denn, die Mutter gibt ihn in vollstationäre Betreuung. Genau das brachte sie nicht übers Herz, hängte ihren Beruf an den Nagel, verbarrikadierte sich zu Hause und päppelte ihr Söhnchen auf. Das Kind wuchs und gedieh, war fröhlich, freilich, wie man landläufig sagt, etwas beschränkt, aber mitnichten ein Kind, das keine Freude bringt und so gar nichts lernen kann. Das Glück der Eltern wuchs ständig. Nur, es gingen eben auch zehn Jahre ins Land, in denen die junge Frau seelisch zunehmend darbte. Wenn am Bahnwärterhäuschen die schwer beladenen Güterzüge vorbeidonnerten, wenn die Männer die Waggons beluden oder Kisten auf die Pritschen der Laster stapelten, wenn die Kraftfahrer ihre Maschinen starteten und vom Hof lenkten, stand Ilka mit dem Söhnchen an der Schranke oder nahe des Verwaltungstraktes und spürte Leben verrauchen. Wie gern würde sie, doch das ging ja nicht. – Eines Tages tauchte die Heimleiterin vom Kinderheim Himmelpfort auf und legte einen gar fantastischen Plan vor. – Im Einzugsbereich von Himmelpfort gab es fünf Kinder unterschiedlichen Alters, die wegen Bildungsunfähigkeit von Unterbringung und Betreuung ausgeschlossen waren. Diese fünf im Heim mitzuversorgen, wäre kein Problem, wenn sich unter den nichtberufstätigen Frauen Helferinnen fänden. Mutig riefen sie ihre Tagesgruppe für Kinder mit geistiger Behinderung ins Leben. Die Praxis war dann recht einfach, denn Kinder brauchen in erster Linie nur Liebe und Aufmerksamkeit. Allein, niemand arbeitet bei allem Enthusiasmus dauerhaft unentgeltlich, zusätzliche Mittel taten dringend Not. Vom Schulrat in Potsdam war eine Aufstockung des Etats nicht zu erwarten. Also setzten die Mütter einen Brief auf und unterbreiteten ihren Neuerervorschlag dem Bildungsministerium. – Bräuer legte die Stirn in Falten und lächelte hintergründig.

Geraume Zeit später stoppte der Schlitten vor dem ehemaligen Gutshaus. »Endstation«, rief Ilka fröhlich. Hildegard eilte die Treppe herab und begrüßte ihren Chef schnoddrig: »Kein Zuhause?« Der pellte sich aus dem Pelz und murrte: »Kollegin Huber, wir müssen ernsthaft reden.« Hildegard forschte in seinem Gesicht. War da ein feines Lächeln in den Augenwinkeln? Bräuer sagte: »Die konkreten Strukturen, Entwicklungspläne und so weiter. Das ist doch alles ungeklärt.« Sie gingen hinein. Das Haus brummte und summte wie ein Bienenstock. Schule war wegen der widrigen Kälte und des vielen Schnees dieser Tage unmöglich. Die Zöglinge beschäftigten sich daheim und genossen Winterfreuden im nahe liegenden Park. Ilkas Ankunft löste Jubel aus. Die erste Gruppe aus sechs Kindern war rasch ausgehfertig eingemummelt, auf den Schlitten verfrachtet und los ging die wilde Fahrt.

Nachdem sich Bräuer ein Bild von den Nova der Einrichtung gemacht hatte, knurrte er:»Du hättest mich früher informieren müssen.« Hildegard winkte ab:»Bei dem Wetter konnte ich doch unmöglich nach Potsdam kommen.« –»Ist auch wieder wahr«, räumte er ein. Sie hockten sich im Büro gegenüber und Hildegard legte in epischer Breite Konzeptionen und Entwicklungslinien dar. Ihr Vortrag fächerte alle möglichen Theorien auf. Allein, die Behindertenpädagogik steckte in den Kinderschuhen und speiste sich in erster Linie aus den spontanen Erfahrungen der betroffenen Eltern. Nichtsdestotrotz kam die Heimleiterin selbstbewusst und überzeugend herüber. Bräuer, der müde und abgeschlagen war, nickte hier und da, legte auch mal fragend die Stirn in Falten, was Hildegard zu tiefergehender Analyse veranlasste. Alles in allem plätscherte ihre Rede jedoch alsbald an ihm vorbei, bis ihm die Augen zufielen. Hildegard stoppte, Bräuer schreckte hoch.»Entschuldigung«, nuschelte er, stand auf, reckte sich und fuhr sich fahrig mit den Fingern über die Schläfen,»wenn ich mal paar Stunden pennen dürfte?« Hildegard lächelte mild und sprach:»Kenn' ich. – Wir haben zwar kein Hotel, aber wenn Du Dich im Foyer lang machen willst, mag es gehen.« Eugen Bräuer streckte sich auf der für die Nachtwache vorgesehenen Liege aus und war augenblicklich fest eingeschlafen. Der übliche Lärm des belebten Hauses, das Rein und Raus der Kinder, das Geklapper bei Tisch und die angeregten Gespräche störten ihn nicht. Gegen Abend weckte ihn Hildegard:»Eugen, entweder Du ziehst um oder Du gehst heim.« Umziehen? Heimgehen? Hildegard erklärte:»Die Nachtwache macht Dir ihr Zimmer frei oder Peter bringt Dich mit dem Wagen zur Bahn.« Bräuer war unentschlossen, derweil ausgeruht und wach. Er sagte:»Wenn es Euch nichts ausmacht, bleibe ich bis morgen früh.« Noch nie, niemals zuvor hatte er eine der von ihm zu beaufsichtigenden Einrichtungen im Normalbetrieb erlebt. Hildegard schaltete schnell und zwinkerte ihm zu:»Wenn es Dir nüscht ausmacht: Abendbrot ist reichlich da, außerdem ist Wäsche zu erledigen, Essen für morgen vorzubereiten, paar Sachen auszubessern, was man eben so zu tun hat.« Bräuer blieb, nahm an der großen Tafel Platz und fasste anschließend bei der Hausarbeit mit zu.

So kam es, dass der Schulrat allmählich nicht nur als Inspektor fungierte, sondern als Glied dieser Gemeinschaft hier eintauchte. Er nahm dienstliche Aufgaben an und verbrachte seine Freizeit mit den Kindern. Auch als ihm nach Jahren endlich ein neuer Wagen sogar mit persönlichem Fahrer zur Verfügung gestellt wurde und er hätte seine Visiten auf wenige Stunden beschränken können, dehnte er seine Aufenthalte in Himmelpfort auf mehrere Tage aus. Die Heimbewohner füllten eine Lücke in seinem Leben, wärmten ihm das Herz, wobei er sich selber nie so recht bewusst war, was ihn an dieser Gesellschaft wirklich anzog. Er sprach niemandem von seinen Emotionen oder Gedanken. Das wäre auch restlos überflüssig oder unpassend gewesen, denn auch die anderen lebten ganz einfach, wonach ihnen der Sinn stand: Mitgefühl, Vertrauen, Kameradschaft − eben all das, was Menschen normalerweise zusammenbringt und Bindungen schafft.

# TRÄUME UND WIRKLICHKEIT

Monika Kroll und Manfred Kappler sausten im nigelnagelneuen Wagen die glatte Asphaltstraße Richtung Wannsee hinaus. Es war der Sommer des Jahres 1968. Das Badewetter lockte die beiden Verliebten an den Strand. Sie stellten das Auto ab, Manfred schulterte die Tasche, umfing die Hüften der jungen Frau und sie schlenderten einen Waldweg entlang bis zum See. Der See, der freilich gar kein See, sondern nur eine Auswuchtung im Flusslauf der Havel ist, bot das herrliche Bild von Urlaub, Entspannung und grenzenloser Freiheit. Badegäste an den Ufern und Segelboote sowie kleine Kähne auf dem Wasser, das alles eingerahmt von lichten Kiefernwäldern und überdacht von einem strahlend blauen Himmel, so stellt man sich die schönsten Orte der Welt vor, und es war ja auch der schönste Ort, zumindest für Manfred und Monika. Sie lagerten im Schatten eines Busches, dicht genug zum Wasser hin und zugleich von den anderen Ausflüglern weit genug entfernt, denn sie mochten nicht gestört werden und auch versteckt Zärtlichkeiten austauschen. Monika streifte ihr Kleid herunter. Sie trug einen lachsfarbenen Badeanzug, der ihre ohnehin zauberhafte Figur angenehm zur Geltung brachte. Manfred war ebenfalls ein ausgesprochen attraktiv ausschauender, athletisch gebauter, junger Mensch. Im Grunde hätten beide das Traumpaar jedes Filmproduzenten abgegeben. Ein Filmemacher war nicht hier, also spielten sie in Eigenregie ihre eigenen Rollen im eigenen Stück, das da Leben hieß. Und sie spielten diese Rollen mit Bravour.

Manfred Kappler gehörte zu den Flüchtlingen aus der Zone, denen der Sprung über die Mauer im doppelten

Sinne gelungen war. Zum einen war er beim illegalen Grenzübertritt nicht erwischt worden. Zum anderen hatte er eine solide Ausbildung als Dekorationsmaler im Fluchtgepäck, so dass er ohne langen Aufenthalt in irgendwelchen Durchgangslagern rasch Arbeit fand, sich gutes Geld verdienen und tatsächlich binnen kürzester Frist ein eigenes Gewerbe aufmachen konnte. Aufträge flossen ihm reichlich zu. Er konnte wählen, auch Absagen erteilen, hatte trotzdem alle Hände voll zu tun und beschäftigte deshalb zwei Hilfsarbeiter. Man will ja verdienen und sich dabei nicht umbringen. Während die nun also schafften, erholte sich Manfred hier am Strand, kraulte seiner Monika den Nacken und andere Hautpartien. Sie schnurrte unter seinen Zärtlichkeiten, war kein Kind von Traurigkeit und schmeichelte mit ihrer Schönheit seiner Eigenliebe. Zugleich war der Zweiundzwanzigjährige nicht ganz zufrieden mit dem Status ihrer Beziehung und hätte nun gern noch etwas mehr gehabt, als die Achtzehnjährige ihm zugestand.

Monika Kroll war sich nicht sicher, inwieweit sie einem Kappler trauen und folgen kann. Seit Jahr und Tag war sie dem Fleischermeister Helge Sanft versprochen und selbstredend auch sich selbst verpflichtet. Sanft bot, was ansonsten kaum jemand herausrückte: Solides Einkommen, Großzügigkeit und alle Freiheiten. Sonst könnte sich die junge Frau ja auch gar nicht mit ihrem Verehrer am hellerlichten Tag hier tummeln, während Sanft hinten in der Werkstatt an Mischer und Dämpfer oder vorne im Laden an der Theke schuftete, die Gesellen und die Verkäuferinnen beaufsichtigte. Monika war sowohl im Geschäft als auch im Herzen des Meisters in privilegierter Stellung. So etwas gibt man nicht so leicht auf. Sich Kappler vollständig zuzuwenden und

Sanft abzuservieren, wollte gut überlegt sein. Freilich lockte der Junge mit Wagen und Unterhaltung. Nur ist das genug, um ein Leben abzusichern? Ein Leben, von dem Monika wusste, wie schnell es bergab gehen kann, und wo Frauen meist die Unterlegenen sind, obgleich ihnen die Männer an Tüchtigkeit, Raffinesse und Cleverness nicht das Wasser reichen können. Letzteres, nämlich Beschränktheit und Einfältigkeit des sogenannten starken Geschlechtes, ließ Monika ruhig sein und ihre Möglichkeiten entspannt abwägen. Äußerlich gab sie sich unschuldig und naiv, inwendig war sie längst nicht mehr das unbedarfte, niedliche Ding, das sich herumschubsen lässt. Sie schrieb nämlich die Szenen für das Stück, in dem sie die Hauptrolle spielte, immer selbst.

»Wann führst Du mich ins Kino?«, fragte sie mit Schmollmund. Manfred säuselte leise an ihrem Ohr: »Ich würde Dich gern woandershin führen.« Sie entzog sich ihm, sprang hoch, lief los, hechtete ins Wasser. Etliche Blicke folgten der Schönen. Manfred lächelte genüsslich. Er beobachtete sie aufmerksam, sie schwamm wie eine Nixe, und als sich Aphrodite langsam aus den Fluten erhob, ging er ihr mit dem Handtuch entgegen, nahm sie in die Arme und strich ihr über den Rücken. Er war sich sicher, Neid und Fantasie nicht nur der jungen Männer, sondern fast aller Badegäste anzuregen. Wahrlich, Auftritt und Abgang waren bühnenreif.

Endlich hatte Manfred eine zündende Idee: »Pass auf, Mädel, wie wir es machen. Du fängst bei mir in der Buchhaltung an und ziehst zu mir in meine Wohnung.« Er hoffte, wenn er die Kleine, dem Einfluss ihres Brotherren entlockt und sie täglich um sich hat, wird sie rascher und leichter nachgeben. Monika begehrte abrupt auf: »Nüscht is'! Meine Wohnung behalte ich.

Was glaubst Du denn? Wilde Ehe! So ein Lotterding?«
Sie spielte die Beleidigte.»Ich kann auch mit dem Bus
heimfahren«, legte sie nach. Manfred hob den Kopf,
sah sich um und sagte gelassen:»Wenn Du meinst.
Ich finde schon eine andere Beifahrerin.« Monika fühlte augenblicklich, wie die Besetzung ins Wanken geriet. Im Gegensatz zu dem allmählich alternden Helge
Sanft, der in seiner Metzgerei hemdsärmlig in Schwei-
nedärmen wühlte und ständig nach Blut oder Braten-
dunst roch, hatte dieser Junge hier eine unüberschau-
bare Auswahl an Möglichkeiten. Begehrlich lehnte sich
Monika an:»Wenn Du magst, können wir es mit der
Arbeit in Deinem Büro versuchen.« Manfred zog sie an
sich und küsste sie auf den Mund.

Sie schlenderten den Waldweg zurück zum Parkplatz.
Eine Gruppe junger Leute kauerte angeregt ins Gespräch vertieft seitlich im Holz. Monika und Manfred
gingen vorbei und wurden schon angerufen:»Na, Ihr
beiden Hübschen, habt Ihr Interesse?« Sie hatten kein
Interesse. Allein, Monika überblickte rasch die Runde.
Der da gerufen hatte, war ein ansehnlicher Hüne und
die übrigen jungen Männer schauten ebenfalls begehrlich. Sie foppte der Übermut:»Freilich, reinhören kann
man ja mal«, und setzte sich nieder. Manfred folgte.
Die Truppe aus vorwiegend jungen Männern und einer Handvoll Mädchen war der militärisch straff organisierte, garantiert arische Stamm Burgund. Manfred hatte noch nie etwas für Politik übrig. Mit seinem
Sprung über die Grenze streifte er auch die Erinnerung
an seine Erziehung in Kinder- und Jugendorganisatio-
nen der alten Heimat ab. Das bedauerte er nicht. Wie
ihm jetzt aber hier Ziele, Ausrichtung und Methoden
dieser Kämpfer aufgingen, sah er die Brandfackel, im

wahrsten Sinne des Wortes, in sein Elternhaus geschleudert. Bruder, Mutter, Vater hatten er drüben gelassen. Die deutliche Übermacht, unterschwellig mitlaufender Drohgebärden der Burgunder verschlossen ihm den Mund, wo er hätte aufschreien wollen. »Komm, Liebes, es wird spät«, sprach er leise, erhob sich und zog Monika am Arm hoch. Der Truppführer bedauerte den Aufbruch und reichte einen Zettel her: »Ihr könnt Euch ja mal im Vereinsheim Jungfernstieg neunzehn melden.« Monika lächelte liebenswürdig. Manfred quittierte mit Kopfnicken. Er nahm den Zettel, und als sie weit genug entfernt waren, zerbröselte er das Papier und streute es auf den Waldboden. »Ich möchte nicht, dass Du Dich noch ein einziges Mal mit solchen Leuten abgibst«, herrschte er. Monika registrierte angenehm berührt seine Eifersucht.

Das Büro war gar kein Büro und richtige Arbeit für einen Buchhalter war auch nicht da. Die paar Abrechnungen erledigte Manfred im Vorbeigehen, meistens flossen die Gelder ohnehin unter der Hand, und für die Steuer beschäftigte er einen professionellen Berater. Trotzdem richtete er für Monika in seiner Materialbude einen Arbeitsplatz mit Schreibtisch, Telefon, einer Aktenablage, Papier und Stiften ein. Er beauftragte sie, alle möglichen Kostenvoranschläge einzuholen, Warenangebote zu prüfen, zu vergleichen, ließ sie Kataloge studieren und Zahlenkolonnen abschreiben, erweckte den Eindruck eines notwendigen sowie umfangreichen Betätigungsfeldes. Zuweilen gewährte er ihr Einblick in seine Bankgeschäfte. Da tauchten beachtliche Summen auf. Monika war beeindruckt. Sie kniete sich in die Arbeit, gab ihr Bestes. Sie wollte gefallen und sie gefiel nach wie vor. Freilich war sie klug genug, dem Fleischer Helge Sanft nicht sofort zu kündigen. In Doppelschichten ackerte sie, um der Prüfung willen, praktisch rund um die Uhr. Das zehrte an ihren Nerven, das schlauchte und war zuletzt gar nicht mehr zu leisten. Manfred Kappler kam mit immer neuen Aufträgen. Helge Sanft nahm sich zurück. Sah er doch, wie schlecht sie aussieht und wie gestresst sie ist. Nach wie vor mochte er seiner Angebeteten nur gut sein und bot ihr deshalb vier Wochen vor Weihnachten Urlaub bis zum Jahresende an. Da ist zwar in einer Metzgerei die Hauptarbeitszeit, aber er befürchtete, das Mädchen kaputt zu spielen. Monika nahm dankend an und blieb daheim.

Am Heiligen Abend um achtzehn Uhr verschloss Helge Sanft seinen Laden, ging nach Hause, duschte ausgiebig, rasierte sich säuberlich, stieg in seine besten Kleider und stiefelte, ein hübsches Geschenk balancierend, zu Monikas Wohnung in der Freegestraße 39. Niemals wollte er sie behelligen, niemals drängen, ihr auch keinerlei Vorschriften machen, doch das Mädel hatte sich nicht gemeldet. Sorge mischte sich mit Sehnsucht und an diesem ersten freien Abend suchte er sie auf, mochte nach dem Rechten schauen und sich freilich auch an ihrem Anblick weiden. Was sich nun ereignete, ist heftig und gibt möglicherweise den Stoff für einen drittklassigen Western: Helge klingelte, wartete geduldig, die Tür öffnete sich, ein junger Mann stand im Rahmen und schon hatte Helge eine Faust im Gesicht. Er stolperte rücklings die Treppe hinunter. Das Geschenk entglitt ihm, fiel und zerbrach. Erschrocken verharrte er auf der Szene. Oben auf dem Absatz erschien Monika und ranzte: »Verpiss Dich, Du Idiot.« Helge breitete hilflos die Arme aus und flehte: »Monika?« Da peitschte ihn Lachen wie Hiebe. Er begriff vage, sackte zusammen, kehrte sich um und verließ das Haus. Die ganze Nacht, den ersten Feiertag und den darauffolgenden Tag auch noch, hockte der Mann in seiner Stube und grübelte. Dann nahm er die Lohnliste zur Hand und strich Monikas Namen aus. – Später bemerkten die Nachbarn, dass Meister Sanft nicht mehr ganz richtig im Kopf ist. Die Kunden mieden ihn zunehmend. Der Laden brachte kaum noch was ein. Er kündigte seinen Angestellten. Helge Sanft verkam allmählich und eines Tages schloss ihm das Gesundheitsamt wegen mangelnder Hygiene das Geschäft. Seither hat niemand mehr etwas von ihm gehört.

Monika Kroll lebte wie eine Prinzessin. Manfred Kappler erfüllte ihr alle Wünsche, führte sie aus und machte an ihrer Seite eine gute Figur. Die Freundinnen beneideten sie. Großvater Erich und seine Else wähnten, dass so etwa der Himmel aussieht, zumindest wurde die kleine Monika nach so vielen kummervollen Jahren endlich reich beschenkt. Der angehende Ehemann sagte ihnen ausnehmend gut zu. Else zwinkerte verschwörerisch: »Mädel, das machst Du richtig.« Und ob! Den stinkenden Metzger war sie los, Wohlstand sowie Sicherheiten bot Manfred ausreichend und die Arbeit im Büro der Malerwerkstatt war leicht zu stemmen. Obgleich Hilfsarbeiter oder Lehrlinge für sie keine Gesprächspartner mehr darstellten, genoss sie doch, wie ihr als der Zukünftigen des Chefs hofiert wurde. – Übers Jahr wurde Monika schwanger. Das war zunächst ein ordentlicher Tiefschlag und im Drehbuch so auch gar nicht vorgesehen. De jure war die werdende Mutter nicht volljährig. An Heirat war nicht zu denken. Kurzzeitig erschien auf der Bühne des Lebens eine Fratze. Aber alsbald interessierten sie sich für niedliche

Kindersachen, informierten sich in der einschlägigen
Literatur, das heißt in den bunten Heftchen für Mütter über Erziehungsmethoden, studierten die Angebote der Kaufhäuser und erheischten allerlei Ratschläge
von Fachleuten wie Naturheilkundlern, Astrologen
und Traumdeutern. Selbstverständlich besuchten sie
jetzt regelmäßig Sonntags den Gottesdienst. Sonderlich gläubig waren sie nicht. Aber man konnte ja nie
wissen. Zumal die evangelische Kirchgemeinde Steglitz
Gesprächsgruppen für werdende Eltern und Mütterbe-
ratung anbot. Monika nahm an Umfang und Gewicht
reichlich zu, so dass sie kaum mehr außer Haus ging.
Es mangelte ihr an Abwechslung und sie wurde lau-
nisch. Manfred schaffte ran und sorgte sich. Allein,
wenn sie ihn dann auch noch auszankte, verlor er die
Freude am gemeinsamen Heim und verkrümelte sich
in seine Werkstatt zu den Kollegen. Das verdross Monika umso mehr. Sie schlief schlecht und wurde immer
grätiger. Eines Nachts blieb er ganz fort. Da ängstigte
sich Monika fürchterlich, raffte sich auf, lief verzweifelt die Hände ringend zu den Großeltern. Die hatten
Mühe, das Mädel zu beruhigen, kamen schließlich mit
dem einen Satz zum Erfolg: »Kind, wenn er Dich sitzen
lässt, wir helfen Dir doch.« Monika schleppte sich nach
Hause. Manfred war schon da und ihre Welt kam in
Ordnung.

Freilich hatte Erich das nur so dahin gesprochen, weil
er das weibische Gejammer einfach nicht mehr ertragen konnte. Kindergeschrei und Babysachen lehnte
er inzwischen überzeugt ab, zumal er nicht mehr der
Jüngste war. Nach zweiundfünfzig Arbeitsjahren war
er endlich aus dem Beruf ausgeschieden und bezog jetzt
Rente. Rente aus der staatlichen Kasse und außerdem

noch Ausschüttungen aus den Depots privater Versicherungen. Er und seine Else waren gut versorgt. Nach so viel Arbeit und Mühen mochte er sich den Tag nicht mehr mit einem Balg verderben. Ärger hatte er alle Jahre genug gehabt. Einer, der wie Erich seine Brötchen mit Taxifahren verdient, hatte es nicht leicht. Besonders in den letzten Jahren. Die Straßen flammten vom Zorn rebellierender Jugendlicher. Zuerst schien alles ganz harmlos. Das war Anfang der Sechziger gewesen. Ein Staatsanwalt, Fritz Bauer, zettelte in Frankfurt am Main einen Prozess gegen vermeintliche Judenmörder an. Die Presse spielte das als Auschwitzprozess hoch. Man las, man hörte, man ließ es vorbeirauschen und ging zur Tagesordnung über. Mein Gott, wieviel Unrecht geschieht denn nicht tagtäglich? Da muss man doch nicht die alten Kamellen hochholen. Nicht so ein Fritz Bauer! Der zog die Sache mit erstaunlicher Konsequenz auf. Von an die zwei Dutzend Angeklagten wurden etwa zwanzig verurteilt. Nun hätte die Sache ein Ende haben können. Hatte sie aber nicht, denn der aufgeputschte Mob empörte sich, forschte und rangelte weiter. Ja, rangelte mutwillig und bösartig! Alsbald erschienen auf den Straßen Demonstranten, die die ganze Demokratie in Frage stellten, jugendliche Randalierer aller Orten und besonders in Steglitz auf dem Campus hier in Dahlem und selbst auf der vielbesuchten Schlossstraße. Polizei mit Wasserwerfern und Tränengas auf der einen Seite, Studenten und anderes unnützes Volk auf der anderen Seite. Es gab Verletzte und sogar Tote. Da soll ein friedlicher Bürger Taxifahren? Nie wusste einer, wann und wo er in einen Tumult hinein kommt. Erich gab die Arbeit auf und wünschte sich nur noch Ruhe. Wozu da noch ein Kind hier mitversorgen? Sein Spruch war eine Beruhigungspille, mitnichten ernst gemeint. Das Mädel wird sich allein kümmern müssen. Erich stand der Sinn nicht danach. – Am 6. September 1970 entband Monika von einem gesunden Knaben. Sie nannten ihn Karsten. Das elterliche Glück war vollkommen. Aller kleinlicher Streit war überwunden. Der Knabe gedieh, wie es sich für ein gesundes Kind gehört. Die Eltern lebten auf. Die Großeltern nicht minder.

Ganz und gar nach klassischem Muster hatte der junge Familienvater seiner Frau die Hausfrauenrolle zugedacht. Er schaffte emsig und verwöhnte die Seinen. Monika litt bald Langeweile, sah sich um und entdeckte in der evangelischen Gemeinde einen Kindergarten. Sie brachte den Knaben dort unter, legte ihrem Mann die Rechnung vor und amüsierte sich mit ihren Freundinnen in den Cafés, bei Kino und Tanz. Sie lebte ihre Filmrolle weiter und jauchzte vor Glück. Oft kam sie erst gegen Mitternacht heim und wenn der Kleine morgens in seinem Bettchen greinte, hob sie nur den Kopf und sagte: »Du bist dran.« Manfred nahm den Jungen hoch, beruhigte ihn, gab ihm zu essen, kleidete ihn an und brachte ihn in den Kindergarten. Die freundliche Erzieherin, sie hieß Maria, empfing Vater und Sohn, plauderte ein wenig und verabschiedete Manfred in den Tag. Maria wusste, dieser Vater hat Seltenheitswert. Welcher Mann versorgt denn vor des Tages Mühen sein Kind? Über kurz oder lang hielt sie für ihn eine Tasse Kaffee bereit, dann ein Stück Kuchen und so weiter. Manfred, der Zuhause inzwischen einer anspruchsvollen Diva diente, fühlte sich in die Komparserie versetzt. Es zog ihn zu Maria hin. Nach einiger Zeit packte er ein paar Habseligkeiten zusammen, verließ die Wohnung in der Freegestraße und ward nicht mehr gesehen.

Für Monika gab es ein böses Erwachen. Sie blickte sich um und hatte nichts mehr, außer exorbitante Lebenshaltungskosten. In einer Aufwallung erster Empörung tobte sie zum Jugendamt, zum Anwalt, zum Gericht und versuchte dem Kindesvater angemessenen Unterhalt abzupressen. Allein, der war nicht untätig gewesen. Er hauste zwischen Farben und Lacken in seinem Lager, hatte den schicken Wagen gegen einen klapprigen Laster eingetauscht, die Mitarbeiter entlassen, lebte offensichtlich von der Hand in den Mund und führte ein recht dürftiges Dasein. Die Advokaten sahen, dass da nichts zu holen ist. Man kann einem nackten Mann eben nicht in die Tasche greifen. Was sie freilich nicht sahen und auch gar nicht sehen wollten, war das dicke monetäre Polster, welches Manfred bei Maria deponiert hatte. Nein, er strebte nicht Betrug an. Das trieb ihn nicht um. Schlichter Selbsterhaltungsdrang brachte ihn dazu, sich mit sehr wenigen Mitteln bescheiden einzurichten und für Notfälle einen Groschen auf der Kante zu haben. Der Notgroschen war derweil kein Groschen, sondern es handelte sich sukzessive um mehrere Hunderttausend, die er aber niemals anrührte. Seinen Ausflug in die Welt des Glamours hakte er ab. In Maria fand er die rechte Partnerin.

Monika Kroll stand nun also vor dem Nichts. Sie war zweiundzwanzig Jahre jung, hatte ein uneheliches Kind, einen Berg unbezahlter Rechnungen und keine Arbeit. Am Tiefpunkt ihres Lebens angekommen, trabte sie zum Sozialamt. Die freundliche Sachbearbeiterin hörte sich ihre traurige Geschichte an, schüttelte mitleidig den Kopf und sprach liebevoll: »Ja, Mädel, sehen Sie denn nicht, dass Sie hätten was Anständiges lernen sollen. Das ist doch längst nicht mehr die Zeit, wo wir Frauen uns auf die Männer verlassen.« Monika ließ die

Schultern hängen und schluchzte in ihr Taschentuch. Die Sachbearbeiterin erhob sich, kramte in Ablagen herum und kam mit Formularen. »Das hier ausfüllen, das auch, noch das hier«, fächerte sie auf, »Aufnahmeprüfung, Lehrgang, na ja, das Übliche. Pünktlichkeit, Korrektheit. – Sie werden sehen, dass Sie gar keine Sozialhilfe brauchen.« Reich beschenkt mit etwas Geld für den Übergang, einer Bewerbung für eine Schulung und der Aussicht auf Festanstellung als Sachbearbeiterin im Öffentlichen Dienst verließ Monika das Haus. Fortan drehte sie sich wie ein Wirbelwind: Die Wohnung in der Freegestraße gab sie auf. Die war einfach nicht finanzierbar. Sie fand bezahlbare Unterkunft in einem Behelfsheim am Stadtrand, in Lichterfelde Süd. Das Kind übernahmen trotz aller Vorbehalte die Großeltern. Geld für den Kindergarten war einfach nicht mehr drin. Monika setzte sich auf den Hosenboden, büffelte die Lektionen und binnen Jahresfrist stand sie auf sicheren Beinen. Sie verdiente keine rauen Mengen. So etwas erwartete sie auch gar nicht mehr. Ihr Film war abgelaufen und kam als unbrauchbar ins Archiv der Träume. Ihr Salär traf regelmäßig ein und garantierte Nahrung, Kleidung und das Dach überm Kopf. Mit großer Dankbarkeit schaute sie zurück auf die freundliche Sachbearbeiterin vom Sozialamt, deren Namen sie nicht einmal wusste. Der Job machte ihr Spaß, sie fühlte sich bestätigt und im Amt wirklich wohl.

Seit Jahr und Tag hatte Monika nichts mehr von ihren Geschwistern gehört oder gesehen. Die wuchsen im Heim der Baptistengemeinde auf. Als Monika noch klein war, hatte sie Doris und Daniel öfter besucht. Stets bestätigte sich, wie gut es ihnen geht. Im Heim herrschten Reglement und Sittsamkeit, während Monika, bei den Großeltern wohnend, gewisse Freiheiten genoss. Da bot der enge Zirkel, in dem sich Doris und Daniel bewegten, mit der Zeit wenig Anknüpfungspunkte für Gespräche. Freilich hätten sie gemeinsam ins Kino gehen oder etwas anderes unternehmen können. Aber Oma Else fühlte sich überfordert, ein Unterhaltungsprogramm für Jugendliche aufzulegen, Opa Erich hatte dafür längst keinen Nerv mehr und Monika war ebenfalls fantasielos. Die Treffen wurden langweilig und allmählich verloren sich Interesse und Bindungen. Das war nicht etwa böser Wille. Nein. Das war eben der doch recht unterschiedlichen Lebensweise und nur ein ganz kleines bisschen der Bequemlichkeit geschuldet. Wie überrascht musste Monika nun sein, als Doris in ihr mühsam geordnetes Leben einbrach?

Doris Kroll war ein gelehriger und braver Zögling. Sie spielte, lernte, schaffte zur vollen Zufriedenheit ihrer Betreuer. Niemals war sie auffällig oder gar aufsässig. Was die Schwestern der Baptistengemeinde mitunter an Schwierigkeiten mit anderen Kindern, vor allem mit denen aus zerrütteten Elternhäusern, zu meistern hatten, fiel bei Doris nie an. Das war auch nicht ganz verwunderlich, denn Doris war als Kleinkind hierher gekommen, auch zuweilen vom Vater liebevoll umsorgt gewesen, sie hatte nie Misshandlung oder Zurückweisung erfahren, sie wuchs ohne Schaden an Körper und Geist auf, was man ihr Gutes tat, fruchtete. Ihr fehlte einfach nichts. Insofern gab sie auch zurück, was sie empfing. Sie war anstellig und fleißig in der Hauswirtschaft, zu allen freundlich und hilfsbereit, sozusagen ein Musterzögling.

In ihrem achtzehnten Lebensjahr lernte Doris den vierundzwanzigjährigen italienischen Gastarbeiter Matia Nakari kennen, verliebte sich heftig in ihn und er nicht minder in sie. Matia hatte ernsthafte Absichten und stellte sich deshalb formvollendet als der Zukünftige der jungen Frau bei Bruder Alexander und Schwester Roswitha vor. Die Betreuer waren beeindruckt, mussten jedoch Geduld und Zurückhaltung anraten. Die Auserwählte war minderjährig. Matia und Doris beschworen Enthaltsamkeit. Allein, die Natur wollte es anders. Kaum ein halbes Jahr nach Matias Antrittsbesuch kam Doris in andere Umstände. Schwester Roswitha, die dem Mädel all die Jahre mehr eine Mutter denn eine Aufseherin war, barmte und weinte. Bruder Alexander, dem die Oberaufsicht für alle Zöglinge von Gott und Fiskus ans Herz und in die Hände gelegt war, nahm den wortbrüchigen, werdenden Vater herbei, redete ihm ins Gewissen und trug ihm die Sorge um Mutter und Kind auf. Matia und Doris fanden sich mit guten Ratschlägen reichlich versehen, aber völlig mittellos auf der Straße wieder. Der Gastarbeiter hatte nichts, aber auch gar nichts, womit er hätte eine Familie erhalten können. Er nächtigte in einer Nische unter der Treppe und sein gesamtes Geld, es war ehedem nur ein Hungerlohn, schickte er per Post an seine Lieben in Neapel. Jetzt gab es zwei Möglichkeiten. Entweder Doris reist nach Italien und begibt sich unter den Schutz der Familie Nakari oder sie bleibt hier und vertraut auf den Sozialstaat. Der Weg in den Süden war weit und unübersichtlich. Doris entschied sich für den Sozialstaat. So landete sie hochschwanger als Bittstellerin auf dem Besucherstuhl neben dem Schreibtisch der Sachbearbeiterin Monika Kroll.

Überraschung wechselte mit Wiedersehensfreude, löste Bestürzung aus und endete bei Abneigung. »Du hast doch alles geerbt«, hielt Doris ihrer Schwester vor,

»da kannst Du mich doch hier nicht im Regen stehen lassen.« Monika beteuerte, nichts zu besitzen. Doris feuerte: »Das sieht man ja! Fettes Einkommen, eigene Wohnung und bei Opa und Oma stehst Du auch dicke da.« Monika parierte: »Ich habe mich aber auch all die Jahre um die Alten gekümmert, während Du Dich niemals hast blicken lassen.« Das Gezänk uferte aus, so dass eine Kollegin aufmerksam wurde und schlichtend sowie lenkend eingriff. Doris Kroll bekam Unterkunft in einem Behelfsheim in Lichterfelde Süd, eine monetäre Zuwendung für Einrichtung sowie Lebensunterhalt und die drängende Aufforderung, sich nach Niederkunft und Wochenbett um Arbeit zu bemühen.

Doris brachte am 1. Juli 1972 ihre Tochter Flavia zur Welt. Sie versorgte das Kindchen, wie es liebende Mütter tun. Nach dem Wochenbett schnürte sie das Baby zu einem Bündel und trug es zu Großvater Erich hin. Schließlich musste sie an Arbeit denken. Erich fiel aus allen Wolken: »Wir sind doch kein Kindergarten!« Doris zog betrübt ab und klingelte bei den Baptisten. Schwester Roswitha ließ Mutter und Kind ein, drückte den Säugling an ihre Brust und liebte ihn augenblicklich wie einen leiblichen Enkel. Bruder Alexander war nicht abgeneigt, Mutter und Kind hier aufzunehmen oder nur die Mutter in Arbeit zu bringen oder nur das Kind aufzuziehen. Was ihn jedoch hinderte, den Kontrakt zu schließen, war die nüchterne Überlegung: Wenn solche Dinge Schule machen, ufert es in Sittenlosigkeit aus. Irgendwann kommen alle Weiber mit ihren Bälgern hier an. Außerdem muss Mildtätigkeit auch seine Grenzen haben, damit die paar wirklich Bedürftigen sicher unterkommen. Er wiegte das greise Haupt und sprach weise: »Doris, Du hast doch alles. Wohnung, Mann, Kind. Was willst Du denn noch? Geh

jetzt heim und kümmere Dich.« Widerspruchslos fügte sich Doris. Dieser Jünger Gottes verkündete hohes
Gesetz. Sie band sich das Kindchen auf den Buckel und
scheuerte künftig Fußböden. So kam sie einigermaßen
zurecht. Allerdings war das eine schwere Fron. Und wie
sich Doris bis an den Rand ihrer Leistungsfähigkeit ab-
rackerte, schickte ihr Gott denn doch einen rettenden
Engel beziehungsweise eine helfende Hand. Ihr Bruder Daniel litt das strikte Regelwerk des Heimes längst
und als er hörte und sah, wie wunderbar Doris draußen
untergekommen ist, entfloh er der Enge. Doris öffnete
ihre Tür weit und ließ den Bruder herein. Fortan teilten
sie die Arbeit und die Fürsorge für das Kindchen. Sie
lebten auf. Freilich hätten sie von allem mehr gebrauchen und auch einbringen können. Doch das ging nicht,
denn niemand hatte daran gedacht, ihnen ein Papier
auszuschreiben. Doris war in Putzen, Handarbeiten
und Kochen eine Perle. Daniel beherrschte Gartenar-
beit und Hausmeistertätigkeiten aus dem Effeff. Nur
ohne ein Zeugnis gab es eben auch keine Anstellung als
ordentlicher Arbeiter. Da blieben nur Hilfsdienste und
die wurden entsprechend bezahlt. Sie richteten sich bescheiden ein und waren zufrieden.

# FAMILIENBANDE

Im Sommer des Jahres 1973 war Willy Krumm das vierte Jahr in Rente. Er schlenderte über sein Grundstück, fand alles akkurat gepflegt, keinen Grund, Hand anzulegen, er langweilte sich und schaute über den niedrigen Gartenzaun. Nachbar Schmitt hatte wie alle Eigenheimbesitzer hier Am Schlaatz einen etwa achthundert Quadratmeter großen Garten. Im Gegensatz zu den anderen nutzte Schmitt die Fläche jedoch nicht für Gemüseanbau beziehungsweise als Spielplatz für die Kinder oder Liegewiese. Nein. Schmitt duldete nicht Rasen, Tomaten oder Gurken auf seinem Gelände. Er betrieb eine Modelleisenbahnanlage. Vor seiner Terrasse gab es ein kleines Blumenbeet. Das hatte sich Irmgard Schmitt ertrotzt und verteidigte dieses Terrain seit Jahr und Tag tapfer. Ansonsten lagen Gleise, standen Häuser, erhoben sich Berge, breiteten sich Seen aus, schlängelten sich Bächlein – eine Kulturlandschaft en miniature, recht niedlich anzuschauen. Schmitt werkelte und bastelte, hatte sein Tun, und ständig bot sich dem Auge des Betrachters etwas Neues. Willy sah: Eine Windmühle ist dazu gekommen. Er sagte: »Sieht hübsch aus, Achim.« Achim Schmitt blickte hoch: »Ist noch nicht fertig.« Er unterwies seine Enkelin im Verlegen der elektrischen Leitung. Die Windmühle brauchte Strom, sollten sich die Flügel drehen, denn in der Nische eines Gartens fegt höchst selten ein Sturm über den Boden. Willy wendete sich ab und dachte: Der Achim hat es gut, schönes Hobby und eine zu betreuende Enkeltochter. Das Mädchen hieß Nora und war acht oder zehn Jahre alt. Willy wusste es nicht so genau. Er brabbelte vor sich hin: »Was habe ich?«, und gab sich die Antwort:»Nichts. – Volkmar und Andreas sind erwachsen, längst ausgeflogen, Hildegard mit Peter und das gemeinsame Töchterchen kriege ich nur zwischen Weihnachten und Neujahr mal rasch für paar Stunden zu sehen. – Da hockt man daheim und weiß nichts mit sich anzufangen.« Er schlurfte betreten in seinen Schuppen. Hier war auch nichts zu tun. Also nahm er sich ein Bier, obgleich er gar keinen Appetit auf Bier hatte, kauerte sich in den Liegestuhl vorm Haus. Alle anderen hatten ihr Tun, nur eben Willy nicht. Freilich hätte er sich der Volkssolidarität anschließen können. Die Rentner am Schlaatz trafen sich mehrmals in der Woche im Kulturhaus zu Kaffee und Kuchen, Vortrag, künstlerischen Handarbeiten oder Theateraufführungen. Aber was, bitteschön, wollte Willy, der Klempner, unter strickenden Omas? Einmal war er mitgegangen. Sie hatten in Berlin an der Komischen Oper die berühmte Inszenierung des Intendanten Walter Felsenstein »Der Fiedler auf dem Dach« angesehen. Das Haus war brechend voll, die Aufführung wunderbar, das Publikum raste vor Begeisterung. Nur, als Willy heimkam, spürte er die Leere seines Daseins doppelt. Wenn niemand da ist, mit dem man seine Freude teilen kann, schmerzt das Alleinsein mehr als zuvor. Künftig schlug er alle Einladungen aus. Er lehnte auch deshalb ab, weil die Alten so einen abgeschlossenen Kosmos lebten. Ihre Erfahrungen und Ratschläge waren einfach nicht mehr gefragt. Der Schwung ihrer Jugend war erlahmt und die neue Generation bedurfte ihrer Hilfe nicht, sowohl die einen als auch die anderen wehrten sich vehement gegen jegliche Einmischung. Was die Generationen vor zwanzig Jahren zusammenschweißte, nämlich die Not der Aufbaujahre, ward von den Erfolgen weggespült. Willys Predigten vom und

Vorschläge für den sorgsamen Umgang mit den Ressourcen belächelten selbst seine ehemaligen Lehrlinge, die derweil zu gestandenen Klempnern aufgerückt waren, als untauglich. Sie schöpften aus dem Vollen, ließen verkommen, vergammelten zuweilen ihre Zeit, schafften in der Nische ihrer Privatsphäre mehr als auf der Arbeit, und das schöne Gesamtwerk verlor allen Glanz. Wenn Willy hier und da ermahnte, hörten sie zwar noch höflich zu, folgen aber nicht. Kaum einer ließ sich auf längere Diskussionen ein, selbst die Alten gaben sich zufrieden. Meistens bestanden die Gespräche aus belanglosen Betrachtungen und endeten mit oberflächlichen Allgemeinplätzen. Willy verstummte und zog sich zurück.

Er blinzelte in die Sonne, setzte den Flaschenhals an die Lippen, trank ohne Genuss und stellte die Flasche zu seinen Füßen ab. Wie er sich wieder zurücklehnte, bemerkte er, dass sein Liegestuhl quietscht. Er könnte ihn in Ordnung bringen, ihm das Knarren abgewöhnen. Aber wozu? Stört ja niemanden. Da tat es drüben bei Schmitt einen feinen Schrei, dann folgten heftige Worte und jetzt greinte Nora. Der alte Schmitt hielt im Schimpfen nicht an und Nora weinte herzzerreißend. Die Szene war bekannt. Schmitt war ein Choleriker. Wenn dem beim Basteln an seiner schicken Modelleisenbahnanlage etwas misslang, konnte er fuchsteufelswild werden. Willy leierte sich hoch, schlurfte zum Gartenzaun und herrschte:»Achim, was meckerst Du mit dem Kind. Hat es was falsch gemacht, erklär es in Ruhe.« Achim stoppte, holte tief Luft, überblickte die Lage und knurrte:»Ungeschick lässt grüßen.« Derweil war Frau Irmgard aus dem Haus getreten, hatte Nora tröstend in den Arm genommen und blitzte ihren Mann böse an. Achim Schmitt zog den Kopf ein, brabbelte vor sich hin, verdrückte sich. Als Nora ruhig war, fragte Willy:»Was war los?« – Die Windmühlenflügel waren zerbrochen. Willy besah den Schaden. Allein, helfen konnte er nicht. Was der Achim sich hier dachte, mit einem winzigen Motor und filigranem Getriebe die Flügel bewegen und damit eine Illusion erzeugen, mochte technisch möglich sein, nur lag es nicht in Willys Fach. Er hatte von Strom einfach keine Ahnung. Nora blickte traurig auf. Willy sagte bestimmt:»Ich würde es ganz anders machen, vor allem ohne Schmu. Was muss denn eine Windmühle sein, wo offensichtlich kein Wind ist? Eine Wassermühle würde ich einsetzen. Sieh mal, ein Graben ist schon da und ein leichtes Gefälle genügt, um die Mühle anzutreiben.« Sie beugten sich über die Anlage und Willy entwickelte, erstmal rein theoretisch, wie das System, vollkommen auf die Naturkräfte bauend, funktionieren kann, und ein Wasserrad sieht doch auch recht possierlich aus. Achim Schmitt hatte sich inzwischen abreagiert, trat hinzu, lauschte und lenkte ein. Sie werkelten und tüftelten bis die Sonne unterging und verabredeten für morgen eine weitere Bastelstunde. Das Wasserrad drehte sich fortan lustig. – Nein, für Willy ward von nun an nicht alles eitel Sonnenschein. Die Abwechslung bei Achim Schmitt hielt ihn einigermaßen aufrecht, aber im Großen und Ganzen litt er Einsamkeit und Kummer, auch wenn er niemandem davon sprach. – Am 1. Oktober des Jahres 1973 legte sich Willy Krumm zum Sterben nieder. Es dauerte nicht mehr lange und er entschlief.

Hildegard Huber eilte augenblicklich herbei, instruierte den Bestatter, sendete Telegramme in alle Himmelsrichtungen aus, nahm die ersten Beileidsbekundungen entgegen und organisierte, was eine anständige Beerdigung braucht. Alles war soweit vorbereitet, die Räume für den Empfang hergerichtet, das Essen und Getränke geordert und schon trafen die Trauergäste im Haus Am Schlaatz ein.

Am Morgen des 17. Oktober 1973 formierten sich die Familienmitglieder zur letzten Ehrung des Willy Krumm. Ganz vorn liefen die vier leiblichen Kinder Willys, der Anton, der Harald, die Helga und die Uta. Dahinter reihten sich die Hubers, die Hildegard und ihr Mann Peter, der Volkmar und der Andreas. Erich und Else Krumm folgten. Den Schluss bildeten Monika, Doris und Daniel Kroll. So schritten sie denn zum Friedhof hin. An jedem Grundstück, an den Mehrfamilienhäusern, am Kindergarten, am Kulturhaus, am Verwaltungsgebäude, an der Fabrik, eben überall, wo die Trauernden vorbeikamen, traten Menschen heraus, verweilten andächtig oder schlossen sich an. Der schmale Zug schwoll zur Prozession. Am Grab war die Urne aufgestellt, Blumen türmten sich zu ansehnlichen Haufen, die Familie stand im Halbkreis, der Grabredner mittig und die übrigen Gäste bildeten den Hintergrund. Den Redner gab Eckhard Deibel, der erste Parteisekretär der Siedlung Am Schlaatz. Er begann: »Lieber Erich, liebe Else, lieber Anton, lieber Harald ...« Er zählte sie alle auf. Die Reihe war lang. War es Zufall oder Absicht? Wie dem auch sei. Deibels Atem oder Erinnerungsvermögen reichte jedenfalls nicht für Hildegard Huber. Peter stupste sie empört in die Seite. Hildegard winkte ab. Seit ihrem Austritt aus der Partei bestand heimlicher Hader zwischen ihr und dem ersten Sekretär. Der mokierte sich seinerzeit zunehmend über Hildegards Beziehungen zur Westverwandtschaft, ließ sich über Willys missratene Tochter aus, bis der selbst seine Mitgliedschaft zur Disposition stellte. Da nahm sich Deibel schmollend zurück. Noch einen Austritt, noch dazu den einer stadtbekannten Persönlichkeit, mochte er unmöglich riskieren. Deibel sprach huldvoll.

Derweil begriff Hildegard erschüttert, wie rasch die Zeit verflogen war, wie wenig Mühe sie auf Gemeinsamkeiten verwendet hatten und dass der Dank, den sie dem Toten jetzt nachschickten, im Grunde eine nachträgliche Rechtfertigung für die Lebenden ablieferte. Der Redner ergoss sich in Verdiensten und Beteuerungen. Aus der Menge waren verhaltenes Schluchzen, Stöhnen, auch Wispern zu vernehmen. Was der hier vortrug, war das hohe Lied auf einen nimmermüden Kämpfer, wobei vielen beschämend aufging, wie sehr sie gerade einen Willy Krumm in den letzten Jahren aus den Augen verloren hatten. Endlich waren der Worte genug gesagt. Die Urne wurde ins Grab hinuntergelassen, die Trauergäste defilierten vorüber, warfen Sand oder Blumen in die Grube, kondolierten noch einmal und gingen schweigend fort. Hildegard nahm die Ihren zusammen und lud sie zum Leichenschmaus ein.

Während des Prozedere auf dem Friedhof hatten die Nachbarn Achim und Irmgard Schmitt in Willys Haus Am Schlaatz das Essen zubereitet und den Tisch gedeckt. Die Familie trat ein und nahm Platz. Sie langten zu. Stille herrschte. Nur das Geklapper von Besteck war zu hören und hin und wieder ein gemurmeltes Bitte oder Danke. Was sollten sie auch reden? Ein paar Allgemeinplätze waren bei der Ankunft gewechselt worden und jetzt hatten sie nichts mehr gemein, außer diesen rituellen Akt. Einen Akt, den man hätte eigentlich auch abkürzen können. Beerdigung und Schluss, das hätte vollkommen genügt. An der Tafel saßen sich im Wesentlichen Fremde gegenüber. Sie fühlten die

Kälte und alsbald verabschiedeten sich mit den Worten »die Pflicht ruft« Anton, Harald, Helga und Uta. Die Übrigen rückten etwas zusammen und nahmen Irmgard und Achim auf. Erich Krumm hob sein Glas, lächelte verlegen und sprach gestelzt: »Ich möchte mit Euch auf das Andenken an meinen Bruder anstoßen und meiner Hoffnung Ausdruck geben, dass wir uns das nächste Mal nicht auf einer Beerdigung, sondern aus froherem Anlass heraus treffen.« Das Eis schmolz. Sie fingen vorsichtig an zu erzählen. Else nickte ihrem Mann anerkennend zu. Zunächst teilten sie nur Äußerlichkeiten mit. Was wann warum angeschafft worden war und das Gedeihen der heute leider abwesenden jüngsten Familienmitglieder, der Karin, des Karsten und der Flavia. Fotos reichten sie herum und mit gespielter Freundlichkeit bewunderten sie einander.

Das Gespräch schien sich schon wieder zu erschöpfen, als Nachbar Achim die Steglitzer herausfordernd befragte: »Habt Ihr Euch schon umgesehen?« Freilich. Gepflegte Wohnsiedlungen, pulsierender Verkehr, bunte Auslagen in den Geschäften waren nicht unbemerkt geblieben und der Fernsehturm war ihnen ja schließlich förmlich vor die Nase gebaut. Erich quetschte hervor: »Propaganda.« Else zischte: »Erich!« Sie wollte keinen Streit. Erich blieb dran: »Alles Makulatur.« Achim warf sich in die Brust: »Klar. Bisschen was muss man ja hermachen. Die Überlegenheit unseres Systems beweist sich jedoch nicht nur in unserer Bauweise.« Erich forschte spitz: »Sondern?« Achim verkündete: »In unserer Sozialpolitik. – Kostenlose Bildung für alle, freier Zugang zur medizinischen Versorgung, Urlaub, Ferienreisen, Arbeitsplatzsicherheit, Unfallschutz, wir lösen das Wohnungsproblem und so weiter.« Erich ballerte: »Und sperrt Eure Kritiker hinter Schloss und Riegel.«

In Achim kochten abrupt Wut und Abneigung. Diese gebetsmühlenartige Wiederholung von Menschenrechtsverletzungen in ihrer kleinen Republik, die zuletzt jeder oder fast jeder vorbrachte und damit jegliche Sachlichkeit abwürgte, ödete ihn an. Er schnaufte: »Kehrt mal hübsch vor der eigenen Tür!« Hildegard schlichtete: »Ich glaube, wir sollten uns nicht an der hohen Politik vergreifen.« Else nickte jetzt zu Hildegard hin. Der Familienfrieden lag den Frauen am Herzen. Andreas spie gallig: »Mutter, was gesagt werden muss, muss gesagt werden. – Onkel Erich, Ihr brüstet Euch doch nicht etwa mit Berufsverboten, Arbeitslosigkeit und Preissteigerungen?« Erich parierte: »Was heißt denn Berufsverbot? Ist es nicht normal, wenn ein paar Radikalen die Hörner gestutzt werden? Bei uns hat jeder Arbeit, der nur will. Und bezahlbar bleibt auch alles. Die Vielfalt in den Geschäften bringt es. Wir haben schließlich die Freiheit der Auswahl.« Monika, Doris und Daniel blickten betreten auf das Tischtuch. Tja, die Alten, dachte einer wie der andere, die haben sich eingerichtet und wollen nicht sehen, wie schwer es ist, überhaupt klarzukommen. Sie sagten nichts dazu, denn sie fühlten unterschwellig ihre Schwäche als der ärmste Familienzweig und ihnen lastete ihre Mittellosigkeit als erwiesene Unfähigkeit an.

Else lächelte gezwungen: »Lasst uns nicht streiten. Ist doch schade um die Zeit. – Wie geht es denn nun weiter? Wer zieht denn jetzt hier in Willys Haus ein?« Die Gesichter wurden Fragezeichen. Darüber hatten sie noch gar nicht nachgedacht. Alle waren versorgt. Doris sagte: »Oder verkaufen?« Peter wendete ein: »Iwo, das bringt doch nichts. – Irgendjemand wird sich finden. Wohnungssuchende gibt es genug.« Doris entwickelte rasch: »Mieteinnahmen sind auch nicht zu verachten.

Hundert, zweihundert Mark pro Monat, dazu Pacht für das Grundstück macht an die Fünftausend im Jahr, fair aufgeteilt bringt es bei einem offiziellen Kurs von eins zu vier für jeden von uns ungefähr zehn Mark im Monat. – Haben oder nicht haben.« Sie strahlte selbstgefällig und die anderen staunten. Sie verstanden, dass Doris zwar Fuchs im Rechnen ist, aber keiner von ihnen es nötig hatte, um zehn Westmark zu feilschen. »Ist ja Quatsch«, winkte Erich ab und Peter schloss schmunzelnd: »Doris, wenn Du Dich mal sattessen willst, bei uns bist Du herzlich willkommen.« Sie lachten. Sie lachten ein wenig zu Doris' Lasten und zugleich befreit. Inzwischen hatten sie den geistigen Getränken ausreichend zugesprochen und sich gelockert. Alte Kamellen und Kindermund, Alltagsgeschichten und kleine Ärgernisse machten die Runde. – Die Zeit verging. Achim füllte die Gläser noch einmal auf und Irmgard begann abzuräumen. Irgendwann muss Schluss sein. In der Dunkelheit brachten die Hubers ihre Verwandten zur Bahn.

Was leicht dahin gesagt schien, »wenn Du Dich mal sattessen willst, bei uns bist Du herzlich willkommen«, wurde Wirklichkeit. Nicht Else und Erich, die hatten es nicht nötig und auch gar kein Interesse, in den Osten zu reisen, aber Monika, Doris und Daniel tauchten das eine um das andere Mal bei den Verwandten auf, um tatsächlich den Magen vollzukriegen. Vordergründig sah es nicht so aus, denn sie rauschten mit dem schicken Mietwagen daher, öffneten die Kofferklappe und trugen ins Haus: Apfelsinen, Bananen, Obstkonserven, Nietenhosen und andere schöne Sachen. Dabei war es nie leicht, die Taxe für Visum und Auto aufzubringen. Am Ende rechnete es sich doch. Sie erheischten viel

Lob, Bewunderung und Anerkennung. Hildegard und Peter ließen nichts aus. Ihre Gäste sollten sich wohlfühlen. Auf der Heimfahrt transportierten die Steglitzer in rauen Mengen Fleisch, Wurst, Milchprodukte, Backwaren und waren für Tage bestens versorgt. Nicht zuletzt lernten die drei Geschwister und ihre Kinder, die östliche Kultur zu nutzen. Nein, so sagten sie es nicht, niemals gaben sie es ehrlich zu. Aber ein Kinobesuch, ein Ausflug zum Tierpark, ein paar Stunden auf einem Rummel stellten monetär überhaupt kein Problem dar. Wo man für wenige Pfennige ganztags Unterhaltung und Amüsement findet, da kehrt man gern ein und ist für seine Mühen doppelt und dreifach entschädigt. Dankbar ließen die Steglitzer hin und wieder etwas Kleingeld zur Verwandtschaft hinüberwachsen. Es war nicht viel. Woher sollte es auch kommen? Aber die Geste allein galt schon und neutralisierte das ungute Gefühl, sich etwa ungehörig aufzudrängen. Hildegard und Peter Huber lag nichts am Schleichhandel mit Westklamotten aus dem Ramschladen. Sie verschenkten das Meiste. Die Delikatessen gaben sie in die Küche ihres Kinderheims. Das Geld blieb oft unbeachtet im Schubfach liegen. Manchmal war ihnen bei aller Gastfreundschaft der Auftritt der buckligen Verwandtschaft einfach zu viel, so dass sie geplante Treffen absagten. Gegen ungebetene Gäste konnten sie sich freilich nicht schützen. So oder so blieben die Familienbande stabil.

## Ein leeres Haus

D as Haus am Schlaatz blieb leer stehen. Nachbar Achim Schmitt kümmerte sich um den Frostschutz, den Garten und die Straßenreinigung. Im Winter war da eh nicht viel zu tun. Er wuppte das mit links. Zugleich schob ihm Hildegard eine geringe Entlohnung in Westgeld zu. Nichtsdestotrotz ist ein unbewohntes Haus im Auge von Wohnungssuchenden ein Affront und seinem Hauswart ein Klotz am Bein. Achim redete den Leuten davon, brachte somit die Kunde in Umlauf und Interessenten fanden sich ein. Die kommunale Wohnungsverwaltung untersuchte die Lage und verlangte Nutzung. Der Familienrat der Hubers trat im Januar 1974 noch einmal zusammen und entschied, mehr aus sentimentaler Anhänglichkeit und Erinnerung denn aus Not, dass der dreiundzwanzigjährige Volkmar das Anwesen bewohnen, bewirtschaften und erhalten soll. Glaubhaft stellte er dar, dass er das Haus für den Eigenbedarf benötigt. Das Amt gab sich zufrieden und Achim Schmitt war entlastet.

Das war jedoch eine völlige Fehlkalkulation, denn Volkmar hatte die Ausbildung längst nicht abgeschlossen und wohnte im Studentenheim im zweihundert Kilometer entfernten Rostock. Ein Student in diesem Land hatte weder die Zeit noch die Muße, ein Einfamilienhaus und ein achthundert Quadratmeter großes Grundstück zu pflegen. Die vier Jahre Studium waren streng durchgeplant. Wer seine Pflichten aus Vorlesungen, Seminaren, Lernen und Praktika akkurat erfüllte, konnte binnen dieser Frist einen hochwertigen akademischen Abschluss erwerben. Wer jedoch säumig wurde, erhielt augenblicklich seine Exmatrikulation und fand sich als Hilfsarbeiter auf dem Bau oder in irgendeiner Produktionsgenossenschaft wieder. Ob und inwiefern er eine zweite Chance auf ein Hochschulstudium bekam, stand in den Sternen. Außerdem war das Stipendium knapp bemessen. Es genügte für die Miete im Wohnheim und den Lebensmitteleinkauf, mitnichten dazu, die Unkosten eines ganzes Hauses zu bestreiten. Volkmar konnte sich also gar nicht kümmern. Das Haus stand nach wie vor leer und verkam, wie der wachsame Nachbar registrierte. Achim Schmitt trat erneut auf und entlud seinen Ärger über derart nutzlos verschleuderte Ressourcen diesmal nicht mehr beim hiesigen Wohnungsamt, sondern in der übergeordneten Dienststelle bei der Potsdamer Bezirksverwaltung. Ein ganz klein wenig mag ihn auch verstimmt haben, wie er sich die zwar spärlich fließende, so doch stetig sprudelnde Quelle an Westgeld verschlossen hatte.

Hildegard bereitete sich auf ihren Nachtdienst vor. Sie zog eine Jacke über, knöpfte sie bis obenhin zu, band ein Schaltuch um, überlegte fröstelnd, ob eine Mütze angebracht sei, entschied sich dagegen und schlenderte nach dem Rechten schauend über das Außengelände. Die Nachtdienste waren überhaupt keine Herausforderung, eigentlich nur der Aufsichtspflicht geschuldet. Normalerweise schliefen alle Betreuer und Zöglinge fest und friedlich, so dass auch der Nachtdienst nichts zu tun bekam. Notfälle ereigneten sich eigentlich nie. Sehr selten greinte eins der Kinder oder verlief sich im Halbschlaf beim Toilettengang im großen Haus, dann trat der Nachtdienst auf den Plan, tröstete und »rettete« das verirrte Schäfchen. Der Nachtwache stand eine Liege im Vestibül zur Verfügung, sie durfte sich hinlegen und dösen. Niemals schlief sie wirklich ein. Meistens las sie die halbe Nacht oder hielt sich mit Rundgängen wach. Gegen Morgen warf der Nachtwächter die Heizung an, setzte Töpfe mit Milch und Wasser auf die Herdplatte, nahm die Nährmittel aus dem Kühlschrank, stellte Teller und Tassen für das Frühstück bereit und empfing, das war ein Novum, den Bäckergesellen mit den frischen Brötchen. Kam das Bäckerauto herangebraust, meldeten sich auch schon die ersten Frühaufsteher, tappten im Haus herum oder foppten die Langschläfer. Sobald die Kinder versorgt und in der Schule waren, hatte der Nachtdienst für ein paar Stunden Ruhe. Das war die Regel. War eins der Kinder oder ein Kollege krank, oder wenn Ferien oder wenn dringende Absprachen nötig waren oder wenn sich eine Inspektion angemeldet hatte oder wenn sonst etwas anlag, ging der Nachtdienst naht- und diskussionslos in den Tagesdienst über. Hildegard konnte stolz und zufrieden sein. Ihr Kinderheim war eine gut eingespielte Truppe. Sie betrat das Haus, überblickte auch hier das Geschehen. Letzte Kinder trödelten vom Waschraum her zu ihren Zimmern hin. Die diensthabenden Erzieher, das waren heute Peter Klein und Angelika, mahnten Beeilung an. Als Angelika ihre Chefin erblickte, lachte sie:»Du bist ja eingemummelt wie zum Skiausflug. Mädel, wir haben fünfundzwanzig Grad.« Hildegard zog ihre Jacke fester und antwortete:»Mir ist aber kalt.« – Die Kälte kam von innen. Die Kälte war unerbittlich und überhaupt nicht wegzukriegen. Egal, was Hildegard anzog oder wie sie sich wärmte, sie fror. Kurzzeitig war ihr wohl, um sofort wieder diese von innen heraufziehende Kälte zu spüren. Das ging jetzt seit Tagen so. Erst dachte sie an eine Grippe, aber Fieber kam nicht dazu und auch sonst keine Anzeichen von

Krankheit, nur eben diese Kälte. Sie mümmelte sich ein, schalt sich eine »Frostbeule« und setzte ihre Arbeit fort. Die Scherzworte ihrer Kollegen parierte sie meistens salopp, obgleich sie ihr inzwischen mächtig auf die Nerven gingen. Apropos, Nerven: Der ganz normale, wunderbare Lärm dieses Hauses, ein Lärm, den man im Grunde lieben muss, wenn man Kinder mag und in diesem Beruf gern arbeitet, schmerzte Hildegard auf nahezu unerträgliche Weise. Sie sehnte sich nur noch nach Ruhe und Wärme. Beides bekam sie nicht. Das zog sie in eine gähnende Leere, und sie war inzwischen todunglücklich. – Der Nachtdienst verlief ohne Zwischenfälle. Hildegard erledigte die morgendlichen Verrichtungen, wie es sich gehört, aber schwunglos, und als die ersten Heimbewohner auf der Szene erschienen, hockte sie auf der Kante der Liege im Foyer und weinte. Die Tränen kullerten und sie konnte nichts dagegen tun. Betroffen standen die Kinder dabei und die Kollegen fragten einer wie der andere: »Hildegard, was ist Dir?« Hildegard weinte und sagte schwach: »Ich weiß es nicht?« – »Ausschlafen«, legte Peter Huber fest, »Du musst einfach nur mal ausschlafen.« Dabei wusste er, dass seine Frau seit Wochen nicht richtig schläft. Angelika entschied: »Ich hole Schwester Agnes. Das kann doch nicht normal sein.« Agnes kam und diagnostizierte: »Nervenzusammenbruch. – Notarzt, Krankenhaus, Kur.« Hildegard war derweil ein wenig zu sich gekommen und wehrte sich: »Das geht nicht.« Agnes herrschte: »Bist Du irre? Willst Du draufgehen?« Draufgehen wollte Hildegard nicht. Sie ließ sich ins Krankenhaus bringen. Außerdem schämte sie sich in Grund und Boden, wie sie sich derart hatte gehen lassen können. Da war es gut, aus dem Gesichtsfeld der Ihren herauszukommen.

Hildegard Huber kurte ein dreiviertel Jahr, belebte sich und kehrte im Frühjahr des Jahres 1976 nach Himmelpfort zurück. Zöglinge und Kollegen bereiteten ihr einen freundlichen Empfang. Schulrat Bräuer war ebenfalls anwesend. Sie versammelten sich an der reich eingedeckten, festlich geschmückten Tafel, aßen, tranken, plauderten aufgeräumt und hatten doch Lampenfieber, denn es ging darum, der Chefin einen würdigen Abgang zu bereiten und eine neue Perspektive zu eröffnen. Der Schulrat hatte personelle Umsetzungen vorgenommen. Die sechsunddreißigjährige Angelika war zur Heimleiterin aufgerückt. Irgendjemand musste ja während der Abwesenheit der Chefin die Arbeit erledigen. Angelika war von Anfang an dabei und kannte sich bestens aus. Das Team war verstärkt durch das Ehepaar Heinz und Jutta Bachmann, ebenfalls ausgebildete Erzieher mit etwas Erfahrung im Tagesbetrieb und dem nötigen Enthusiasmus junger Menschen, sich komplizierten Herausforderungen zu stellen. Anja Müller, das ehemalige Heimkind, hatte inzwischen ihre Berufsbildung absolviert und war als Heimerzieherin nach Himmelpfort zurückgekehrt. Sie und ihr Mann, Peter Klein, blieben wie gehabt auf ihrem Posten. Peter Huber saß praktisch auf gepackten Koffern und harrte neuer Aufgaben. Jeder wusste, wie Hildegard am Beruf hängt und eine einmal begonnene Sache nicht so ohne Weiteres an den Nagel hängt.

So kam, was kommen musste, Hildegard explodierte wie ein Feuerwerkskörper, als sie hörte, dass sie abberufen ist und in der Wohnsiedlung Am Schlaatz eine Sondertagesstätte aufbauen soll. Freilich war sie ausreichend gut erholt und deshalb beherrscht genug, um sich ihren Auftritt in der Öffentlichkeit zu verkneifen. Doch sobald sie mit Bräuer im Büro unter vier Augen war, giftete sie ungebremst:»Das hast Du ja fein eingerührt! Hinter meinem Rücken spinnst Du derartige Intrigen?! Das hat ein Nachspiel.«Sie hatte zwar im Moment keine Ahnung, wie ein Nachspiel aussehen könnte, war sich jedoch sicher, irgendwelche Mittel in die Hand zu bekommen, um diesen Schreibstubengelehrten, diesen trockenen Hanswurst, diesen Möchtegernpädagogen zu Fall zu bringen.»Niemals!«, schleuderte sie hinaus,»niemals verlasse ich meinen Posten! Sollen sie mich raustragen. Tod oder lebendig!«Bräuer zog den Schädel ein. Hildegard stürzte zur Tür, riss das Brett auf und gewahrte im Flur gebannte, stumm lauschende Erwachsene und Kinder. Augenblicklich setzte sie eine frohe Miene auf, drehte sich um und sagte loyal:»Nun, soweit recht nett, Kollege Bräuer.« Sie schloss die Tür von innen. Die Kinder trollten sich zum Spiel und die Erwachsenen nahmen ihre Arbeit wieder auf. Hildegard hörte jetzt in Ruhe den Rest an.

In den modernen Großsiedlungen besteht erstmalig die Möglichkeit, behindertengerechte Wohnungen und Tagesstätten einzurichten. Erfahrungen gibt es derweil nur wenig. Den fürchterlichen Kahlschlag, den die Faschisten nicht nur ideologisch, sondern auch personell und materiell verbrochen haben, warf die Behindertenbetreuung um Jahrhunderte zurück. Sonderpädagogik ist daher sowohl ein nach wie vor äußerst schlecht besetztes und sehr junges Gebiet. Es fehlen fachkundige Leute. Leute, die wie Hildegard bereits Einsichten gewonnen haben und sogar selbst betroffen sind, mögen die Lücke füllen. Bräuer redete wie mit Engelszungen und lobte Hildegard mehr als ihr gebührte. Sie sah ein, dass längst alle Messen gesungen sind, die Sache festgeklopft ist und es kein Entrinnen gibt. Kraftlos schob sie nach:»Ich verstehe nur nicht, wieso gerade ich die

Kuh vom Eis holen muss. Wir haben doch hier alles so schön und es läuft super.« Bräuer lenkte liebevoll: »Stimmt, Hildegard. Aber damit es weiter so läuft, brauche ich gesunde Leute. Du bist angeschlagen.« Sie blickte ihn fragend an. »Nachtdienste, Vierundzwanzig-Stunden-Dienste, das hält manchmal das stärkste Pferd nicht aus. Wollen wir noch eine Weile was von Dir haben, müssen wir Dich zwingen, dass Du auf geregelten Tagesdienst umsteigst. Und sieh mal, Deine Familie braucht Dich doch auch.« Hildegard nickte und fragte zugleich hinterlistig: »Du weißt schon, dass ich Wohnung Am Schlaatz benötige?« Bräuer sah die Falle, denn mit der Wohnungsfrage stand und fiel nach wie vor so manche Personalentscheidung. Er ließ eine Pause, machte sich steif und sprach streng: »Es gibt Ärger mit Eurem Haus. Der Nachbar beschwert sich, Dein Sohn kümmert sich nicht, die Anwohner regen sich auf, Wohnungssuchende fühlen sich verprellt. Du bist in der Pflicht. Ich denke, Ihr zieht da augenblicklich ein.« – »Ah ja?«, sagte Hildegard und sonst nichts mehr.

Hildegard, Peter und Karin Huber zogen am 1. August 1976 in ihr Haus Am Schlaatz ein. Nachbar Achim Schmitt und seine Frau Irmgard eilten hilfsbereit herbei, trugen Kisten und Koffer hinein, packten aus, rückten zurecht, gingen zur Hand, schwätzten angeregt. Das Haus war feucht geworden, deshalb kalt und bot selbst in dieser Sommerzeit nur mäßigen Schutz. »Hundehütte«, fluchte Hildegard und Peter meinte mit Seitenblick auf den verwilderten Garten: »Verraten und verkauft!« Er ergänzte neidisch: »Bei Euch sieht es wenigstens anständig aus.« Achims Modelleisenbahnanlage imponierte ihm. Hildegard grauste vor der Nacht. In klammen Betten schläft es sich nicht besonders gut und das Kind mag sich sogar erkälten. Die Schmitts offerierten ihr Gästezimmer:»Für paar Tage kann das gehen und wenn bei Euch alles halbwegs in Ordnung ist, zieht Ihr wieder um.« Hildegard, Peter, Achim, Irmgard klotzten ran und binnen kurzer Frist war das Haus anheimelnd und wohnlich. Für den heruntergekommenen Garten bot der Nachbar an:»Wir machen ein Loch im Zaun und ich lasse meine Eisenbahn zu Euch rüber fahren.« Irmgard zwinkerte Hildegard zu und ging dazwischen:»Lasst Euch nicht auf so was ein. Der hat es drauf und okkupiert die ganze Siedlung für seinen Spleen.« Sie lachten und der Hobbyeisenbahner nahm sich schmollend zurück. Allein, die Frauen konnten nicht verhindern, dass die Züge unter Achims Regie bald in eleganten Schleifen auch auf dem Huberschen Grundstück kurvten.

Das war nicht so sehr der Spielleidenschaft der Männer als vielmehr den Bedürfnissen der neunjährigen Karin geschuldet. Sie hatte sich zu einem aufgeweckten, nahezu unauffälligen Kind entwickelt, das sich in der Regel trotz aller Einschränkungen relativ leicht händeln ließ. Sie war anhänglich, verständig, fröhlich, liebenswert. Allerdings zog zuweilen eine unerklärliche Unruhe durch ihr Gemüt. Dann stiefelte sie rastlos suchend durch das Haus, öffnete die Schränke, warf alles heraus, erzeugte Lärm sowie Chaos und war mit nichts zu besänftigen. Nur mit größter Mühe war Karin in derartigen, über Stunden andauernde Phasen zu halten und die Nerven aller Beteiligten lagen blank. Eines Tages, da lebten sie noch in Himmelpfort, nahm Peter das verzweifelt um sich schlagende, greinende Kind auf den Arm und huckte es ins Freie, weit weg von den teils neugierig gaffenden, teils erschüttert dreinblickenden

Heimbewohnern. In einiger Entfernung vom Haus stoppte die Kleine abrupt, lauschte gebannt, wurde ruhig und zeigte in die Ferne. Ein Zug rollte soeben am Bahnhof vorüber. Das gleichmäßig dumpfe Tackern der Räder wirkte wie Opium auf die geschundene Seele. Fortan lauerten die Erwachsenen, aber auch die älteren Zöglinge förmlich in Habachtstellung und sobald sich Karins Umtriebigkeit bemerkbar machte, ward sie augenblicklich, egal zu welcher Tages oder Nachtzeit ins Freie und an den Schienenstrang gebracht, um ihre Ausgeglichenheit im Angesicht der vorbeifahrenden Züge wiederzufinden. Am Schlaatz gab es derlei Ablenkung nicht. Der Bahnhof lag in der Innenstadt von Potsdam und war für ein aufgeregtes, weinendes Kind praktisch unerreichbar. Eine Eisenbahnlinie führte auch nicht direkt am Wohngebiet vorbei. Dennoch verliefen sich Karins Ausbrüche. Die Eltern ahnten mehr, als dass sie wussten, Achim Schmitts Modelleisenbahnanlage übt eine heilende Wirkung aus. Oft und lange hockte Karin dabei, beobachtete, kommentierte mit den wenigen ihr zur Verfügung stehenden Worten, strahlte, ward glücklich und mit dem Versprechen »wir schauen nachher Onkel Achims Züge an« führten sie die Eltern auch über schwierige Situationen hinweg.

Peter Huber betrat das Büro des Schulrates. »Schön, dass Du kommst«, begrüßte ihn Eugen Bräuer. Peter sagte: »Wollte mich nur verabschieden und bedanken.« Bräuer blinzelte irritiert: »Wie jetzt?« Peter erklärte: »Sei mal nicht sauer, aber ich wechsle ins Heizwerk rüber. Drei-Schicht-System und mehr Freizeit.« Bräuer knurrte: »Das geht so nicht?« Peter lächelte überlegen: »Arbeitsplatzbindung? Wo lebst Du denn?« Bräuer blaffte spitz: »Wir haben Dich qualifiziert.« Peter nahm Platz, lächelte immer noch und führte in Ruhe aus: »Ich mag nicht mehr im Bildungswesen arbeiten, Kindergarten, Schule, was auch immer. Ich habe genug und möchte gern mehr Zeit für meine Tochter haben.« Bräuer hielt gegen: »Geregelter Tagesdienst, abends mit der Familie. Was hast Du daran auszusetzen?« Peter holte aus: »Schade. Du hattest ja nie Familie, kannst also nicht nachvollziehen, was mich treibt. Zum einen sitze ich nicht gern Abend für Abend daheim. Denkst Du, meine Ehe mit Hildegard hätte so lange gehalten, wenn wir ständig zusammenglucken würden? Soviel dazu. Und andererseits, weißt Du sicher, dass Karin nicht ganz einfach ist. Manchmal schläft sie nicht, manchmal hat sie schlechte Stunden und braucht jemanden nur für sich. Da ist es gut, wenn einer von uns da ist. Arbeiten Hilde und ich in getrennten Schichten, können wir uns besser reinteilen. Wir haben doch nunmal nur die Kleine. Ja, wie gesagt, Du hattest ja nie Familie.« Treu ergeben schaute er. Bräuer schluckte. Er schluckte nicht nur. Er würgte regelrecht. Peter sah die Not und schob nach: »Mensch, Eugen, lass uns doch in Frieden scheiden. Wir haben Dir viel zu verdanken. Himmelpfort waren unsere besten Jahre, sicher. Nur versteh' doch, das Kind.«

Eugen Bräuer hangelte sich durch einen Wust von Gefühlen. Endlich brach es aus ihm heraus. Er begann ganz langsam: »Ihr denkt alle, ich bin ein steriler Apparat.« Peter schob die Hände vor, schüttelte den Kopf und holte tief Luft. Bräuer setzte fort: »Lass mich ausreden! – Ich war auch mal jung, hatte Pläne, Träume und eine wunderschöne Frau. Wir liebten uns, wie zwei Menschen sich nur lieben können. Wir sahen uns nicht oft, aber wenn wir uns sahen, war es der Himmel, wenn Du verstehst, was ich meine. Wir waren ja beide in der

Rüstung beschäftigt. Kriegswichtig ohne Ende für den großen Sieg. Sie wurde schwanger. Ich brachte sie nach Dresden zu meinen Eltern. Die wollten ihr beistehen und außerdem galt die Stadt als unverwundbar, wie Du weißt. – Nein, sie sind nicht darin umgekommen. – Im letzten Moment, irgendwie lag es in der Luft, ergriff sie Panik und sie verließen das Haus. Das war sicher sowieso die einzige Möglichkeit, dem Inferno zu entkommen. Nur meine Frau war hoch in anderen Umständen, sollte jeden Moment entbinden. Sie kam auf dem Treck nieder und verblutete. Das Kindchen starb. Es war ein Junge. – Ich habe nie wieder ein Frau anrühren können. – Freilich heilt die Zeit alle Wunden. Aber manche Wunden verschorfen nur und gehen wieder auf, wenn man dran rührt.« Er schwieg. – Peter fühlte, dass jedes Wort überflüssig ist. Nach einer ganzen Weile sagte er behutsam:»Ich muss mich entschuldigen.« Eugen Bräuer besann sich, lachte und bellte:»Hau endlich ab und kümmer Dich um Deine Familie. Man kann sich ja mal auf ein Bier oder einen Kaffee treffen. Abgemacht?« – »Abgemacht.« Sie schüttelten einander die Hände und Peter verschwand.

Im Herbst eröffneten sie ihre Tagesstätte für Kinder mit geistiger Behinderung in der Siedlung Am Schlaatz. Das Haus war nach modernsten Gesichtspunkten eingerichtet, gute, handverlesene, hochmotivierte Erzieherinnen und Krankenschwestern eingestellt, Einladungen an alle betroffenen Eltern verschickt, und niemand kam. Niemand ist untertrieben. Zwei Mütter meldeten sich, gaben ihre Kinder ab, gingen zur Arbeit und waren heilfroh, wie sich alles so gut fügte. Hildegard und ihr Kollektiv standen praktisch im leeren Haus. Ihr Angebot war nicht gefragt.

Nach reiflicher Überlegung holte Hildegard ihre Kolleginnen zur Krisensitzung zusammen und aus: »Die moderne Industriegesellschaft hat es mit Behinderten noch nie gut gemeint. Die Auflösung der dörflichen Idylle entfernte den Menschen mit Behinderung aus dem kollektiven Bewusstsein. Was zuvor die Großfamilie leistete, nämlich sich auch um den Schwächsten zu kümmern, geriet unter den Bedingungen der Konzentration von Arbeitskräften sowie der vollständigen, hausfernen Erwerbstätigkeit aller Familienmitglieder komplett ins Hintertreffen. Das heißt, Behinderte waren sich selbst überlassen, verhungerten, erfroren und so weiter. Der humanistische Ansatz der bürgerlichen Revolution beförderte Ende des neunzehnten Jahrhunderts einige karitative Einrichtungen und wissenschaftliche Forschungen zum Thema. Menschen mit Behinderung wurden in speziellen, weit abgelegenen, zum Teil zweckmäßig und liebevoll angelegten, autark wirtschaftenden, geschlossenen Anstalten untergebracht, wodurch Behinderte erst recht dem öffentlichen Bewusstsein entrückt waren. Aberglaube, Unkenntnis und die faschistische Ideologie vom unwerten Leben, sorgten zum einen dafür, dass Behinderung als Makel angesehen wird und zum anderen hat Behinderung etwas Mystisches, Befremdendes und damit Erschreckendes. Ohne Zweifel ist der Habitus eines Behinderten gewöhnungsbedürftig, sind seine Verhaltensweisen schwer verständlich, mitnichten jedoch bedrohlich. – Aber wem sage ich das?« Sie schaute lächelnd in die offenen, aufgeschlossenen Gesichter ihrer Mitarbeiterinnen, spürte Entgegenkommen und redete weiter: »Wie sieht es aktuell aus? Für mich war es auf dem Dorfe nicht schwer, auf Akzeptanz zu stoßen. Die paar Kinder mit Behinderung waren bekannt, liefen draußen mit ihren Müttern rum und als ich sie ansprach, waren sie sofort bereit, in der Gruppe mitzumachen. Kaum Vorbehalte, auch vonseiten der Bevölkerung nicht. Ich sage mal salopp: Der Bauer ist langsam bis zur Trägheit und fügt sich. Was der einmal als richtig erkannt hat, gibt er nicht mehr auf. Früher hatte jedes Dorf seinen Dorftrottel, man störte sich nicht dran. Also kein Problem. Außerdem gibt es auf dem Land Platz, sogar viel Platz für jeden. Keiner fühlt sich bedrängt. Man kann dem Behinderten aus dem Wege gehen, wenn man ihn nicht mag. Jetzt betrachten wir die Großsiedlung: Da ist zunächst die räumliche Enge, die schon mal den Kontakt befördert, ob man will oder nicht. Dazu kommen die Vorurteile, wie ich schon sagte. Das heißt, hier reiben sich verschiedene Ansichten und Bedürfnisse. Infolgedessen ziehen sich zumeist die Behinderten und ihre Eltern scheu zurück. Wir stoßen also mit unserem Anliegen nicht nur bei der Bevölkerung allgemein, sondern gerade bei den Betroffenen auf harsche Widerstände. Und nicht zuletzt betreten wir jetzt Neuland, wodurch Fehler vorprogrammiert sind. Kinder sind aber keine Versuchskaninchen! Wir müssen sehr behutsam vorgehen.« Hildegard war fertig. Die Frauen beklopften die Tischplatte. »Vorschläge?«, verlangte sie nun. Keiner meldete sich. Sie sagte: »Ich schlage Folgendes vor: Ich habe hier vom Gesundheitsamt die Namen und Adressen all unserer Klienten. Wir teilen sie unter uns auf, gehen reihum zu jedem einzelnen, lernen die Eltern und die Kinder kennen und laden sie ein, hier in unserer Tagesstätte bei uns unterzukommen. Punkt eins. Punkt zwei ist eine schrittweise Öffnung unseres Hauses für die Bevölkerung. Da weiß ich noch nicht genau, wie wir vorgehen wollen. Ich meine, wir werden niemanden einladen und ihn hier rumführen wie im Zoo. Behinderte wurden früher im Zirkus ausgestellt. So was machen wir nicht. Aber irgendwie müssen wir die Hemmungen der Nachbarn abbauen. Dann geht es nicht nur unseren Kindern und deren Eltern besser, weil sie für normal genommen werden, sondern es geht auch den Leuten besser, weil sie keine Ängste mehr haben.« Sylvia meldete sich:»Ich würde vorschlagen, wir mischen uns unter die Kinder. Kontakte zum Kindergarten, gemeinsames Frühlings-, Sommer-, Herbstfest und so weiter. Kinder gehen rasch aufeinander zu. Und haben wir die Kinder im Boot, dann haben wir auch deren Eltern im Boot.« – Sie redeten noch lange, erwogen dies und jenes. Am Ende hatten sie ein Zehn-Punkte-Programm aufgestellt, beschlossen und schritten zur Tat.

Allein, die Praxis sah dann nochmal viel komplizierter aus. Während im dörflichen Milieu also kaum einer ein Problem damit hatte, sein behindertes Kind mit nach Hause zu nehmen und dort, wenn auch unter Opfern, aufzuziehen, traf Hildegard bei ihren Hausbesuchen tatsächlich Eltern an, die ihr Kind in der Klinik gelassen und seit fünf oder sechs Jahren nicht mehr gesehen hatten. Einige reagierten gar ärgerlich auf Hildegards Vorstellungen, wollten nicht mehr erinnert werden, verdrängten brutal, dass ihnen ein Kindchen geboren war. Freilich mag es in den Kliniken auch liebevolle Betreuer und Schwestern geben. Nur ein Kind braucht doch ein Nest! Hildegard bestürmte Schulrat Bräuer:»Eugen, Du musst das anders anfassen. Ganz anders! Ansonsten verpufft unsere Aktion und das Haus bleibt leer.« Bräuer registrierte erfreut, wie Hildegard zu ihrer alten Form aufläuft. Er kniff trotzdem die Augen zu schmalen Schlitzen. Er mochte es nämlich gar nicht leiden, wenn sie ihm Aufträge erteilte. Sie verlangte: »Du musst per Beschluss anweisen, dass die Ärzte den Eltern Heimeinweisung oder dauerhaften Klinikaufenthalt nicht mehr nahelegen. Du musst ihnen sagen, dass –« Weiter kam sie nicht. Bräuer ballerte: »Beschluss, Weisung und muss, das sind Vokabeln, die ich hier gar nicht gebrauchen kann. – Du kannst mich was bitten, und das wars dann!« Hildegard bellte zurück: »Seid Ihr in Eurem dämlichen Ministerium nicht in der Lage, eine anständige Weisung rauszugeben?« Bräuer holte tief Luft und sprach beherrscht: »Pass auf, Mädel, ich kann soviel anweisen wie ich will, aber ich kann weder den Ärzten befehlen, was sie den Patienten zu sagen haben, noch kann ich Eltern vorschreiben, dass sie ihre Kinder lieben müssen und wo sie ihre Kinder lassen sollen. – Geh' heim, überlege und versuche, die Eltern zu überzeugen.« Hildegard trat ab, zottelte in die Großsiedlung zurück und sah einen endlos weiten Weg vor sich.

# DER AUSWEG

Die Großeltern Erich und Else Krumm stellten Monika eines Tages ihren sechsjährigen Sohn vor die Haustür in Lichterfelde Süd. »Mit fünfundsiebzig unterhält man keinen Kinderhort mehr«, hatte Erich entschieden, »so leid es uns tut. Jetzt bist Du wieder dran. Lass Dir was einfallen.« Da schaute sich die junge Mutter um, wie es in den anderen Familien geht, übergab Karsten den Hausschlüssel und überließ ihn sich selbst. Die anfängliche Sorge, er könnte sich unter die Streuner mischen, war unbegründet. Vormittags besuchte er für ein paar Stunden die nahe liegende Grundschule, Mittagessen stellte ihm die Mutter vorsorglich hin, nachmittags spielte er brav mit seinen Bausteinen oder las in seiner Fibel und dann kam ja auch bald die Mutter heim. So ruhig sie nun also sein konnte, denn der Junge war wirklich über sein Alter hinaus sehr gelehrig, schmerzten die Mutter die großen, traurigen Augen, wenn sie den Jungen morgens verabschiedete und auf den Abend vertröstete. Der Kleine war einsam und Einsamkeit tötet genauso wie Hunger. Monika sann auf Geselligkeit fürs Kind.

Wie es der Zufall wollte, lief ihr eines Tages ihre Schwester Doris, die gerade mal fünf Hauseingänge von ihr entfernt wohnte, über den Weg. Ein Wort ergab das andere und die beiden Frauen legten zusammen. Die vierjährige Flavia, fortwährend ihrer Mutter Begleiterin auf den verschiedensten Putzstellen, war gut eingewöhnt, sich still zu verhalten und auszuharren. Sie konnte Karsten eine Spielgefährtin an den langen Nachmittagen sein. Die Mütter sondierten das Terrain: Die Wohnung zu ebener Erde, drei Stufen führten zum

Hauseingang, bestehend aus einem Zimmer, das zugleich als Küche, Aufenthalts- und Wirtschaftsraum diente, war übersichtlich. Angrenzend an die Stube gab es links ein Badezimmer und nach hinten raus noch eine Schlafnische. Das Ganze bot kaum Gelegenheit, irgendwelchen Blödsinn anzustellen. Im Gegensatz zu anderen Familien, die mit vier, fünf Leuten in dieser Kapsel hausten, hatten es Monika und Doris gut, weil sie alleinstehend mit nur einem Kind waren. Da hatten sie Platz, da konnten sie sich ausbreiten. Bei Doris schlief noch Daniel, doch der war selten daheim, arbeitete meistens Schicht mit reichlich Überstunden und wenn er tagsüber ruhen musste, so sagte er, stören ihn die Kinder nicht. Lärm war ohnehin ringsherum im dicht bevölkerten Viertel und die Wände der Behelfsheime für Gespräche sowie Geräusche aller Art durchlässig. Man gewöhnt sich schließlich an alles. Daniel verfügte über einen gesunden Schlaf und eine robuste Natur. Die Mütter unterwiesen die Kinder in Gefahrenvermeidung, gingen auf die Arbeit, schafften fleißig und waren fast glücklich. Freilich blieb ein Rest Sorge. Die Sorge aller Mütter, nicht genug Zeit für das eigene Kind zu haben und ihm auch nicht genug bieten zu können. – Soweit, so gut.

Mit der Zeit aber, wie die Spiele alle durchprobiert und das Artigsein sich als gar zu langweilig herausstellte, hopsten die Kinder doch über Tische und Betten, tobten, rissen auch mal was runter, so dass die Stube Schaden nahm, die liebevoll hergestellte Ordnung ins Wanken geriet. Zuerst wurde geschimpft und gedroht, dann griff die eine wie die andere verzweifelte Mutter zum Knüppel und walkte den Ungehorsamen gründlich durch. Das nun wiederum litt Onkel Daniel. Er ging dazwischen, riet zu Bedachtsamkeit und sag-

te: »Die Kinder können doch nüscht dafür.« Er machte sich ebenfalls kundig, wie es in anderen Haushalten
läuft, und entdeckte den besten Pädagogen aller Zeiten: Den Fernseher! So einen schicken Fernseher, wo
allerlei Unterhaltsames und Lehrreiches gezeigt wurde,
hatte er sowieso schon lange anschaffen wollen. Allein,
Doris hockte auf dem Geld und sparte jeden Groschen
für später. Monika maulte auch: »So ein neumodischer
Kram.« Dass der »neumodische Kram« schon seit
über zehn Jahren zur Normalausstattung der Durch-
schnittsfamilie gehörte, ignorierte sie tunlichst. Endlich war die Notwendigkeit ausreichend begründet und
Daniel schleppte im Sommer des Jahres 1979 ein Gerät
heran. Damit zog der Fortschritt auch bei den Krolls
ein. Lange wurde gebastelt und gefriemelt. Antenne
aufs Dach oder lieber vor das Haus? Die Nachbarn
wurden hinzugezogen und befragt. Dann flimmerte der
Kasten, huschte das Bild auf, ging weg, kam wieder, bis
es stand und die große, weite Welt in ihre kleine Hütte
trug. Nun war Frieden. Nach der Schule stürmten die
Kinder heim, fielen über das Mittagessen her, erledigten die Hausaufgaben, knipsten den Fernseher an und
hockten sich brav davor. Manchmal, wirklich nur sehr
selten, lief der Fernseher schon während der Mahlzeit
oder derweil noch einer mit seinen Lektionen zu tun
hatte. Das war freilich nur die Ausnahme.

Monika erkannte ihre ehemaligen Fehler. Sie hatte die
Chance, an der Seite eines Mannes unbesorgt leben zu
können, arglos verspielt. Seinerzeit hatte sie sich gehen lassen. Das darf nicht noch einmal passieren. Noch
war sie jung, noch hatte sie einiges zu bieten. Mit ihren
achtundzwanzig Lebensjahren gehörte sie längst nicht
zu den verbrauchten alten Weibern. Ihre Schönheit und

ihre Umgangsformen waren durchaus ansprechend. Sie nahm die verlorenen Ziele wieder ins Blickfeld und schmiedete einen trefflichen Plan. Sie pflegte sich, kleidete sich geschmackvoll, nicht übertrieben aufreizend, und achtete auf ihre Ernährung, ausreichend Schlaf, ein ausgewogenes Verhältnis von Bewegung und Ruhe im Tagesablauf, damit Jugend und Frische erhalten bleiben. Ihren Hang zu Amüsement unterdrückte sie, strich ihn vollkommen aus ihrer Gedankenwelt. Zum einen würde es unnötig Geld kosten, zum anderen Kräfte verbrauchen sowie die wertvolle Zeit beschneiden, die sie ihrem Sohn zugedacht hatte. Nicht zuletzt war es auch gar nicht nötig, in irgendwelchen Lokalen einzukehren und dort einen Mann anzuschmachten und zu hoffen, dass er reagiert, zumal nie sicher war, ob die Hülle am Ende tatsächlich enthält, was sie verspricht. Nein, das war nicht nötig. Sie wechselte die Taktik wohl überlegt, denn sie saß ja förmlich an der Quelle. In den Räumen der örtlichen Verwaltung verkehrten nämlich nicht nur Arbeitssuchende und Almosenempfänger. So war es eben nicht. In den Amtsstuben gingen bedeutende Politiker sowie Unternehmer, also die Macher dieser Welt, aus und ein. Monika musste nur die Augen offenhalten und im rechten Moment auf sich aufmerksam machen. Das sollte ihr gelingen. So lebte sie in dem engen Zirkel aus Arbeit, Haushalt und Kinderbetreuung mit der Gewissheit, dass sie einen findet, der sie von hier fortführt.

Doris lockte eine Zukunft ganz anderer Art. Als fleißige, geschickte Putzfrau hatte sie sich zur Haushaltshilfe hochgearbeitet. Sie verkehrte in den besten Häusern der Stadt. Freilich nur über den Hintereingang oder das Souterrain, aber immerhin. Wie sie nun über marmorne Fußböden strich und Spiegelflächen glänzen machte, erwuchs ihr der Wunsch, ein solches Haus zu besitzen. Doris informierte sich vorab schon mal. Der Kaufpreis war nicht gering und aus der Sicht von Stümpern auch gar nicht zu stemmen. Das ficht sie nicht an. Doris war nicht dumm und im Rechnen ein Ass. Sie sammelte die Pfennige und häufte sie auf. Sie schaute weder rechts noch links, schuftete bis zum Umfallen, sparte bis zur Askese, nur um irgendwann ein Domizil auf eigenem Grund und Boden ihr Eigen nennen zu dürfen. Dieser Wunsch überragte fortan alles und sie ordnete, je mehr Geld sie auf der Kante wusste, jedes Tun oder Lassen diesem Ziel unter. Ihrer Sparsamkeit opferte sie auch letztendlich Matia, den Vater ihrer Tochter. Er hatte ihr zwar ein Kind angedreht, mitnichten aber dafür gesorgt. Die Männer sind großspurig, weichherzig und unbrauchbar, war inzwischen ihre Überzeugung. Eine Überzeugung, die sich teils aus dem Umgang mit Daniel speiste, der den Kindern zu viel durchgehen ließ, sich zum anderen Teil aus den männerfeindlichen Reden Monikas ergab. Doris verfügte über ausreichend Vertrauen in ihre eigene Kraft, sich eben nicht einem möglichen Gönner an den Hals zu werfen. Sie sorgte für sich selbst. Übrigens, für den Fernseher, den Daniel so leichtfertig angeschafft hatte, wendete sie nicht eine müde Mark auf. Sie hätte die Kinder auch ohne Verwöhnprogramm zur Räson gebracht. Sie beobachtete nämlich bei den Reichen und Schönen derweil, wie es besser geht, selbst ohne Hand anzulegen: Der aufsässige Spross wird von den Mahlzeiten ausgeschlossen oder tagelang zum Nachdenken in sein Zimmer verbannt oder mit geeigneten Beschäftigungen vom Schlaf abgehalten. Vordergründig deklarieren die Eltern das als gesundheitsbewusste Ernährung, sinnstiftende Auszeit und naturnahes Konditionstraining. Doris begriff schnell, dass eine derart geführte Jugend willig jeder Forderung gehorcht, weil sie im Grunde nur eins dringlichst sucht, nämlich die Befriedigung ihrer elementaren Bedürfnisse. Diesen Vorbildern folgend, hielt sie ihre Tochter recht spartanisch, erteilte überbordender Großzügigkeit eine Absage, schnallte auch den eigenen Gürtel immer enger und träumte sich in ihr Häuschen. Zunächst hieß es allerdings, mit den Geschwistern zusammenzugehen, hier und da nachzugeben, denn noch waren sie aufeinander angewiesen.

Kaum hatte Daniel Kroll die Tür des Kinderheimes hinter sich geschossen – er war damals siebzehn Jahre alt und seiner Schwester Doris gefolgt –, bereute er auch schon, fortgegangen zu sein. Ihm fehlte die vertrauensvolle Nähe von Menschen. Als Hilfsarbeiter schuftete er meistens irgendwo allein, trug riesige Berge ab oder er war an eine Maschine mit fürchterlich eintöniger Handarbeit gefesselt. Weil Daniel seinen Preis nicht kannte, unterbot er alle anderen, wurde von den Personalchefs gern genommen und von den Kollegen herumgeschubst, geschnitten, gedemütigt. Freilich gab es einige, die genauso unbedarft wie er daherkamen und denen er sich anschloss, doch deren Interessen sagten ihm nichts, er fand einfach keinen Zugang. In seiner Freizeit trödelte Daniel ziellos herum. Mit seinen Schwestern verband ihn wenig. Die Ansichten der Geschwister waren einfach zu verschieden. Doris arbeitete viel und war gar nicht gesellig. Der sich spät einstellende Kontakt zu Monika machte es erst recht nicht besser.

Er vereinsamte und strebte nur noch weg, weit fort von hier. Bei ihren zahlreichen Besuchen in der Zone fühlte er bei den Leuten dort eine gewisse Leichtigkeit,

Ungezwungenheit, allseitiges Entgegenkommen und Frohsinn. Das zog ihn magisch an. Er erwog, kurzerhand rüberzugehen, zumal die Verwandten ihn immer wieder foppten: »Kannst gerne bleiben.« Allerdings fiel die Entscheidung schwer, weil auch Daniel von Menschenrechtsverletzungen im Osten hörte. Er begriff: Ein anderes Land, andere Sitten und Gebräuche. Die sperrten sogar Arbeitslose in Straflager ein! Daniel war schon öfter arbeitslos gewesen und auf ein Lager hatte er keine Lust. Er strauchelte.

Ratlos, wie er war, schlich er sich an Meister Kurau heran. Das bedurfte einiger Überwindung, denn der Meister war sowohl streng als auch unerbittlich und brachte Daniel wenig Sympathie entgegen. Er näherte sich trotzdem. Einst hatte ihn nämlich der Meister vor dem sicheren Tod bewahrt und das kam so: Wie er Samstag zufrieden seinen Lohn zu sich steckte – die meisten Hilfsarbeiter wurden direkt vor Ort und in bar ausbezahlt – griff ihn ein Kollege, nahm ihn in den Schwitzkasten, schleuderte ihn rum und drohte ihn im Säurebad zu ertränken. Daniel wusste nicht, wie ihm geschah. Allein, die Todesangst erlebte er hautnah. Kurau herrschte: »Krümmt einer dem Jungen ein Haar, wissen wir, wer es war.« Daniel kam frei und als er sich bedanken wollte, pfiff ihn Kurau an: »Hau ab, Du Blödmann!« Seither arbeitete Daniel unbehelligt sowie nach wie vor ziemlich isoliert und hegte zugleich heimliches Zutrauen zu Kurau. Ungeschickt eröffnete er das Gespräch: »Hat man nicht noch was Besseres vor im Leben?« – »Wie meinst?«, knurrte Kurau. Daniel stotterte: »Ich finde, man ist hier ziemlich im Arsch?« Kurau – eigentlich Harald Kurau und seines Zeichens gelernter Schlosser – hätte den Dämel jetzt gern stehen gelassen. Aber dessen völlige Hilflosigkeit, hielt ihn auf der Szene. Das verworrene Zeug von Bruder Alexander, Schwester Roswitha, der Bude in Lichterfelde Süd, dieser sowie der anderen Arbeitsstellen und zuletzt von den Familienausflügen in die Zone ergab für Kurau keinen Sinn. Sinn machte nur, dass hier einer eventuell aus sich heraus wollte und Überlegungen anbahnte. Kurau sagte schlicht: »Ich bin Harry. Komm mich mal besuchen.« Er nannte noch seine Adresse und war dann weg.

Am nächsten Sonntag fuhr Daniel mit dem Bus eine große Strecke durch Berlin, kam in eine Gegend, die man durchaus als piekfein bezeichnen konnte, klingelte an einem Eigenheim – die Häuser standen auch hier in Reih und Glied, waren jedoch fest gemauert und ringsum gab es schmale, niedliche, gepflegte Gärten –, war eingelassen und fand sich am Familientisch wieder: Kurau thronte an der Stirnseite, rechts und links von ihm hockten drei Halbwüchsige sowie seine Frau und am anderen Ende des Tisches war Platz für den Gast gemacht. Augenblicklich fühlte sich Daniel wie ein guter Bekannter oder Freund des Hauses aufgenommen und wohl. Sie aßen, plauderten, die Kinder machten ihre Späße, die Mutter ermahnte gutmütig, der Vater grollte schalkhaft. Daniel mischte scheu mit, wobei ihm die Inhalte auch hier wenig sagten. – Frau Kurau räumte ab, die Kinder trollten sich und Harry Kurau übernahm die Initiative: »Wenn ich recht verstehe, suchst Du Anschluss?« Daniel antwortete: »Eigentlich suche ich den Ausweg.« – »Aus was?« – »Aus Mau-Mau.« Wieder kam das ganze undurchsichtige Zeug, das er schon einmal geboten hatte. Harry schnitt ihm die Rede ab: »Pass auf, Junge! Dein Vorsatz ist löblich und Einsicht ist der erste Weg zur Besserung. Vorschlag zur Güte.« Ausführlich entwickelte er seine Weltsicht:

»Die Mau-Mau-Siedlung, wie die Elendsviertel am Rande der Großstadt und in zynischer Anlehnung an die britischen Konzentrationslager im antikolonialen Befreiungskrieg Kenias aus den fünfziger Jahren genannt werden, sind nicht die Ursache des Übels, sondern ihre Folge. Freilich kann man daraus weglaufen und sich woanders ins gemachte Nest setzen. Ob es da leichter wird, ist allerdings sowieso fraglich. Entscheidet man sich fürs Hierbleiben, gäbe es ein breites Betätigungsfeld. Nämlich, genau diese Verhältnisse hier ändern ...« – Über eine lange Zeit hatten die Kuraus am Sonntag einen sechsten Mann am Tisch. Harry brachte seinen Schützling in der Gewerkschaft und auf der offiziellen Lohnliste der Firma unter. Damit gewann Daniel unter den Kollegen an Akzeptanz und für sich Arbeitsplatzsicherheit. Mit dem stetig steigenden Lohn verlagerten sich auch seine Ziele. Das persönliche Glück stand nicht mehr im Fokus, sondern das aller anderen, wodurch sich das individuelle zwangsläufig verbessern lässt. Als Daniel im Sommer des Jahres 1982 mit einigen Gefährten und einem Plakat auf der Baustelle Woltmannweg in Lichterfelde Süd auftauchte, lauthals Verbesserung der sozialen Lage der Ärmsten verlangte und sie zum Rathaus marschierten, um dem Bürgermeister die Leviten zu lesen, griffen sich seine Schwestern an den Kopf.

Die Behelfsheime am Woltmannweg und an der Osdorfer Straße in Lichterfelde Süd waren sukzessive durch schicke, moderne Neubauten ersetzt worden. Die Miete in den Mehrfamilienhäusern war erschwinglich, der Platz für die Familien ausreichend, die Ausstattung durchaus angenehm. Was dem Wohngebiet nach wie vor fehlte, waren Kindergärten, Freizeiteinrichtungen,

Einkaufsmöglichkeiten und die direkte Verkehrsanbindung an die übrigen Stadtteile. Außerdem hatten sich seit Jahr und Tag die amerikanischen Soldaten mit ihrem riesigen Truppenübungsplatz in unmittelbarer Nähe eingerichtet, was Lärm und Staub zusätzlich beförderte. Daher war Wohnen hier eher unattraktiv.

Daniel verblieb inzwischen aus Überzeugung im angestammten Gebiet und unter den bisherigen Nachbarn. Er sammelte Gleichgesinnte um sich und Spenden ein, gründete eine Interessengemeinschaft, überredete die Direktion der Baufirma, eins der Abrisshäuser stehen zu lassen. Sie werkelten und richteten dort ihre Kulturwerkstatt ein. Fotokünstler, Hobbybastler, Lesefreunde kamen zusammen, Gesprächsrunden und Bildungsabende hielten sie ab. An den Nachmittagen boten sie Kinderbetreuung und Hausaufgabenhilfe an. Sie organisierten ein Frühlings-, ein Sommer- und ein Herbstfest. Ein junger Assessor aus der Steglitzer Praxis Hecker&Arnold arbeitete ihre Satzung aus, so dass sie als eingetragener, gemeinnütziger Verein sogar Fördermittel vom Amt für Kultur bekamen und ihre Duldung irgendwann verbrieft war. Ja, Duldung, denn nicht jeder mochte die kleine Kommune leiden. Da flogen amtliche Schreiben mit exorbitanten Mietforderungen oder Beschwerden über Lärmbelästigung genauso ins Haus, wie ein paar mit Baseballschlägern bewaffnete Zechbrüder unverhohlen Abfackeln und Niederreißen der bunten Freizeitstätte androhten. Gegen papierne Attacken half der Rechtsassessor, gegen Gewalt nur Selbstschutz. Ein paar kräftige Arbeitsburschen lungerten scheinbar untätig stets in der Nähe, droschen ihren Skat, dösten in der Sonne und fanden offensichtlich auch nachts nicht heim. Die Zechbrüder mieden fortan diesen Ort. Dies alles vermittelte Daniel einen kämpferischen, ein wenig überspannten Enthusiasmus. Doch das schadete ihm nicht. Nichts hinderte ihn, nach den Sternen zu greifen. Kleine Kümmernisse steckte er locker weg. Er war jung und fühlte eine glückliche Zukunft auf sie alle in Lichterfelde Süd zukommen.

Monika Kroll hatte sich derweil dem rechten Mann zugesellt, dem Herbert Ruthardt. Er war Immobilienhändler und erfolgreich in der Branche tätig. Sie richteten sich in einer hübschen Wohnung am gefragten Ort, nämlich in einem gutbürgerlichen, altehrwürdigen, vorzüglich renovierten Mehrfamilienhaus in der Steglitzer Schlossstraße ein und gaben sich das Jawort. Ruthardt ließ auch Monikas Sohn, den zwölfjährigen Karsten, unter seinem Namen einschreiben. Damit waren sie eine richtige Familie. Karsten wurde Schüler des in unmittelbarer Nähe, auf dem Fichtenberg gelegenen, elitären Gymnasiums. Weder die in Steglitz lebenden Krolls noch die Ruthardts hatten es je zu höherer Bildung gebracht. Sie hatten sich mühevoll nach oben gearbeitet. Karsten sollte es leichter haben. Ihm waren, dank glücklicher Fügung, gute Startbedingungen in die Wiege gelegt. Die Mutter liebte ihr Kind und auch der Ziehvater ließ es nicht an Zuwendung und Verständnis mangeln. Vollkommen ihre guten Vorsätze verwirklichend, war Monika eine aufmerksame Ehefrau geworden. Unablässig erkundete sie ihrer Lieben Wünsche und verfolgte all ihr Tun. Sie leistete das schier Unmögliche: Ein akkurat geführter Haushalt, ein bestens versorgtes Kind, die eigene Berufstätigkeit und dazu trat sie jederzeit strahlend, ausgeglichen auf. Weil Monika um die Schwächen des männlichen Geschlechtes wusste, blieb sie die wachsame, vorsichtige Hüterin ihres zerbrechlichen Glücks.

Herbert gefiel seine Wahl außerordentlich. Er wurde von Nachbarn, Geschäftsfreunden und Kunden beneidet. Auf den Herrenabenden des Rotary-Clubs zollten sie ihm Bewunderung und rückten ihn in die Gruppe der Tonangebenden. Was er bisher mit seinem Geld und seinem Auftreten zu leisten versuchte, gelang ihm jetzt mühelos durch die Aura seiner Frau. Ruthardt hatte offensichtlich wie kaum ein anderer rasch begriffen, dass Ehefrauen nicht nur Muttertiere und Hauswirtschafterinnen sind, sondern ein Recht auf Selbstständigkeit außerhalb der eigenen vier Wände besitzen. Die weibliche Emanzipation war salonfähig geworden. Dabei dachte keiner der Reichen und Schönen etwa an Montagehandgriffe an endlos laufenden Fließbändern oder Späne zusammenfegen und Kisten stapeln in dreckigen Werkhallen, womit tausende Arbeiterinnen seit Jahrzehnten ihre Familien durchbrachten. Die Gesinnungsfreunde Ruthardts mochten dem Zahn der Zeit genügen, ohne dass die Fassade bröckelt. Frauen schmückten die Vorstandssitzungen sowie die Regierungsetagen, kamen zu Geltung, wurden gehört und belächelt. Allerdings gelang den meisten Männern aus Ruthardts Kreis schon aus Altersgründen der Absprung in die neue Ära nicht. Ihre Ehefrauen waren dem häuslichen Milieu derart angepasst, degeneriert, dass jeder öffentliche Auftritt nur noch Peinlichkeit auslöste. Nicht so eine Monika Ruthardt. Sie arbeitete in gehobener Position im öffentlichen Dienst, schaffte souverän, offerierte Gelassenheit und Selbstbewusstsein, kam stets überlegen und zugleich ihrem Mann treu ergeben herüber. Ruthardts Zuchterfolge würdigten seine Genossen unverhohlen als Meisterwerk, wiewohl er persönlich daran den geringsten Anteil hatte. Dessen war er sich auch bewusst und vermied tunlichst irgendjemanden über Monikas Herkunft aufzuklären. – Ohne sich jemals explizit darüber auszutauschen oder etwa eine Diskussion zum Thema anzustreben, verflog die Vergangenheit der Ruthardts wie Nebel unter der Morgensonne. In der oberen Klasse angekommen, verbanden sich Monika und Herbert einander mit nahezu bedingungsloser Hingabe.

Unvermittelt, also ohne Anzeichen von Siechtum oder Krankheit verstarb Erich Krumm im Alter von zweiundachtzig Jahren am 21. Dezember 1983 in seiner Wohnung Nicolasstraße 25. Seine Enkelkinder Monika, Doris und Daniel kamen mit Oma Else zusammen, bekundeten Anteilnahme und besprachen die Details der Beerdigung. Die Witwe fächerte die Papiere und die Wünsche des Verstorbenen auf. Alles war recht unproblematisch sowie übersichtlich, denn Erich hatte ausreichend vorgesorgt und Else führte sauber Buch. Rasch war das Notwendige zusammengetragen und als stimmig abgehakt, als schon die Frage im Raum schwebte: »Was wird denn nun aus Dir, Oma Else?« Doris forcierte die Frage zum Problem, bis alle einsahen, dass die alte Frau hier nicht mehr allein leben kann. Im Winter waren vier Treppen hoch die Kohlen hinaufzuschleppen, Lebensmittel wurden permanent gebraucht und die Reinlichkeit in den geräumigen Stuben ließ inzwischen auch zu wünschen übrig. Weder Daniel noch Monika sahen sich in der Lage, unterstützend einzugreifen. Sie empfahlen die Anstellung einer Haushaltshilfe oder Elses Unterbringung in einem Altenheim. Sowohl das eine wie das andere war durchaus finanzierbar, weil Else mit Witwenrente und Ersparnissen über ein ansehnliches Vermögen verfügte. Die Aussicht Altenheim trieb der alten Frau die Tränen in die Augen. Sie hatte mit Erich an die fünfzig Jahre in diesen vier Wänden hier gelebt. Die freundlichen Erinnerungen lenkten den Schmerz über den schweren Verlust in erträgliche Bahnen. Sie mochte sich nicht trennen. Also zog der Familienrat eine Pflegerin oder Haushaltshilfe in Betracht. Und wie sie nun noch so hin und her rätselten, fädelte Doris ein: »Was werde ich Dich hängen lassen, liebe Oma? Bin ich bei anderen ständig zugange, kann ich auch für Dich schaffen. Wenn Du magst, komme ich zwei, drei Mal die Woche vorbei und schaue nach dem Rechten.« Else strahlte auf und die Geschwister zollten Beifall. Weil nun aber niemand so ganz ohne Entgelt arbeiten sollte und Doris wahrscheinlich ihre eigene Berufstätigkeit würde etwas einschränken müssen, legten sie rasch noch eine faire Entlohnung fest, und auch diese Angelegenheit war einvernehmlich geregelt. – Erichs Beerdigung kam und ging. Danach nahm jeder seine üblichen Pflichten, auch seine Vergnügungen wieder auf. Nur Doris mühte sich ab, sauste zwischen den Haushalten in Lichterfelde Süd und in Lankwitz hin und her, jagte zusätzlich auf ihre Arbeitsstelle im Grunewald. Ihre Arbeit bei Doktor Bernd Pfeifer zu reduzieren, kam Doris niemals wirklich in den Sinn. Sie genoss dort nämlich eine Vertrauensstellung und verdiente ein beachtliches Salär.

Pfeifer war Doktor der Medizin, Facharzt für Neurologie und Psychiatrie. Auf seinem Anwesen unterhielt der Arzt eine Privatklinik, wo er dem Zuge der Zeit angemessen ein Dutzend gut zahlender Patienten zu heilen pflegte. Von Heilung konnte derweil nicht die Rede sein, denn seine Patienten waren ja gar nicht krank. Sie litten auch nicht. Sie waren nur behindert. Geistig beziehungsweise körperlich behindert in mehr oder minder großer Ausprägung. Aber immerhin so behindert, dass sie dauerhafter Aufsicht sowie Betreuung bedurften und damit ihren Familien zur Last fielen. Derweil wollte sich niemand nachsagen lassen, dass er unmenschlich handelt, schon gar nicht im Angesicht der jüngeren deutschen Geschichte, und wenn einer Geld hat, noch dazu über sehr viel Geld verfügt, mochte er seinen geschädigten Angehörigen auch nicht drittklassigen Pflegern überlassen. So traf sich eins mit dem anderen: Pfeifer bot seine Klinik an, ließ sie vorzüglich sehr junge Menschen mit Behinderung versorgen, und deren Angehörige legten alle Kümmernis ab. In der großzügig, äußerst bequem, nach neuesten medizinischen und humanitären Erkenntnissen ausgestatteten Klinik führte Doris die Oberaufsicht: Eine Handvoll Mitarbeiter kümmerte sich um das körperliche Wohl der Patienten und besorgte die Reinhaltung des Hauses. Außerdem stand Doris einem kleinen Team gut trainierter Wachmänner vor. Das Haus öffnete sich jederzeit wohlwollenden Besuchern, aber Störenfriede, die da glaubten, längst abgelegtes Gedankengut hereintragen zu müssen, waren konsequent, mitunter handgreiflich, abzuweisen. Insofern glich die Klinik einer hermetisch abgeriegelten Burg, beschäftigte ausschließlich handverlesene Mitarbeiter in hervorragender Position.

So etwas setzt man nicht aufs Spiel, indem man vorübergehenden familiären Belastungen nachgibt. Doris schuftete also ohne Rücksicht auf ihre Gesundheit. Das ging soweit ganz gut und gelang auch ohne Zwischenfälle. Doris kniete sich tief in ihre Aufgaben, immer ganz und gar das glückliche Ende vor Augen, weil ihre Ersparnisse anschwollen, nicht zuletzt ja jedermanns

Tage gezählt sind, und sich die Entspannung des derzeitigen Zustandes schon rein biologisch recht nah abzeichnete. Nur leider, Oma Else war zäh. So rundete sich Monat auf Monat, so rundete sich Jahr um Jahr und Mitte 1986 lebte sie immer noch. Nun hätte eine Doris Kroll ihrem Martyrium eine Ende bereiten und den natürlichen Gang der Dinge beschleunigen können. Sie hatte auch längst darüber nachgedacht, zumal so eine alte Frau nur noch ein leise flackerndes Lebensflämmchen aufrecht erhält, und Doris als Vertraute eines Psychiaters alle Mittel beziehungsweise den Schlüssel zum Giftschrank in der Hand hatte. Was sie abhielt, waren die stetig steigenden Zahlen auf ihrem Konto. Der regelmäßige Eingang des Rentenzuflusses und die geringen Bedürfnisse ihres Schützlings nährten die Träume vom eigenen Haus und ließen das schlichte Eigenheim zum Palast anwachsen. Just in diesem Sommer kam Hilfe aus unerwarteter Richtung. Tochter Flavia hatte das vierzehnte Lebensjahr erreicht und der allgemeinen Schulpflicht Genüge getan. Das Mädel war nie eine Leuchte in geistigen Dingen, als Kind aus Lichterfelde Süd auf dem Arbeitsmarkt auch nicht sonderlich gefragt und hatte weder eigene Ziele noch Pläne. Kurz und gut. Doris behielt sie als Pflegerin im Haus. Sie war freilich klug genug, die Vierzehnjährige mit der alten Frau nicht gänzlich allein zu lassen. Sie packten ihre geringe Habe zusammen, zogen zur Großmutter nach Lankwitz unters gemeinsame Dach und setzten damit auch äußerlich das Zeichen des Abschieds aus dem Elendsdasein der Mau-Mau-Siedlung.

# KARRIEREAUSSICHTEN

1987 hatte sich die Siedlung Am Schlaatz noch einmal ordentlich ausgedehnt. Ein paar Elfgeschosser sowie Sechs-Etagen-Häuser waren dazugekommen, die Randbebauung mit einer Handvoll Eigenheimen erweitert, die Fläche zur Nuthe hin nahm einen großen Park mit Liegewiese, Sommerbibliothek und Spielplätzen auf. Zwei neue Kindergärten, eine weitere Schule, Kultur- sowie Pionierhaus, Gaststätten und allerlei andere Versorgungs- und Freizeiteinrichtungen boten den Bewohnern, was man zum Leben braucht. Familien zogen zuhauf und gern hierher, zumal die bequeme Anbindung via Straßenbahn und Omnibus an das an Sehenswürdigkeiten reiche Potsdam reizvolle Abwechslung bot. Nicht zuletzt benötigte das Bekleidungswerk Arbeiter ohne Ende und hielt auch eine sehr gute Entlohnung für seine Leute bereit. Die schöne Stadt mit ihren vielen Möglichkeiten lockte am Ende derart massig Menschen an, dass sogar Wartelisten geführt wurden und die Abgeordneten im Bezirksparlament sowie die Direktion des Wohnungsbaukombinates über ein drittes und viertes Ergänzungsprojekt nachdachten. Noch war nichts entschieden, noch war nichts geplant, denn nicht nur die Kosten waren zu kalkulieren und die Mittel bereitzustellen. Nein! Das allein tat es nicht. Eine gesunde Stadtentwicklung bedurfte nicht nur kühnen Bauens, sondern auch der Beachtung der sozialen Eigendynamik der aus allen Gegenden zusammengewürfelten Neuzugänge. Da waren die Pädagogen genauso gefragt wie alle anderen Kulturschaffenden.

Für die Besatzung der Sondertagesstätte brachte die Ausdehnung der Siedlung endlich auch Zöglinge in ausreichender Zahl, wodurch Hildegard und ihr Team alle Hände voll zu tun bekamen. Ihre Tagesstätte füllte sich und das quirlige Leben bestätigte die Betreuerinnen in ihrer Mission. Das kam so: Ganz so machtlos und untätig, wie sich Schulrat Doktor Bräuer seinerzeit gab, war er derweil nicht. Er rührte die Werbetrommel gründlich. Eltern, die ihr Kind längst abgeschrieben hatten, waren schwer zu bewegen, es nach fünf oder sechs, manchmal sogar nach zehn Jahren endlich in der Familie aufzunehmen. Das musste er einsehen und war auch für Hildegard irgendwann ein Kampf gegen Windmühlen. Aber jungen Eltern von behinderten Kindern eine Perspektive zu eröffnen, das sollte möglich sein. Bräuer fasste mutig sämtliche Gewerke, das Bauwesen, das Gesundheitswesen, den Einzelhandel, den Nahverkehr, zusammen, agitierte für seine Idee, Kindern mit Behinderung ein Heim und mehr Zuwendung zu geben, so dass sich allmählich Sensibilität für das Thema entwickelte, sich sozusagen die Augen öffneten. War so ein kleiner Unglücksrabe geboren, hieß es nicht mehr, notdürftig unterbringen oder abschieben, sondern behutsam abwägen, was man tun kann. Und tun konnte man sehr viel. Schulrat Bräuer war nun also zu Höchstform aufgelaufen, fand in Hildegard Huber die geeignete Mitstreiterin, die mit ihren Theorien von der Familienerziehung ganz und gar auf seiner Linie lag. Er verallgemeinerte gern und hielt jedem, aber auch jedem, der nicht mitzog oder sich sogar abfällig mokierte, vor: »Die Menschlichkeit eines Gemeinwesens äußert sich in seinem Umgang mit den Schwächsten. – Nicht Lippenbekenntnisse sind gefragt, sondern echte Taten.« Neue Baukonzeptionen, den vollkommen barrierefreien Zugang zu allen Einrichtungen, Räumen, Bussen und Bahnen vorschreibend, kamen zum Tragen sowie auch eine großzügige Ausstattung der Wohnungen, die Eltern mit behinderten Kindern hierher lockte.

Das Bekleidungswerk nahe der Siedlung Am Schlaatz hatte sich mit den Jahren zu einem reibungslos funktionierenden Riesenbetrieb gemausert. Eine eigene Spinnerei und eine Weberei lieferten jene Tuche, die in der Näherei zu modischen, sich gut verkaufenden Anzügen, Mänteln, Kostümen und so weiter verarbeitet wurden. Sie produzierten mit Gewinn, schütteten an die Arbeiter reichlich Prämien und Leistungszuschläge aus und am Ende blieb immer noch ein stattliches Sümmchen, das dem Kultur- und Sozialfonds zugeschlagen werden konnte. Die Vertrauensleute der Gewerkschaft prüften gewissenhaft die Verwendung der überschüssigen Mittel – die monetäre Eigenverantwortung der Betriebe war inzwischen per Regierungsbeschluss erhöht worden – da bot sich an, am Ufer der Nuthe ein Schwimmbad einzurichten. Ein Schwimmbad, flussabwärts und von den fröhlich glucksenden Wassern der Nuthe gespeist, im herrlichen märkischen Grün kann den Bewohnern der Siedlung Entspannung, Erholung bei sportlicher Betätigung und den Kindern sehr viel Freude bringen. Eine tiefe, nach den Rändern flach zulaufende, sehr breite Grube wurde ausgehoben und befestigt, feinkörniger Sand für einen wunderweißen Strand aufgefahren, Umkleidekabinen gezimmert und aufgestellt, eine Rasenfläche angelegt. Auch ein kleines Gartenlokal ward errichtet, auf dass sich die Sonnenhungrigen nach Bad und Bewegung an einem Eis, gekühlten Getränken oder einem Imbiss laben mögen. Die Fluten der Nuthe strömten in das Bassin und die Leute harrten gierig der Eröffnung. Die Lokalpresse lud zu einem Festakt ein. Fröhliches Volk strömte herbei. Allein, das Bad blieb geschlossen. Ein Schild kündete weithin: »Betreten verboten!« und ein anderes: »Baden strengstens untersagt!« Was war geschehen? Als alles fertig war, hunderte, ja tausende Mark ausgegeben, unzählige, freiwillige Aufbaustunden geleistet waren, kontrollierte routiniert ein Mitarbeiter des Gesundheitsamtes die Wasserqualität und glaubte seinen Messungen zunächst nicht. Die Probe enthielt derart viele Spuren giftiger Substanzen, dass in der Tat Lebensgefahr für die Badefreunde bestand. Der Kontrolleur rief ein Team bewährter Chemiker und Biologen zusammen. Alsbald bestätigte sich zu ihrer aller Entsetzen der erste Befund. Sie suchten und fanden des Übels Ursache. Das flussaufwärts gelegene Bekleidungswerk spie seine Abwässer ungefiltert in die Nuthe. Kann das sein? Kann es sein, dass trotz aller Reden über und Einsichten in den Umweltschutz Natur derart misshandelt wird!? Fische besiedelten den Fluss schon lange nicht mehr und im derweil kargen Uferbewuchs wohnten weder Käfer noch Frösche. Im Grunde gehörte das Werk augenblicklich stillgelegt und der Direktor sowie sein Stab vor den Kadi. Stadtverwaltung und Betriebsleitung rauften sich tagelang die Haare. Zu einer Ad-hoc-Aktion sowie zu einer Strafverfolgung entschlossen sie sich nicht, weil nach reiflicher Erwägung weder das eine noch das andere den Missstand beseitigt hätte. Sie sanierten die Anlage, verbrauchten sämtliche Mittel für längst fällige Maßnahmen, kürzten den Kultur- und Sozialfonds und hielten mühsam die Produktion aufrecht. So mancher Bürger griff sich an den Kopf. Langsam, sehr langsam klärten sich die Wasser, allerdings noch lange nicht so, dass man darin hätte schwimmen oder davon trinken können. Das ungenutzte Bad an der Nuthe bot fürderhin einen kläglichen Anblick. Enttäuschte nahmen sich zurück, einige verließen sogar klammheimlich die Gegend, um anderenorts ihr Glück zu finden.

Volkmar Huber war Fachlehrer für Russische Sprache und Geografie. Nach Abitur und dreijährigem Dienst bei der Volksarmee hatte er das Studium in Rostock aufgenommen. Damals war er zweiundzwanzig. Volkmar war begabt, sozusagen ein Sprachtalent. Er beherrschte außer russisch auch noch englisch und französisch aus dem Effeff. Er hätte auch einen fachlich versierten Englisch- oder Französischlehrer abgegeben. Allein, seiner Wahl lag das Kalkül zugrunde, dass niemand oder fast niemand das kapitalistische Ausland betreten darf, während die Sprache des befreundeten Landes da ganz andere Aussichten eröffnete. Dieses Studium vermittelte Reisen in die Sowjetunion. In der Tat finanzierten sie ihm mehrere Studienaufenthalte in Leningrad, Moskau, Smolensk, Alma-Ata. Er war viel unterwegs, glücklich, strebsam und lieferte beste Leistungen ab. Sein besonderes Interesse galt der klassischen russischen Literatur. Hier brillierte er vor allen anderen. Am Schaffensort des großen Meisters Lew Tolstoi entdeckte Volkmar im Nachlass folgende Notiz: »Der Mensch gleicht einem Bruch, dessen Zähler sein wirkliches Wesen und dessen Nenner seine Einbildung darstellt. Je größer der Nenner, um so kleiner der Bruch. Ist der Nenner unendlich, wird der Bruch eine Null.« Begeistert übersetzte Volkmar die Sentenz in mehrere Sprachen, schmückte sich gern mit solchen und ähnlichen Blüten, frappierte die Zuhörer und desavouierte die Kleingeister. Eine hervorragende Diplomarbeit krönte seine Studien, und er brach ins Leben auf. Drei Pflichtjahre standen zunächst auf dem Programm. Die Hochschulabsolventen wurden alle, aber auch alle ausnahmslos an Schwerpunkten eingesetzt, nämlich dort, wo dringend Leute gebraucht wurden, wo es am meisten brannte, wo ohne sie, die junge Verstärkung, einfach absolut nichts oder fast nichts mehr lief. Die vorgesehene Schule in ländlicher Gegend, sehr klein, mit nur zweihundert Kindern und einem Lehrkörper aus einem guten Dutzend älterer, längst eingearbeiteter sowie bereits ein wenig ermüdeter Pädagogen schmeckte Volkmar nun aber nicht. Er legte an sein Leben inzwischen ganz andere Maßstäbe an. Eine Großstadt mit reichhaltiger, kulturell anspruchsvoller Atmosphäre und eine Schule in den Dimensionen einer Universität schwebten ihm vor.

Klagend und bittend trat er auf seine Mutter zu. Hildegard war anfänglich erstaunt, wie sich einer weigern kann, zumal sie als langjährige Verwaltungschefin eines Kinderheims sowie einer Tagesstätte ahnte, welche Verwerfungen eine derartige Weigerung nach sich zog. Am Einsatzort des Absolventen waren Wohnraum, Arbeit für einen möglichen Ehepartner, Kindergarten- als auch Schulplätze für den zu erwartenden Nachwuchs, medizinische Versorgung, Angebote zwecks Freizeitgestaltung und so weiter geschaffen worden. So etwas band enorme Mittel, die dann brachliegend nicht so einfach von A nach B transferiert werden konnten. Ein Absolvent wurde eben nicht nur als dringend notwendige Arbeitskraft im Team erwartet, sondern als vollwertiges Mitglied in die Gemeinschaft eingeordnet. Wider diese Einsichten würgte Hildegard alle Gegenargumente hinunter. Hatte sie jemals genug für ihre Söhne getan? Das schlechte Gewissen nagte nach wie vor. Sie bat Schulrat

Bräuer um Hilfe. Der hatte auch seine Bedenken, in das bewährte System einzugreifen. Doch dann lobte er sich die Hubers. Er betrachtete sie als sichere Bank auf dem Gebiet der Pädagogik. Der Spross wird die hiesigen, nicht ganz leichten Aufgaben stemmen und den positiven Verlauf der sozialen Entwicklung im Wohngebiet Am Schlaatz befördern. Außerdem strotzte auch der Bezirk Potsdam nicht gerade vor Personalüberfluss. Bräuer verfasste ein dringendes Gesuch an das Hochschulministerium, ihm ohne Umschweife einen Fachlehrer für Geografie und Russische Sprache aus dem Pool der diesjährigen Absolventen zu vermitteln. Ein Telefonat mit dem zuständigen Referenten klärte auch noch über die Personalien des Kandidaten auf. Nun ja, gab sich Volkmar gnädig, Am Schlaatz ist nicht Berlin, aber besser als die Pampa allemal. Er nahm seinen Dienst in der soeben fertig gestellten Schule auf und erlebte eine ganz böse Überraschung.

Die aus allen Himmelsrichtungen zusammengekommenen Schüler überforderten ihn. In einem Kollektiv, dass sich erst formen muss, testen Kinder nämlich sämtliche Grenzen gnadenlos aus. Das braucht starke Nerven und Durchsetzungsvermögen. Beides hatte Volkmar nicht. Er suchte Rückendeckung bei seinen Kollegen. Allein, der erst seit ein paar Tagen tätige Lehrkörper war auch keine Stütze für den Berufsanfänger. Jeder hatte mit sich selber und seinen Zöglingen reichlich zu tun. Nach ein paar Wochen meldete sich Volkmar krank und blieb daheim. Einmal hatte er Halsweh, ein andermal Fieber und dann funktionierte die Verdauung nicht. Wertvolle Zeit verstrich. Der Vertrauensmann der Gewerkschaft scheuchte ihn aus seiner Nische auf und wieder an die Arbeit. Die Schüler setzten ihre Umtriebe fort und die Kollegen, inzwischen im Berufsalltag eingelebt und festgefügt, zuckten mit den Schultern, wenn sich der junge, ständig durch Abwesenheit auffallende Lehrer hilflos agierend abstrampelte. Sie belächelten seine Unfähigkeit und empfahlen den Versager dem Schulrat. Bräuer glaubte, sich verhört zu haben. Er schickte seinen Fachberater an Ort und Stelle und musste sich nun sagen lassen: »Huber fehlt oft, ist schlecht vorbereitet und noch schlechter konditioniert.« Er lud Volkmar ins Amt ein, erfragte Schwächen, zeigte Verständnis, gab Ratschläge, verfertigte eine lobende Beurteilung und offerierte seinen Schützling einer anderen Schule in einer anderen Gegend. Weit weg vom Schuss. Neue Chance, neues Glück. Allein, auch dort kam Volkmar nicht in Tritt. Also wieder Versetzung und erneut die Hoffnung, alles möge sich richten. Nichts richtete sich, zumal ihm auf jeder neuen Stelle trotz bester Referenzen mit zunehmender Intensität ein ganz mieser Ruf vorauseilte. »Einer, der überall weggelobt wird, sich nirgends hält, muss ein ganz übler Bursche sein.« So sah Volkmar in zehn Jahren zehn Schulen von innen, kannte sich bestens mit Fahrplänen und Landschaften aus, nur als Lehrer war er eine glatte Fehlbesetzung geworden. Er kündigte seinen Vertrag und kehrte in sein Elternhaus zurück.

Hildegard herrschte vorwurfsvoll: »Warum sagst Du denn nichts? Man gibt doch nicht einfach den Beruf auf. Was soll denn jetzt werden? Wie stellst Du Dir das denn vor? Arbeiten müssen wir doch alle.« Volkmar fühlte sich missverstanden und verprellt. Er hatte sich bemüht, gequält und kam trotzdem auf keinen grünen Zweig. Alle waren gegen ihn: Die Schüler, die Kollegen und nun auch noch die Mutter. Pikiert parierte er: »Ich kann mehr als lehren. Einiges habe ich von der Welt schon gesehen. Ich kann Reiseberichte verfassen.« Hildegard grummelte: »Ob das seinen Mann ernährt?« Überzeugt war sie nicht. Allein, der geheiligte Familienfrieden gab ihr auf, und schließlich war Volkmar erwachsen, die Sache in Ruhe zu beobachten. Volkmar setzte sich nieder und fertigte ein paar hübsche Skizzen an. Die schickte er an sämtliche Journale und Zeitungen. Er wurde nicht gedruckt. Geld floss daher auch nicht. Obgleich Geld nicht seine Hauptsorge war. Seine Eltern boten ihm Schutz und Auskommen genug. Er streunte in der Gegend herum, hockte sich an die Nuthe, träumte sich in den Himmel und schon reifte ein neuer Plan. Er schrieb einen Fantasy-Roman. Das Manuskript schickte er an den größten Verlag und erhielt eine Absage. Verdrossen blätterte er die Seiten durch. Die ersten Fünfzig waren korrigiert und mit Anmerkungen versehen. Dann brach offensichtlich die Kritik ab oder der Rest war gut? Volkmar raffte sich auf und kontaktierte den Lektor. Der hatte nicht die Absicht, ein aufstrebendes Talent zu beschneiden, sprach weitschweifig von Problemen, von sozialistischem Realismus, von Sujets, die man in Arbeitskollektiven findet, und deutete vage an: »Eventuell hat ein Protagonist Westverwandtschaft und setzt sich aktiv mit den Verhältnissen hier und da auseinander.« Aha, vermerkte Volkmar, kehrte heim und fand tatsächlich den Gegenstand seines neuen Romans im Haus Am Schlaatz.

Regelmäßig, wenigstens einmal im Vierteljahr, trafen die Steglitzer hier ein. Volkmar nahm in der Runde Platz. Sie tauschten alle erdenklichen, unwesentlichen Neuigkeiten aus. Als Daniel Kroll hörte, sein Cousin sei unter die Schriftsteller gegangen, riss er baff erstaunt die Augen auf. Er wähnte die Meister der schreibenden Zunft als unerreichbare, Ehrfurcht erheischende Größen. Bücher waren mit den Jahren zu seinem Lebenselixier geworden, und während seine Schwestern die hiesigen Lebensmittelläden und Geschäfte für Haushaltswaren nach günstigen Angeboten durchforschten, wählte er in den Buchhandlungen Nachschlagewerke, Lehrbücher oder Erlebnisberichte für sich aus. Das erfreuliche Preisgefälle zwischen West und Ost erleichterte die Entscheidung alle Male und ließ den Bestand im heimischen Bücherregal anwachsen. Er stellte jetzt interessiert Fragen. Volkmar spreizte sich ob des soeben erhaltenen Auftrages. In seinem Kopf formten sich schon die ersten Charaktere. Die drängten sich förmlich aus dem wirklichen Leben auf. Der Lektor hatte also recht. Volkmar kam in Hochstimmung. Er fragte hier und da nach, hakte tiefer ein, hangelte sich durch den Dschungel der unterschiedlichen Anschauungen und hatte bald den zentralen Konflikt entdeckt, nämlich den zwischen dem Arbeiter Daniel und seiner eigenen gut versorgten Existenz. Hildegard registrierte wohlwollend, wie strebsam ihr Sohn seine Ziele verfolgt. Er wird sich schon durchbeißen, und gute Bücher sind gefragt in diesem Land. Derweil die Jugend plauderte, überschaute sie ihre Lieben. Drei Generationen an einem Tisch, resümierte sie zufrieden in anheimelnder Atmosphäre. – Nach dem obligaten Mittagessen verabschiedeten sich die Gäste. Hildegard und Peter erledigten den Abwasch. Volkmar begab sich in seine Klause. Er schrieb die ersten drei Kapitel flüssig runter. In Kapitel vier wurde eine tiefgehende Analyse der Lebensverhältnisse der Steglitzer fällig. Allein, er hatte keine Ahnung. Er hatte überhaupt keine Vorstellungen von denen, wiewohl die von sich auch immer nur das Beste erzählten. Alles in schillernden Farben, das mochte Volkmar nicht glauben, außerdem brauchte sein Werk Widersprüche. Das entmutigte den jungen Autor nicht.

Er trabte los und beantragte zu Studienzwecken eine Reiseerlaubnis nach Westberlin. Sein Antrag wurde abschlägig beschieden. Volkmar begehrte Aufklärung und hörte nun, dass ausschließlich Genehmigungen für dringende Familienangelegenheiten und an Verwandte ersten Grades erteilt werden. Derartiges hatte er nicht zu bieten und ließ sich auch nicht konstruieren. Unverzagt forschte er weiter, kam in Vorzimmern und Fluren mit anderen Reisewilligen ins Gespräch. Ihm ging ein Licht auf. Kulturschaffende aller Art dürfen sehr wohl auch das westliche Ausland betreten. Er wendete sich an den Schriftstellerverband und bat um Delegierung. Wie er nun aber darlegte, dass sein Œuvre hohl, seine bisherigen Verdienste gleich Null, er also praktisch gar nichts außer einer neugierigen Nase vorweisen kann, hieß es: »Tut uns leid. Wir verschleudern doch nicht wertvolle Valuta für einen völlig unbedeutenden Nachwuchskünstler. Ja, wenn Sie schon einen Namen hätten, wäre es kein Problem.« Sie rieten ihm, erstmal arbeiten zu gehen und sich eventuell später nochmal zu bewerben. Da dämmerte es Volkmar gründlich: Die Privilegierten verschieben die Reisen unter der Hand, geben sich gegenseitig ein Alibi und der kleine Mann bekommt keinen Fuß in die Tür. Ja, wenn das so ist, dann muss ein Volkmar Huber eben den Weg für alle ebnen. Er verordnete seiner Schriftstellerei eine Pause, suchte und fand Gleichgesinnte, schwang sich zum Bürgerrechtler auf. Seiner und seiner Mitstreiter Formel war einfach und griffig: »Wir sind das Volk!« Bis zum Sommer des Jahres 1989 erwarb Volkmar ausreichend Erfahrungen und Kenntnisse im politischen Tagesgeschäft, hatte sich zu einem Bekanntheitsgrad heraufgearbeitet, dass ihm auch die peinlichen Hüter der bestehenden Ordnung keine Absagen mehr erteilen konnten. Unumwunden bekam er jetzt seine Reiseerlaubnis. Allein, er machte davon keinen Gebrauch. Ihm lag nichts mehr an Recherche und mühseliger Schreiberei. Volkmar trachtete uneigennützig und opferbereit danach, den Filz zu entwirren, die Ewiggestrigen zu entmachten, die Tore für jeden, aber wirklich auch für jeden, weit zu öffnen. – Die Opposition schwoll an und die Masse der Unzufriedenen trug ihren Messias auf ihren Schultern.

Am Abend des 9. November 1989 verstarb Else Krumm im Alter von siebenundachtzig Jahren. Friedlich war sie entschlafen. Doris Kroll strich ihr die Lider herab, faltete der Toten Hände, bestellte erst den Hausarzt, dann den Bestatter. Sie gab eine schnörkellose Beerdigung auf der grünen Wiese in Auftrag. Geld für eine Totenfeier oder etwa ein Familientreffen auszugeben, kam ihr gar nicht den Sinn. Sie informierte niemanden und begleitete die Urne auch nicht auf ihrem letzten Weg. Nur Tochter Flavia hockte noch tagelang an der vom Totengräber bezeichneten Stelle und weinte still. Als die Mutter des Gebarens überdrüssig wurde, schnappte sie sich ihr Kind und zeigte ihm die neue Arbeit. In der Klinik des Doktor Pfeifer gab es zu tun. »Müßigkeit ist aller Laster Anfang«, belehrte sie die Siebzehnjährige, und der Ausfall der Verstorbenen Rente wollte auch noch ausgeglichen sein. Letzteres sagte Doris freilich nicht, schob nur das Mädchen zu den Pflegerinnen hin. Obgleich Flavia eine willige Arbeiterin, zu Widerspruchsgeist nicht erzogen war und auch überhaupt keine Vorstellungen von ihrem Leben hatte, geriet sie in arge Bedrängnis. Sie fürchtete sich nämlich vor den

Menschen mit Behinderung. In Aussehen und Habitus glichen sie Monstern, erweckten jene Gruselvorstellungen, die Flavia vom gelegentlichen Kinobesuch und vom Fernsehen her kannte. Aber im Gegensatz zum Film, den man abstreifen und vergessen kann, lebten diese hier und stellten eine permanente Bedrohung dar. Die Beteuerungen und Ermahnungen der Mutter, dass alles harmlos sei und man sich gewöhnen kann, dass Geld nicht stinkt und schließlich jeder arbeiten muss, fruchteten nicht. Die Aversion blieb. Zehn Tage hielt Flavia aus, lief dann einfach weg und klopfte an Tante Monikas Tür.

Monika nahm sie auf. Flavia als die älteste Spielgefährtin ihre Sohnes und als anspruchsloses Kind, konnte sie gut leiden. Außerdem wärmte die Zutraulichkeit des jungen Menschen ihr Mutterherz. Sie saßen zu Rate. Unbedarft wie die Kleine war, bestanden keinerlei großartige Karriereaussichten, wie sie für Sohn Karsten vorgesehen waren. Wer hätte sie jetzt noch in die Geheimnisse von Mathematik, Orthographie und Naturwissenschaften einweihen sollen? So was brachte niemand fertig. Aber als Fachassistentin, eine hochtrabende Bezeichnung für niedere Büroarbeiten, wie Papiere schreddern, Akten im Haus von Abteilung zu Abteilung tragen, Kaffee kochen, Blumen gießen oder jemandem die Tür aufhalten, mochte sich Flavia eignen. Es gehörte nicht viel dazu, den Amtsleiter zur Einstellung zu überreden, Monika Ruthardt war eine geschätzte, allseits beliebte Mitarbeiterin, und Flavia Kroll fing am 1. Januar 1990 in der Steglitzer Verwaltung an, ihren Lebensunterhalt zu verdienen. Der Start ins Berufsleben verlief nicht ganz reibungslos, denn Flavia verfügte nicht über die geistige Wendigkeit und den Schneid, den man im Umgang mit Vorgesetzten, Kollegen und Antragstellern braucht. Auch wusste sie sich nicht angemessen zu kleiden. Monika erklärte dem Mädchen die Hierarchien sowie alle anderen Strukturen, übte mit ihr Auftreten und Abgang, unterwies sie im rechten Ton. Ja, das hatte sogar etwas Theatralisches.»Merke Dir«, sprach Monika weise, »eine Frau muss immer vorher wissen, was passiert. Allerdings darf sie es nicht zeigen. Behalte es für Dich. Das heißt, wenn Du zehnmal für umsonst Kaffee kochst oder hundertmal völlig sinnlos hierhin und dorthin läufst, der Chef hat immer Recht. Nicht nur Recht, weil er Chef ist, sondern auch weil er Mann ist.« Verschwörerisch lachten sie. Monika kaufte dem Mädchen Kleider. Auch hier galt:»Immer wie aus dem Ei gepellt. Schlabberlook geht eigentlich gar nicht. Nehmen wir an, Du gehst einkaufen und triffst einen Kunden oder einen Kollegen. Was dann? Die reden doch über Dich. Also kannst Du zu Hause manchmal was Legeres anziehen, aber im Grunde musst Du immer gepflegt sein. – Gewöhn' Dich gleich dran.« Flavia war eine dankbare und gelehrige Schülerin. Monikas Mühen fruchteten rasch. Innerhalb weniger Wochen mauserte sich die Kleine vom unscheinbaren, zuweilen schnoddrigen Aschenbrödel zur beweglichen, von allen oder fast allen akzeptierten Mitarbeiterin des Amtes. Daheim war sie unauffällig. Das Familienleben der Ruthardts ward durch den Zuwachs nicht beeinträchtigt, im Gegenteil, eher bereichert.

Letzteres wollte nun freilich auch noch geregelt sein. Herbert Ruthardt sprach eines Tages bei der Schwägerin vor und verlangte Unterhalt zum Zwecke Flavias Versorgung. Doris war nicht auf den Kopf gefallen und bestens informiert.»Flavia verdient sich eigenes

Geld und kann für sich selbst aufkommen.« So die kurze Antwort, und sie glaubte, das Thema beendet. Mitnichten gab sich Herbert zufrieden. Flavia konnte sich durchaus selbst erhalten, sie hätte sogar eine kleine Wohnung beziehen und finanzieren können. Nur, was dem Bittsteller hier unangenehm aufstieß und Doris Kroll durchaus verdächtig machte, waren die Heimlichkeiten um Beerdigung und Erbschaft. Wenn einer ehrlich durchs Leben geht, kann er seine Verhältnisse offenlegen, sagte sich der erfahrene Immobilienhändler. Hat einer aber vor, jemanden zu prellen, dann agiert er wie Doris im Stillen. Herbert bestellte einen Anwalt, schilderte die Lage und gab den fiktiven Betrag von Fünfhunderttausend als Erbmasse an. Doris fiel aus allen Wolken, als sie las, wie und wann das von Oma Else Krumm übernommene Vermögen aufzuteilen und auszuzahlen ist. »Das ist ja ungeheuerlich!«, empörte sie sich, nahm sich ebenfalls einen Anwalt, fächerte ihre Ausgaben auf und erklärte, dass nichts mehr da ist. Freilich war noch was da, sogar reichlich, keine Fünfhunderttausend sicher, aber immerhin soviel, dass es für ein Häuschen, in ruhiger Gegend am Rande der Stadt und als Altersruhesitz gedacht, alle Male langte. Wieso soll ich, schimpfte sich die einfache Frau in Rage, dem reichen Pinkel mein sauer verdientes Geld in den Rachen schmeißen? Sie erwog, ihre Geschwister als Zeugen und Rückendeckung mit ins Boot zu nehmen. Schließlich hatten sie in Notzeiten zusammengehalten und auch gemeinsam beschlossen, dass Doris sich um die Oma kümmert. Aber sie verzichtete nach reiflicher Überlegung darauf, denn Bruder Daniel würde als vehementer Verfechter von Enteignungen sowie Egalität keinen aussichtsreichen Part spielen und Schwester Monika würde ihrem Mann wohl kaum das Wasser abgraben. Doris kämpfte auf weiter Flur allein. Die Post ging hin und her. Herbert blieb dran und Doris wehrte sich verbissen. Sie bezahlte tränenden Auges den Anwalt von ihren Ersparnissen, denn ihr üblicher Verdienst genügte niemals, um einen Anwalt zufriedenzustellen. Herbert nahm die Aufwendungen aus der Portokasse. Sie hangelte sich von einer Ausrede zur nächsten, erfand fadenscheinige Begründungen, schlief nachts schlecht und bekam Magenschmerzen. Er agierte souverän, ließ die Geschäfte von seinem Advokaten abwickeln und war in bester Stimmung.

Endlich landete die Angelegenheit vor Gericht. Beide Parteien legten ihren Standpunkt dar. Der Richter schlug Einigung vor, die Anwälte nickten einvernehmlich, die Klienten blieben stur. Der Richter bedachte sich: Fünfhunderttausend sind kein Pappenstiel. Hat die Frau soviel Geld, dann ruft sie die nächste Instanz als Beistand an und ich mache mich mit einem Spruch unmöglich. Der Mann ist ebenfalls bestens aufgestellt und wird nicht lockerlassen. Er wiegte den klugen Kopf hin und her, er rang sich durch und gab sich sowie allen übrigen Beteiligten Bedenkzeit: »Sämtliche Konten der Beklagten sind einzufrieren und bis zur endgültigen Klärung des Sachverhaltes dürfen keinerlei Bewegungen getätigt werden.« Doris empfing den Schlag. Sie schwankte. Sie kam zu sich und überlegte. Bisher schützte das Bankgeheimnis ihr Geld, ab jetzt hockt der Kadi drauf. Egal was sie unternimmt, sie wird zahlen. Wahrscheinlich wird man ihr – auf den Sozialstaat ist Verlass! – nach einigem Tauziehen und Offenbarungen den Selbstbehalt lassen. Miete, ausreichend Essen, ab und an mal ein Fummel wird drin sein. Der Traum vom Häuschen mit Garten in ruhiger Gegend ist ausgeträumt. Doris schleppte sich heim, ordnete ein paar

Dinge ihres ohnehin akkurat geführten Haushaltes, richtete sich her, ging auf die Arbeit und bediente sich am Giftschrank. – Die Urnenbeisetzung fand unter großer Anteilnahme aller Familienmitglieder am 1. April 1992 statt. Doris Kroll wurde gerade mal achtunddreißig Jahre alt.

# DAS VERSPRECHEN

Keine vier Wochen später riefen Herbert und Monika ihre Lieben erneut zusammen. Diesmal trafen sie sich nicht in Steglitz, sondern wie früher im Haus Am Schlaatz. Der Anlass war die Verteilung der Erbmasse. Herbert hatte nach Doris' Tod den Anspruch seines Schützlings geltend gemacht und sich das Geld auszahlen lassen. Die näheren Umstände der Verzweiflungstat erörterten sie mit Rücksicht auf das leidende Kind nicht, so wie Flavia auch nie erfuhr, wieviel Geld wirklich vorhanden war. Einen beachtlichen Teil verwahrte Herbert als Grundstock für die Zukunft des Mädchens. Ein junger Mensch muss nämlich erst einteilen lernen und besonders eine Frau braucht nachher einiges. Der Rest langte, um jedem Familienmitglied fünftausend Mark zukommen zu lassen. Er begründete seine Entscheidung so: »Es ist ja niemandem geholfen, wenn das Geld auf der Bank schmort. Die liebe Doris hat sich nie was gegönnt. Und was hatte sie nun davon? Nichts! Nämlich rein gar nichts. Jetzt, wo Ihr alle so schön reisen könnt und es endlich was zu kaufen gibt, soll es Euch auch mal richtig gutgehen. Gell?« Er grinste blöd, verschlagen in die Runde und Peter grummelte leise: »Ich habe Lust, dem eins in die Fresse zu geben.« Hildegard zischte: »Halt Dich da raus, Mann! Es ist meine Familie.« Peter erhob sich und schlurfte in die Küche. Hildegard blieb und lauschte hingebungsvoll.

Jetzt war sie wieder richtig froh, die Familie um sich zu haben. Die Familie als schützende Hülle und als Aufgabe. Nach dreißigjähriger Tätigkeit als Erzieherin hatte sie den Beruf aufgegeben. Was nach außen hin wie der ganz normale Übergang in den Ruhestand aussah, speiste sich aus einer vollständigen Niederlage. Ihre Tagesstätte für Kinder mit geistiger Behinderung avancierte zur Förderschule. Nicht liebevolle Pflege, behutsamer Umgang und ein auf individuelle Befindlichkeiten abgestimmtes Programm waren mehr gefragt, sondern ein bis aufs I-Tüpfelchen ausgefeilter Einheitsplan presste die Kinder ins System. Sie hetzten vom Sport zum Malen, vom Basteln zur Musik, vom Unterricht in die Pause. Jede Unternehmung war streng getaktet, lieferte den schwachen Geist der Zöglinge gnadenlos der Überforderung aus und beraubte sie der Fröhlichkeit sowie der Ausgeglichenheit. Das priesen sie als das frohe Treiben einer endlich befreiten Schülerschar und es war in Wirklichkeit der schier ausufernde Wahnsinn. Um sich schlagende, greinende, beißende, spuckende Kinder und genervtes Betreuungspersonal beherrschten die Szene.

Nun hätte ein eingespieltes, gut funktionierendes Kollektiv die untauglichen Anweisungen einer neu aufgestellten Schulbehörde durchaus ignorieren beziehungsweise abmildern können. Hildegard sammelte ihre Leute und riet ihnen, die Füße still und das Bewährte beizubehalten. »Schließlich sind wir kaum kontrollierbar. Was weiß denn ein Schulrat von der Praxis? Wir spielen mit und bleiben zugleich ganz und gar bei uns.« Konnte so ein Versuch fruchten? Weit gefehlt. Ihr Anliegen scheiterte an der Wirklichkeit. Bis ins Letzte ausgeklügelte Über- und Unterordnungen besorgten Willfährigkeit. Die Schulbehörde spaltete das Team der Mitarbeiterinnen in diverse Dienststellungen, mit konkret geregelten Befugnissen, differenzierten Pflichten und unterschiedlicher Entlohnung auf. Der Preis der Arbeitskraft entschied letztendlich dann auch über die Gesinnung. Die weniger gut Bezahlten neideten den anderen ihr Einkommen, die besser Betuchten schauten von oben herab. So entstand ein frostiges Klima aus Missgunst und Denunziation, das nicht mehr von der Liebe zum Kind, sondern von Konkurrenzdruck, Herrschsucht und selbstverständlich auch von der Notwendigkeit der Erwerbstätigkeit zusammengehalten war. Es waren die gleichen Frauen wie noch vor drei Jahren und hatten sich doch fast alle um hundertachtzig Grad gewendet. Um die wenigen Gefährtinnen, die sich nach wie vor den Kindern verpflichtet fühlten, tat es Hildegard leid. Allein, ihr fehlte alsbald die Kraft zur Intervention und Schlichtung. Sie zog sich ins schützende Heim zurück und konnte sich glücklich schätzen, eine einigermaßen ausreichende Rente ausbezahlt zu bekommen.

Von nun an sorgten sie auch zu Hause für Karin. Früher hatten alle ohne Altersbeschränkung in der Tagesstätte ihren Platz gefunden, ab jetzt wurden nur noch schulpflichtige Jahrgänge aufgenommen. Damit fiel Karin mit ihren sechsundzwanzig Lebensjahren aus der Betreuung heraus und sollte in einer Werkstatt für Behinderte unterkommen. Was auch hier den schönen Schein wahrte, Nutzen vorgaukelte und eventuell tatsächlich einigen Unternehmern Gewinn in die Tasche spülte, wollte Hildegard ihrem Kind nicht zumuten. Eintönige Fließbandarbeit sowie die Atmosphäre einer Werkhalle waren für das Mädel nichts und Karin blieb daheim. Sie litt oft Langeweile. Des Nachbarn Modelleisenbahnanlage bot einiges an Abwechslung. Bei weitem nicht genug. Reihum, wie einer Zeit beziehungsweise Lust hatte, nahmen sie Karin herbei und beschäftigten sie mit Spaziergängen und Arbeiten im

Haus. Letzteres konnten zumeist nur Scheinaktivitä-
ten sein, denn wirklich Brauchbares lieferte das Mädchen kaum ab und eigenverantwortlich handeln oder
gar unbeaufsichtigt konnte Karin schon gar nicht sein.
Die Sorgen um Karins Zukunft redete Andreas frisch
und heiter weg:»Ich kümmere mich um meine kleine
Schwester, wenn Ihr mal nicht mehr könnt.« Er pries
seine berufliche Tätigkeit als Versicherungsverkäufer
mit den Freiheiten aus Arbeitsort und Zeiteinteilung.

Dereinst diente Andreas Huber als Berufssoldat in der
Volksarmee. Er war auf die Deutsche Demokratische
Republik vereidigt. Der Eid war am 3. Oktober 1990
hinfällig. Er kam nicht mal ansatzweise auf die Idee,
sich dem Nordatlantikpakt anzudienen.»Lieber Dreck
fressen, als denen zu Kreuze kriechen«, war seine De-
vise und dazu stand er. Im Herbst 1990 kehrte er heim
ins Haus Am Schlaatz. Eine Arbeit, die halbwegs seinen
Mann ernährt, ward schnell gefunden. Andreas war
diszipliniert, von rascher Auffassungsgabe, beweglich
und argumentierte überzeugend. Das soeben entmach-
tete Volk gierte nach Sicherheiten. Das traf sich gut.
Große und kleine Gesellschaften priesen für geringe
Einsätze Papiere mit Garantien bis in alle Ewigkeiten
und für Ansprüche aller Art. Versicherungen auf Leben und Tod, für Hausrat und gegen Unfall, zwecks
Aufzucht der Kinder und mit Ausbildungschancen,
Gewähr für erbauliche Reisen und so weiter. Andreas
verkaufte, was immer gewünscht wird. Er verkaufte gut
und viel, wobei ihm der Schwindel nicht entging. Für
sich nannte er es»modernen Ablasshandel« und traf
damit wahrscheinlich den Nagel auf den Kopf. Andreas
mit seinem Sarkasmus und seiner optimistisch, mun-
teren Art schaffte ihm Hause Frohsinn, machte den

Alltag lebendig und erträglich. Obgleich das Haus für die Bedürfnisse vier erwachsener, nahezu ausnahmslos daheim hockender Menschen eigentlich zu klein war, kamen sie gut zurecht.

Andreas' Bruder, der Volkmar, schaute zwar regelmäßig, doch nur noch selten herein. Sein Tun, eine Arbeit, die ihn materiell sehr gut dastehen ließ, löste bei Hildegard ambivalente Gefühle aus. Wie er sich jahrelang für Basisdemokratie engagierte und gegen die Mauer anrannte, teilte die Mutter sein Streben und Anliegen durchaus. Mag er Politiker werden, wenn er zum Lehrer nicht taugt und in der Schriftstellerei nichts fertigbringt, wähnte sie. Zumal ihr die Grenze zu Westberlin und die mangelnde Offenheit über die Hintergründe von Staats- und Regierungsgeschäften von jeher quer im Magen lagen. Als die Bewegung zu Erfolg kam, die Grenze endlich weg war, ein paar ganz Verwegene die Archive stürmten, hegte sie die Hoffnung auf Mitbestimmung auch des kleinen Mannes. Alles, aber auch alles würden sie jetzt besser machen, denn »Wir sind das Volk!« Wie aber der Volkmar mit seinem mordsmäßig teuren Wagen strahlend angerauscht kam und offerierte, dass Nachbar Achim Schmitt in den Siebzigern die Hubers wegen leerstehenden Wohnraums bei der Verwaltung angezeigt hat und sie ihn jetzt auf Wiedergutmachung verklagen sollten, da fiel es Hildegard wie Schuppen von den Augen und sie ranzte: »Was soll das!? – Wühlst im Urschleim, nur um zu beweisen, dass wir gelogen haben?« Sie erklärte, wie die Hubers, allen voran Volkmar selbst, seinerzeit tatsächlich in eigennütziger Art und Weise über Jahre dringend benötigten Wohnraum blockierten. Und wenn es um die Wahrheit geht, und um die geht es ja wohl in allererster Linie, dieser Treffer nur ein Eigentor sein kann. Seither kam Volkmar bescheiden mit der Bahn, redete über seine Arbeit nicht mehr, machte oft einen geknickten Eindruck, belebte sich daheim zuweilen etwas und zog von dannen, um andernorts wichtig und bedeutend zu sein. Manchmal standen über ihn ein paar Worte in der Zeitung, doch das waren Halbheiten, Phrasen, Versprechungen und Sprüche, die Hildegard früher schon anödeten, die sie aufregten und die sie deshalb meistens ignorierte. Alles in allem war sie froh, wenn die Ihren halbwegs zurechtkamen und die Verwandten wie am heutigen Tag brav aufgereiht um den großen Wohnzimmertisch saßen und in bewährter Manier ihre Belange regelten. Moserte der Peter dabei herum, mochte er sich verziehen. Er hatte ja eh meistens Küchendienst.

Während Schwager Ruthardt sich vor seinen Zuhörern spreizte, lüftete Peter die Töpfe, rührte, probierte, registrierte, dass ihm der Appetit vergangen ist, und hing seinen Gedanken nach: Wie dereinst bei seiner Verabschiedung vom Schulrat versprochen, hockten sich Eugen Bräuer und Peter Huber ab und an auf ein Bier zusammen. Was seinerzeit in der gemeinsamen Arbeit im Kinderheim bei aller Kollegialität nie so aufgekommen war, stellte sich sukzessive ein, nämlich innige Vertrautheit. Sie berichteten einander freimütig.

Peter und Eugen, beide Kinder einfacher Leute, hatte Ares als Waisen ausgespien. Im fünfundvierziger Jahr war Peter fünfzehn und Eugen bereits zwanzig. Peter fand Unterkunft und Arbeit im Heizungskeller der Teltower Verwaltung. Das war nicht so sehr dem Wunsch geschuldet, sich nützlich zu machen, als vielmehr dem Trieb, es zu jeder Tages- und Nachtzeit warm haben zu wollen. Wolf Acier, der erste Bürgermeister der kleinen Stadt, nahm den Jungen an die Hand und unter seine Fittiche. Er schickte ihn auf eine Schule, ließ ihn lernen, was ein guter Heizer wissen muss, und zeigte ihm die unausweichliche Perspektive der Menschheit, den Kommunismus, auf. Vieles hat sich seither verändert, aber eins blieb: Der Kapitalist, sprich: Großgrundbesitzer, bourgeoise Unternehmer und ihre Lakaien, egal in welcher Verpackung sie daherkommen, schröpfen den kleinen Mann bis aufs Blut. Eugen hatte eine ähnliche Schlussfolgerung gezogen. Nachdem ihm alles genommen war, ihm nicht mal mehr ein Foto seiner geliebten Frau geblieben war, schwor er sich, nicht eher zu ruhen, als bis jeglicher Krieg und alle Habgier ausgerottet sind. Er setzte bei der Bildung an. Wenn Menschen von klein auf teilen lernen, tolerant aufeinander zugehen, freizügigen Umgang pflegen, mag die Welt eine bessere werden. So wurde er Schulrat. Das war ein hoher Posten mit vielfältigen Aufgaben, die mitunter den Blick fürs Detail verstellten. Manches focht Bräuer mit Brachialgewalt durch, anderes brauchte hartnäckiger Überzeugungsarbeit, Drittes erledigte sich von allein. Er sah sich nie als den perfekten Leiter, er schwächelte sogar manchmal. Was ihn aufrecht hielt, waren die Hoffnungen auf eine friedliche, lebenswerte Zukunft.

Bräuer und Huber trafen sich nach wie vor nicht daheim, sondern im Heizwerk auf der Nachtschicht. Anfänglich ging das auch gar nicht anders, weil der Schulrat tagsüber keine freie Minute hatte. Später, wie er seines Postens enthoben war und die Arbeit im Heizwerk auch dem Huber mehr Pausen als Aktivitäten bescherte, schlugen die Männer zunehmend öfter und ausgedehnter ihre Zeit hier tot. Sie tranken ihr Bier, redeten sich von der Seele, was runter musste, bestätigten einander ihre Gesinnung und leckten gegenseitig ihre Wunden.

Das Unfassbare, ein Bau so schön und stolz errichtet, war eingestürzt, mit einem einzigen Schlag vernichtet. »Wars ein Schlag?«, fragte Peter hintergründig. Eugen, noch blind und in Agonie verharrend, zuckte mit den Schultern. Peter sinnierte:»Ich denke, es hat schon in den Fünfzigern angefangen. Ich habe der Hildegard damals geraten, sich zurückzunehmen. Das war ein Fehler. Darauf folgte Fehler auf Fehler. Ich weiß, dass Du vom Bauen keine Ahnung hast. Ich sage mal so, wenn das Fundament schon bröckelt, steht das Haus eben auch nicht ewig. Damals hätten wir sagen müssen: ,Wir sind das Volk!' Wir haben es nicht gesagt. Wir haben nicht darauf bestanden, dass die Beschlüsse transparent bleiben. So ging es eins ums andere.« Eugen hatte wahrlich andere Sorgen als die fünfziger Jahre. Die siebziger, achtziger, seine Schaffensjahre, brannten ihm unter den Nägeln. Er murrte unwirsch:»Ich verstehe soviel wie jeder andere vom Bauen und Dein Gleichnis sowieso. – Fundament kaputt, Haus stürzt ein. Ich habe kapiert«, und er lenkte ab:»Das nutzt jetzt aber rein gar nichts. Jetzt nutzt, dass man irgendwie durchkommt. – Weißt Du, was sie mir angehängt haben? – Der Peter Klein, der jetzt den Schulrat macht, hat die ehemaligen Heimkinder aufgefordert, ihre Vergangenheit aufzuarbeiten. Ich weiß nicht, was ich dem Klein getan habe, warum der jetzt derart zutritt. Aber Fakt ist, dass sie Zeugen und Zeugnisse gefunden haben, die unser Himmelpfort zum Hades runtermachen.« Peter erwiderte:»Da haben Hildegard und ich aber auch noch ein Wörtchen mitzureden. Wenn die ein Tribunal veranstalten, werden wir für Dich sprechen. Da sei mal ganz ohne Sorge.« Eugen legte die Stirn in Falten und moserte:»Dir will ich es glauben. Bei Hildegard? Da sei mal nicht sauer. Bei der bin ich mir nicht so sicher.« – »Wie kommst Du denn da drauf?« – »Ich hatte mit ihr mehr als einen Strauß auszufechten. Wenn sie die Gelegenheit jetzt nutzt, würde ich mich nicht mal wundern.« Peter lächelte:»Ja, wie man sich täuschen kann« und resümierte:»Hildegard, das stimmt, ist manchmal ungleich laut und derb. Sie trägt das Herz auf der Zunge. So was ist nicht leicht zu verkraften, aber auch ohne Nachgeschmack. Was Ihr damals hattet, war immer ausdiskutiert. Fragst Du sie heute nach Deinen Fehlern, wird sie Dir die Wahrheit um die Ohren hauen, dass es nur so kracht. Aber sie wird nie hinter Deinem Rücken reden. Außerdem biedert sie sich nicht einem Peter Klein an. Wozu auch?« – »Du meinst?« – »Ich meine, der Kampf unter Gefährten ist ein fairer Kampf. Das Nachtreten ist eine gottverfluchte Niedertracht. Da stellt sich Hilde niemals mit an.« Eugen orakelte:»Wir werden ja sehen.« Er war längst nicht überzeugt. – Die Medien überschlugen sich in Misshandlungen, Zwangsadoptionen, entrechteten Eltern, führten tränenreich Familien zusammen und erreichten nicht zuletzt, dass das Heim Himmelpfort aufgelöst und elternlose sowie verwahrloste Kinder in Privatpflege untergebracht werden mussten. Freilich langte die Landesregierung ins Staatssäckel und streute großzügig Abfindungen, Wiedergutmachungen und Pflegegeld in die Menge, doch was die Betroffenen an seelischer Not durch die Verunglimpfung ihrer Jugendjahre erfuhren, war mit keinem Geld der Welt jemals auszugleichen, und die herumgeschubsten Kinder fragte schon gar keiner nach ihren Gefühlen und Bedürfnissen. – Schulrat Bräuer bekannte sich bei der Anhörung schuldig:»Ich habe dem Peter Klein sein Techtelmechtel mit einer Minderjährigen durchgehen lassen. Ich habe die Eltern Schubert nach dem Westen abhauen lassen und ihre Töchter Jacqueline und Cäcilia nicht verrecken lassen.« Die Worte brüskierten zwar seine Richter, aber in die Zeitung kam das nicht. Wie der weinende Clown überlebte Doktor Eugen Bräuer die Zerstörung seines Lebenswerkes und den Pranger. Er richtete sich bescheiden in seinen vier Wänden ein und besuchte weiterhin regelmäßig Freund Peter Huber auf der Nachtschicht.

Karin betrat die Küche. Peter war von seinen Gedanken abgelenkt:»Na, Mädel, ist Dir langweilig.« Karin fragte:»Darf ich helfen?« Peter sah sich suchend um. Kartoffeln waren geschält, die Möhren längst im Topf. Er entschied:»Du könntest paar Äpfel für unsere Gäste aufschneiden.« Er langte eine Handvoll Früchte aus dem Vorratsschrank. Karin legte Brettchen, Teller und Messer zurecht, hockte sich an den Küchentisch und begann zu werkeln. Sie schnipselte, kostete und strahlte. Peter setzte sich neben sie, fuhr ihr liebevoll über den Haarschopf und dachte: Sie ist so ein braves Kind. Karin schaute ihn groß an:»Papa, wollen wir Eisenbahn gucken?« Peter sagte beruhigend:»Warte noch ein Weilchen. Wenn die Gäste weg sind, ja?« Karin nickte. Peter wusste, dass die sich zwangsläufig im Haus ausbreitende Unruhe so vieler Menschen Karin bedrängt. Des Nachbarn Modelleisenbahnanlage sorgt für den nötigen Ausgleich. Im Moment war allerdings keine Zeit dafür. Allein, die friedvolle Atmosphäre in der Küche genügte ihr augenscheinlich. Sie schnitt hingebungsvoll Apfelspalten und schichtete sie auf den Teller.

Peter beobachtete seine Tochter, ließ den Blick schweifen und kehrte gedanklich zum Heizwerk zurück. Es war für ihn ein Segen, durch die Arbeit ab und an aus dem Haus zu kommen. Nach wie vor fuhr er meistens die recht ruhige Nachtschicht. Da hatte er Zeit zum Lesen oder sich anderweitig privat zu beschäftigen. Im Grunde ist es ein makaberer Witz, dachte er, man geht auf die Arbeit, um nicht zu arbeiten, sondern nur um der Ablenkung willen. Früher heizten sie auf vollen Touren, da war auch nachts über große Strecken der ganze Mann gefragt. Jetzt drosselten sie die Leistung von Mal zu Mal. Das Bekleidungswerk hatte zugemacht und drüben in den Wohnblöcken standen ganze Aufgänge leer. Die Leute jagten fort. Flucht vor Arbeitslosigkeit, aber auch Flucht vor Gewalt und Schmutz. Wenn die Bude schließt, wenn grölende Glatzen mit ausgestreckter Rechten ungebremst marschieren, wenn Flaschenscherben in Telefonzellen fliegen und das Blumenbeet vorm Haus zertrampelt wird, dann mag selbst der stoischste Bürger an Weglaufen denken. Auch Peter wäre eventuell schon fortgegangen. Aber seine Hildegard hielt ihn am Fleck. Sie hing nun mal an der hiesigen Gegend. – Damit schloss sich der Kreis seines Gedankenspaziergangs. Karin war fertig, Peter lobte, sie räumten die Abfälle und Utensilien weg, kehrten ins Wohnzimmer zurück und kredenzten den Imbiss.

Herbert beendete seine selbstgefällige Vorrede, händigte in der Manier des gewissenhaften Buchalters und wohlwollenden Spenders die Umschläge mit dem Geld aus. Huldvoll wendete er sich an die Älteste: »Für Dich. Und für Karin wirst Du es verwahren.« Hildegard nickte brav, legte den Umschlag vor sich ab und strich zart darüber. Herbert ging weiter: »Volkmar, Du hast es ja nicht so nötig. Aber Gerechtigkeit muss halt sein.« Volkmar steckte die Fünftausend lässig wie ein Taschengeld weg. Herbert schob einen Umschlag zu

Andreas: »Tja, bei Dir weiß man nicht«, kommentierte er zweideutig. Der Umschlag blieb unbeachtet auf der Tischplatte liegen. »Nimm doch, Junge«, lockte Hildegard freundlich und Monika legte süßlich nach: »Es kommt von Herzen.« Alle warteten. Andreas zog den Umschlag mit spitzen Fingern heran, öffnete, zählte demonstrativ und sagte gleichmütig: »Viel ist es nicht. – Das macht niemanden reich, trotzdem gebe ich es meiner kleinen Schwester.« Karins schwacher Geist genügte nicht, das Geschenk zu ermessen, wiewohl sie die Geste spürte. Sie herzte ihren Bruder. Volkmar wurde hochrot. Er griff steil an: »Kannst es Dir leisten?« Wie die Puter pumpten die Brüder. Angespannte Stille herrschte. Jeder hier wusste, dass die beiden sich längst nicht mehr grün sind, obgleich die Ursache kaum einer auf den Punkt brachte: Volkmar sah sich als Freiheitskämpfer, Andreas als Hüter des Friedens. Der eine riss die Grenze nieder, der andere quittierte diesen Akt als Verrat an der Heimat. Allein, die Liebe zur Mutter band sie im Familienkreis an die Form, wobei Sticheleien und giftige Blicke nicht ausbleiben konnten. Peter mahnte: »Friedlich! Das Essen brennt mir an. Herbert, mach weiter und halt Dich nicht so lange auf.« Herbert hatte nur noch einen Umschlag zu vergeben. Der war für Daniel und seine Töchter. Daniel dankte schlicht. Herbert erklärte: »Monikas, Karstens und Flavias Geld habe ich selbstverständlich heute nicht mitgebracht. Was muss ich das durch die Gegend juckeln? Die kriegen ihrs zu Hause. Das wars. Ich denke, quittieren müssen wir nichts unter uns. Ihr glaubt mir und ich glaube Euch. Ist ja Familie.« Peter schloss: »Na fein, lasst uns essen.« Sie erhoben sich, halfen, mit geeigneten sowie weniger geeigneten Handgriffen den Tisch zu decken. Peter trug auf. Sie setzten sich wieder, langten zu und aßen. – Nach dem Essen verabschiedetete sich Volkmar als Erster:»Die Pflicht ruft, tut mir schrecklich leid. Ich habe wirklich noch Termine.« Er gab der Mutter einen Kuss, tätschelte der Schwester den Arm, und draußen war er. – Er ging in den Schuppen, legte den Umschlag auf die Werkbank, kritzelte rasch drauf:»Für Karin von Volkmar«, beschwerte ihn mit einem Bolzen und verschwand.

Herbert hielt es auch nicht viel länger auf der Szene. Er sagte nonchalant:»Ihr könnt Euch ja melden, wenn was ist«, und zu den Seinen:»Kinder, kommt.« Hildegard hängte sich an den Schwager und fragte weinerlich:»Du bist doch Hausverkäufer. Sag mal, was kostet so ein Grundstück wie unseres?« Herbert schrillten die Alarmglocken und die Krämerseele arbeitete auf Hochtouren. Er ließ sich in den Stuhl zurückfallen und forschte:»Wollt Ihr verkaufen?« Hildegard schnäuzte sich und Peter sprang giftig ein:»Was heißt verkaufen? Kaufen wollen wir. Was heißt wollen? – Müssen wir!« Sie klärten Herbert auf. Niemals hatte jemand an eine solche Wendung gedacht. Also waren die Grundbücher weder ordentlich geführt, noch Urkunden für die Eigenheimbesitzer Am Schlaatz ausgefertigt worden. Das Land wie es lag und die Häuser wie sie standen, gehörten demzufolge allen oder niemandem, waren per Definition Volkseigentum. Jetzt kam das Volkseigentum unter den Hammer, wurde aufgeteilt und Stück für Stück an den Meistbietenden verhökert. Um die Randsiedlung Am Schlaatz balgten sich die Immobilienhaie. Augenblicklich kümmerten sich die Bewohner und die Stadt Potsdam gestand ihnen Vorkaufsrecht zu. Nur leider hatten sie keine Ahnung, was so ein Haus mit Grundstück überhaupt kosten kann. Außerdem befürchteten sie alle, wie sie hier lebten, dass sie vertrieben werden. Herbert holte aus:»Also erstmal keine Bange. Grundsätzlich habt Ihr Bleiberecht, das sich aus dem Gewohnheitsrecht ergibt. Niemand darf Euch vertreiben. Das geht schon mal gar nicht. Soviel zum ersten. Zweitens ist der Landpreis hier wegen des derzeitigen Überangebotes ziemlich im Keller. Ich denke, mit maximal Fünfzigtausend seid Ihr dabei. Drittens das Haus, na ja, ziemlich alt und Oststandard, das kriegt Ihr zum Nulltarif.« Peter fuhr hoch:»Das haust Du so unverblümt raus!« Herbert schluckte und stellte unschuldig fest:»Ihr habt mich gefragt.« Hildegard barmte. Daniel beherrschte sich nur mühsam. Andreas und Peter redeten auf Mutter ein:»Das ist doch nicht das letzte Wort. Das kann sich doch alles nochmal drehen. Sei doch ganz ruhig. Wir finden schon was.« Monika setzte spitz drauf:»Hättest nüscht sagen sollen. So danken sie einem seine Gutmütigkeit.« Herbert wartete. Die Geister beruhigten sich. Sie wollten keinen Streit, schon gar nicht, auf dem allen so heiligen Familientreffen. Herbert hob neu an:»Vorschlag zur Güte, wenn es Euch beruhigt. Ich horche mich mal um. In der Branche geht so manches.« Er rieb den Daumen am Zeigefinger, griente breit:»Beziehungen sind das halbe Leben.« Das besänftigte. Einigermaßen entspannt kam es jetzt zum allgemeinen Aufbruch. Die Hubers brachten ihre Gäste zur Pforte.

An der Straße stand Herberts Wagen. Karsten und Flavia hockten sich in den Fond. Monika setzte sich auf die Beifahrerseite. Herbert schüttelte noch einmal Hände und sprach verbindlich:»Ich höre mich um und melde mich bald.« Er stieg ein und sie sausten davon. Herbert sonnte sich in seiner Großzügigkeit und führte ausführlich Monolog:»Der Andreas ist so ein ganz übler Bursche. Der ist ein ungebildeter, ungehobelter

Klotz. Den muss ich an die Hand nehmen und irgendwann lernt auch er, vernünftig Bitte und Danke zu sagen. Die Hildegard ist die einzige, die noch zu den alten Werten hält. Bei dem Peter habe ich auch ein dummes Gefühl. Der zieht immer ein Gesicht, wenn wir da sind. Nun ja, Heizer. Was will man erwarten? Nur der Volkmar hat was drauf. Der hat Anstand und macht sich schon eine ganze Weile. Und das obwohl der ja auch nichts vorweisen kann. Die Zeugnisse von denen sind ja alle getürkt.« – »Fälschungen?«, vermerkte Flavia entsetzt. Sie empfand als Inhaberin eines öffentlichen Amtes, wenn auch ungelernt sowie in der Hierarchie ganz unten stehend, inzwischen eherne Ehrfurcht vor der Macht von Stempeln und Unterschriften so wie sie jede Form von Lug und Trug verabscheute. Sie bangte: »Mit so was kommen die durch?« Herbert lenkte überlegen: »Nein, Kind, damit kommen die eben nicht durch. Das wird alles ordentlich geprüft. Nur, das braucht halt seine Zeit.« Sieghaft ergänzte er: »Fälschungen, Schutthalden und eine marode Wirtschaft. Ja, es ist unglaublich, was die uns überlassen haben. Unsereins muss tüchtig eingreifen und helfen.« – Karsten grübelte. Was er gesehen hatte, war erschreckend. Er sagte: »Tante Hildegard ist alt, Peter ist auch nicht mehr der Jüngste, Karin ist behindert, Onkel Andreas ist frustriert. Was glaubst Du, was dabei rüberkommt?« Herbert wiederholte tiefsinnig: »Warts ab. Ich denke, sie werden schon noch lernen.«

Als die Ruthardts außer Sicht waren, trat Daniel zu Peter heran und sprach leise: »Pass auf! Der ist auch nur ein Ganove.« Peter nickte. Daniel schob nach: »Klar, beschissen wirst Du überall. – Nur, nicht leichtfertig auf irgendwas eingehen, das meine ich.« Peter nickte wieder. Karin zerrte an ihm: »Eisenbahn gucken.« Peter trottete mit ihr zu Nachbar Schmitt. – Andreas sagte leichthin:»Daniel, ich bringe Dich noch zur Bahn.« Sie verabschiedeten sich von Hildegard und liefen los. Andreas schüttelte sich:»Wenn Mutter nicht so dran hängen würde. Ich würde die Mischpoke die Treppe runterschmeißen.« Daniel erwiderte:»Geht mir ähnlich. Nur erstens stinkt Geld nicht. Und zweitens ist familiärer Kleinkrieg absolut nicht die Lösung des Problems. Der Fettsack hat mir fünfzehntausend gegeben. Unsereins kann solchen Segen nicht ausschlagen. Weder ich noch meine Frau verdienen ein Vermögen und unsere Kulturwerkstatt will auch unterhalten sein. Da bist Du froh über jeden Pfennig. Wir brauchen die Laube für unsere Leute, vor allem für die Kinder. Du weißt?« Das verstand Andreas längst. Trotzdem dauerte ihn dieses Zu-Kreuz-Kriechen, wo er eigentlich zuschlagen wollte. Er litt die schleimige Atmosphäre und hatte es satt, als lachender Possenreißer die Stimmung zu heben, wobei ihm übel und elend war. Er lenkte ab: »Wie gehts daheim?« Daniel antwortete:»Geht so. – Die Kinder wachsen und gedeihen. – Komm uns doch mal wieder besuchen. Komm mit Karin. Das wird lustig und das Mädel kommt mal raus. Bring gern auch die Alten mit. Meine Frau freut sich, fragt ständig nach Euch.« Andreas versprach es.

Von der im Osten liegenden Schutthalde bedienten sich die Bedürftigen, denn nicht alles, was weggeworfen wurde, war auch wirklich unbrauchbar. Auf den Halden landeten Möbel, Werkzeuge und Bücher. Ja, Bücher! In erster Linie Bücher, deren Herkunft und Geist den untergegangenen Staat auswiesen. Da war aber auch reine Fachliteratur dabei, wie»Grundlagen der Physik« oder»Mathematik in Übersichten«. Wieso wurde eigentlich ein Pythagoras aussortiert? Andreas sammelte ein, was er forttragen konnte, für den Eigengebrauch Belletristik und zum Verschenken Fachbücher aller Art. Ein dankbarer Abnehmer war Cousin Daniel. Die Kulturwerkstatt verfügte inzwischen über eine ansehnliche Bibliothek. Hatte Andreas seinen Rucksack voll, reiste er nach Lichterfelde Süd und lieferte ab. – An diesem Morgen im August des Jahres 1993 schlossen sich Hildegard und Karin an. Sie versorgten sich erst noch mit Proviant und setzten sich dann auf die Bahn. Nach einer knappen Dreiviertelstunde entstiegen sie dem Zug, liefen einen Fußweg von kaum zwanzig Minuten und traten bei der Verwandtschaft ein. Das gab ein freundliches Hallo. Sie plauderten von Gott und der Welt, kamen zu ihren Nöten. Hildegard meinte: »Ihr habt es gut, weil sie Euch nüscht kaputt gemacht haben. Wer einmal so gelitten wie wir, der erholt sich nicht mehr davon. Ihr seid eben nicht verwöhnt. Ihr macht einfach weiter wie vorher.« Daniel erwiderte: »Du glaubst doch nicht ernsthaft, dass wir, weil wir nie was hatten, besser dran sind als Ihr. Passt mal auf, was hier noch abgeht. Erst ziehen Euch das Fell über die Ohren und dann uns allen zusammen. Das Gebiet der neuen Bundesländer als Versuchsfeld für spätere Umbauten, Abbau und so weiter. Ich wünsche mir nicht, dass ich Recht habe.« – »Gut gebrüllt Löwe«, parierte Andreas, »Vorschlag zur Güte?« Daniel breitete die Arme aus und schmunzelte: »Ich habe mal von einem Freund gehört, man muss die Verhältnisse eben ändern. Etwas tun.« Andreas monierte: »Von veränderten Verhältnissen habe ich gerade einen Hals. Uns sind doch restlos die Hände gebunden.« Er zeigte mit der Handkante unterm Kinn den Wasserstand an. Daniel ging die Jammerei auf die Nerven. Er verstand, dass sie ihre Schockstarre zum Schutzwall aufgerichtet hatten. Zugleich blieb ihm aber völlig unklar, wieso die so passiv herumhocken und nur auf den nächsten Tritt warten, im Grunde demütig lauern, mit einer gewissen Genugtuung die Abwärtsbewegung registrieren und jedem, der sich aufrafft und rührt, sowohl unlautere Ziele als auch Abgebrühtheit unterstellen. Er sagte derb:»Andreas, lesen kannst Du doch wohl? Schreiben kannst Du auch? Ich frage mich ganz ehrlich, warum Du die Bücher zu mir schleppst und nicht bei Euch unterbringst. Haben sie Euch alles kaputt gemacht? Okay. Das ist schlimm. Aber warum fangt Ihr nicht einfach neu an. Gibt es nüscht zu tun?« – »Von uns will doch keiner mehr was wissen«, resümierte Hildegard,»man zeigt mit Fingern auf uns. Vor der ganzen Welt stehen wir wie die Nepps da.« Daniel sagte:»Aha«, erhob sich gespielt gleichmütig, ging zum Bücherregal, nahm ein schmales Bändchen heraus, Lesebuch der Klasse Fünf, Dietz Verlag 1987, schlug auf und trug leise, ohne theatralische Betonung, ganz schlicht vor:

Bischof, ich kann fliegen,
sagte der Schneider zum Bischof,
paß auf, wie ich's mach!
Und er stieg mit so 'nen Dingen,
die aussahn wie Schwingen,
auf das große, große Kirchendach.
Der Bischof ging weiter.
Das sind lauter so Lügen,
der Mensch ist kein Vogel,
es wird nie ein Mensch fliegen,
sagte der Bischof vom Schneider.
Der Schneider ist verschieden,
sagten die Leute dem Bischof.

Es war eine Hatz,
seine Flügel sind zerspellet
und er liegt zerschellet
auf dem harten, harten Kirchenplatz.
Die Glocken sollen läuten,
es waren nichts als Lügen,
der Mensch ist kein Vogel.
Es wird nie ein Mensch fliegen,
sagte der Bischof den Leuten.

Wie Daniel geendet hatte, legte er das Buch weg und setzte sich wieder. Schweigen füllte den Raum. Andächtig lauschten sie den Worten Bertolt Brechts nach. Nach einer Weile meinte Andreas: »Man kann ja mal drüber nachdenken.« Hildegard schaute hoch und nickte leicht. – »Okay«, riss Daniel das Ruder forsch herum, »und damit das Nachdenken nicht so schwer fällt, lade ich Euch zum Sommerfest in unsere Kulturwerkstatt ein.« Er strahlte. – Hildegard, Karin und Andreas blieben bis der Mond am Nachthimmel aufstieg.

Schwager Herbert meldetet sich nicht. Das fiel aber gar nicht weiter auf, weil die Hubers zu tun bekamen. Die leerstehenden Wohnungen in den Mehrfamilienhäusern Am Schlaatz wurden sukzessive an einwandernde Deutsch-Russen vergeben, die zwar über einen rein deutsch-christlichen Stammbaum, mitnichten aber über die hiesigen Sprachkenntnisse verfügten. Eine winzige Anzeige im Lokalblatt hatte genügt und Hildegard liefen Schüler ohne Ende zu. Sommers war es einfach, die Kinder im Garten zu unterweisen. Im Winter wurde es eng, denn das Haus war viel zu klein, um fünfzehn, zwanzig Lernwillige unterzubringen. Peter aktivierte seine guten Kontakte zu den Hausmeistern der Wohnungsbaugesellschaft und akquirierte einen Gewerberaum. Als Mobiliar dienten abgeschriebene Altbestände aus der Schule. Platz war nun vorhanden, nur drückte fortan die Raummiete. Sie erhoben Gebühren, sammelten Spenden, trugen zusammen, hatten alle Hände voll zu tun. Recht bald beschränkten sich die Huberschen Angebote nicht mehr auf Unterricht und Hausaufgabenhilfe. Die Eltern ihrer Zöglinge waren unerfahren im Umgang mit und überfahren von der deutschen Bürokratie. Formulare waren auszufüllen, Anträge zu stellen, zu wiederholen, Bescheide mussten gelesen, inhaltlich begriffen, ihnen widersprochen werden. Da sprang Andreas mit seinem Wissen aus Versicherungsklauseln und Kleingedrucktem ein. Allmählich gesellten sich auch der eine oder andere der hier verbliebenen Deutschen hinzu, denn sie lasen zwar sprachmächtig ihre Papiere, doch sie verstanden trotzdem kein Wort. Sie suchten Unterstützung und erhielten für einen ganz kleinen Obolus die nötigen Informationen. Wie die Hubers nun schafften und sich von ihrer Nützlichkeit überzeugten, belebten sich allmählich ihre Lebenskräfte und sie kamen, wenn auch nicht wahnsinnig begeistert, so aber immerhin in der ihnen übergestülpten Ordnung an. Jammern sowie Klagen verloren sich und die Steglitzer gerieten derweil aus dem Blickfeld. Hildegard, Peter und Andreas warteten nicht mehr auf Nachricht vom vermögenden, gut informierten, beziehungsreichen Schwager. Zumal auch die unmittelbaren Nachbarn nicht mehr fragten, nicht mehr moserten oder rebellierten, sondern peu à peu einer nach dem anderen ihr Ränzlein schnürten und fortgingen. Binnen Jahresfrist standen die meisten Häuschen der Randbebauung Am Schlaatz leer. In der Eigenheimsiedlung wurde es still.

In der frühen Morgenstunde des 7. Oktober im Jahr 1994 trat der alte Achim Schmitt durch den Schlupf im Gartenzaun. Er hatte eine Lokomotive seiner Modelleisenbahnanlage in der Hand. Peter fragte:»Nun, Achim, ist was kaputt?« Achim murmelte:»Schenke ich Dir zum Tag der Republik.« Er verzog den Mund zu einem gequält zynischen Lächeln.»Was ist Dir denn über die Leber gelaufen?«, forschte Peter liebevoll. »Wir hau'n auch in Sack, ich und meine Irmgard«, grummelte Achim,»wir ziehen zur Nora nach Bremen. Ich dachte, wenn Du die Sachen haben willst, das Stück bei Dir ausbauen magst. Ist ja für Karin. Strom musste dann aber von Dir aus legen.« Er zeigte hilflos auf den Strang, der seit Jahr und Tag über Hubers Grundstück lief. Peter verstand nichts. Er verlangte:»Klartext! Was ist los?« Dass die Schmitts irgendwann hier nicht mehr sein sollten, entzog sich vollkommen seiner Vorstellungskraft. Sie gingen ins Schmittsche Haus hinein und Achim schüttete sein Herz aus. Eine Immobilienfirma kaufte vor etwa zwölf Monaten das Terrain der Eigenheimsiedlung Am Schlaatz, erhob exorbitante Pacht für die nicht gerade kleinen Grundstücke und legte die Kosten für die Erhaltung der Infrastruktur auf die Bewohner um. Damit entstanden den zumeist von Rente lebenden Leuten Mehraufwendungen, die sie dauerhaft einfach nicht aufbringen konnten, zumal die Preisentwicklung nicht abzusehen war. Peter betrachtete konsterniert Schriftwechsel und Rechnungen. Achim schloss traurig:»Ja, wenn Ihr das schafft? Ich und Irmgard schaffen es nicht.« Peter sagte fest:»Ich habe solche Post nie bekommen. Ich ahnte nicht mal, was hier abgeht. – Hast Du das geprüft? Ist das echt?« Achim nickte stumm und ließ die Schultern hängen.

»Das kann doch nur Betrug sein!«, meinte Peter, jagte hinaus, stürmte in seine Stube und alarmierte den Familienrat. Schwager Herbert Ruthardt empfing den Notruf, und er eilte mit seiner Monika augenblicklich herbei. Im Haus Am Schlaatz hockten sie zur Krisensitzung beieinander. Herbert legte freimütig dar, dass er der neue Besitzer von Grund und Boden ist. An die zehn Hektar hatte er aufgekauft und den Bewohnern die Rechnung aufgemacht. Allein, die Familie nahm er unter seinen persönlichen Schutz. Sie zahlte nicht. »Ja, aber was sollen wir denn am Ende hier in dieser Einöde?«, echauffierte sich Peter, »siehst Du denn nicht, was Du angerichtet hast?« Herbert gab sich überzeugt: »Nichts habe ich angerichtet. Im Gegenteil. Ich habe vorgesorgt. Ihr könnt hier wohnen, so es Euch beliebt oder wegziehen, wenn Ihr wollt. Von mir habt Ihr nichts zu befürchten.« Treu blickte er in die Runde. Peter wiederholte: »Ja, aber was sollen wir denn am Ende hier in dieser Einöde?« Generös antworte Herbert: »Ihr bleibt doch nicht allein. Siehst Du denn nicht die Entwicklung? Die schöne Lage mit gutem Abstand zu den Mehrfamilienhäusern und die schönen Aussichten im herrlichen, märkischen Grün, die gute Anbindung an die Hauptstadt, das spült doch Leute her. Ich reiße ab und baue neu.« Peter schüttelte den Kopf: »Jahrelange Baustelle und alles wird verschandelt.« Sie hatten schon einmal ewig auf einer Baustelle gehaust. Das war kein Zuckerschlecken. Sie redeten heftig durcheinander, die einen für, die anderen gegen Herberts Pläne. Die Familienbande spannten sich. Plötzlich spie Hildegard: »Du bist ein elender Spekulant!« Abrupt trat Ruhe ein. Das Band war gerissen. Der Ruthardtsche Part entfernte sich fluchtartig, der Hubersche blieb

erschrocken zurück. Nach einer Weile sagte Volkmar:
»Seid Ihr denn irre, den Besitzer zu verprellen. Ich fli-
cke das.«

Er lief hinaus und zur Bahn. Jetzt bereute er, nicht
den Wagen genommen zu haben. Nach einer Dreiviertelstunde erreichte er die Steglitzer Schlossstraße,
verharrte kurz vorm Domizil, drückte auf den Klin-
gelknopf, stürzte atemlos im altehrwürdigen Gemäuer drei Treppen hoch, wurde eingelassen und stand
schlotternd, bittend vor dem Hausherren. Der hatte
sich derweil gründlich hochgespult und rülpste: »Deine
Eltern stehen mir bis sonstwohin. Sie werden mir alle
Auslagen ersetzen.« Volkmar fragte untertänig: »Wieviel ist es denn?« Er hatte Geld. Er hatte viel Geld. Er
konnte geben. Der Schwager nannte die Summe. Die
war beachtlich. Volkmar nickte und wollte nun noch
wissen: »Magst Du es in Bar oder als Überweisung.«
Schlagartig wendeten sich Stimmung und Bild. Herbert gewann an Boden und sagte giftig: »Das waren die
bisherigen Aufwendungen, die künftigen werde ich neu
kalkulieren müssen, denn sieh mal, die Siedlung ist fast
leer. Mein Einsatz muss sich rechnen. Eigentum verpflichtet halt.« Er lächelte süffisant. Volkmar versank
im Sumpf monetärer Forderungen. Die Wellen schlugen über ihm zusammen. Er rang nach Luft. Gurgelnd
kämpfte er sich empor. Ohne Überlegung, Berechnung
oder gar Stolz spie er: »Steck Dir Dein Grundstück in
den Arsch.« Herbert fiel die Kinnlade runter. Volkmar
taumelte aus der Wohnung und die Treppe hinunter.

Nun war guter Rat verdammt teuer. Alsbald trafen
auch schon die Rechnungen über die zurückliegenden Leistungen ein. Sie drehten und wendeten das
Blatt unschlüssig. Peter sagte entschieden »Wir zahlen
nicht.« Andreas gab zu bedenken: »Zahlung ohne vor-

herige Absprache und juristische Prüfung? Der kann ja sonstwas fordern.« Hildegard barmte:»Er jagt uns den Gerichtsvollzieher auf den Hals. Der schröpft uns dann bis aufs Hemd. Es ist sein gutes Recht.« Volkmar fühlte sich schuldig. Er hatte sie nicht gerettet, sondern den Bogen restlos überspannt. Er erbot sich, das Geld aufzubringen. Sie entschieden dennoch:»Nicht zahlen und abwarten. Der holt sich wieder ein. Er kann doch unmöglich den Kriegszustand wollen.« Sie zahlten nicht und warteten ab.

Trotz aufgepeitschter Gefühle verlor Herbert nie die Kontrolle. Es galt zunächst einiges abzuwägen. Er befragte Monika und sie ging wachen Verstandes, aufmerksam auf ihn zu:»Müssen wir nicht alle Miete, Betriebskosten und so weiter zahlen? Abgesehen vom guten Recht, schadet allzu viel Entkommen. Sie können sich doch nicht ewig auf Familienbande berufen und auf unsere Kosten leben.« Die kleine Missstimmung bei der letzten Zusammenkunft gab nicht so sehr den Ausschlag für ihre Überzeugung, als vielmehr das Grundsätzliche, das Prinzip der Gleichheit.»Einer zahlt, der andere nicht. Wo kommt man da hin? Einer hat den Aufwand, der andere den Nutzen. Das wäre ja noch schöner!« Herbert forschte:»Ist Dir klar, was daraus folgt?« Sie lächelte charmant:»Bei aller lobenswerter Rücksicht auf die Familie – Geduld haben wir genug bewiesen – denke ich, der Zeitpunkt zum Lernen, wie Du so schön sagtest, ist gekommen. Da lass Dir mal keine grauen Haare wachsen.« Monikas Draufsicht hielt Herbert den Rücken frei. Er beauftragte seine Anwälte die Rechtslage zu prüfen, geeignete Maßnahmen zu ergreifen, also die offenstehenden Summen einzutreiben. Baff erstaunt hörte er:»Es liegt kein

Vertrag vor. Das A und O irgendwelcher Forderungen und rechtlicher Schritte ist ein Vertrag. Wenn der vermeintliche Schuldner nicht mal seine Bereitwilligkeit durch angedeutete oder wirkliche Zahlungen bekundete, steht der fiktive oder reale Gläubiger absolut ohne Mittel da. Nach bürgerlichem Recht geht vieles, nur so was geht leider nicht. – Bodeneigentümer schön und gut. Offensichtlich haben Sie sich Kosten aufgeladen und keinen Nutzen davon.« Diese Auskunft erschütterte Herbert Ruthardt nachhaltig. – Was hatte ihn, den erfolgreichen Immobilienhändler, verleitet, derart dilettantisch zu Werke zu gehen?

Seine Gesinnungsgenossen vom Rotary-Club priesen stets und ständig ihre hervorragenden Verhandlungserfolge in den neuen Bundesländern. Dabei sprangen heraus: Grundstücke, fantastische Ländereien und Gebäude sowieso, aber auch Maschinenparks und nicht zuletzt gut konditionierte Arbeitskräfte in Hülle und Fülle. Das Beste an denen war, dass sie alle, einer wie der andere, auf einen Fingerzeig hin kuschten. Werksleiter wie Arbeiter, Mieter wie Hausbesitzer erfüllten jede Forderung praktisch ohne Gegenleistung. Sie unterschrieben bereitwillig alles und kamen einer Verpflichtung selbst dann noch nach, wenn nichts verbrieft oder etwa abgesprochen war. Man musste nur die Hand aufhalten, Geld und Leistung rieselten hinein. Was in den alten Bundesländern inzwischen jeder dahergelaufene Türke beherrschte, Verträge aufzusetzen, sie zu prüfen und auf Einhaltung zu pochen, brachte der gemeine Partner im Osten niemals auf. Er war naiv, zutraulich sowie ängstlich, ein Produkt vierzigjähriger Unkultur und Diktatur. Nicht für umsonst nannten die im Osten eingesetzten Sachwalter der neuen Ordnung die Aufstockung ihrer ohnehin reichlich fließenden Gehälter »Buschzulage«. Der Mensch im Osten ist dümmer und hat weniger Biss als der seinerzeitige Ureinwohner der Neuen Welt. Der hatte wenigstens noch zu den Waffen gegriffen und seine Jagdgründe verteidigt, bis man ihm Alkohol einflößte. Der neue Bundesbürger beugt sich im nüchternen Zustand. So und ähnlich hatte es Herbert gehört und verinnerlicht. Gleichermaßen hatte er es auch im Umgang mit den anderen Hausbesitzern Am Schlaatz erlebt. Da erzürnten ihn seine jetzige Niederlage und Zurechtweisung abgrundtief. Das schrie nach Genugtuung! Die Renitenz der am Boden liegenden Kreatur weckte in ihm den Trieb des scharf abgerichteten Bluthundes.

Bevor sich das Jahr 1995 rundete, gab es viel Arbeit für Herbert Ruthardt. Er bestellte Architekten, ließ Pläne anfertigen, verhandelte mit dem Bauamt in Potsdam, orderte Handwerksbetriebe und fuhr das ganze Equipment für eine moderne Eigenheimsiedlung auf. Übrigens, eine Eigenheimsiedlung, in der die Leute wie auf einem übervölkerten Campingplatz in der Hochsaison leben, die Gärten in ihrer Größe Bettvorlegern gleichen und die Bemessung der Stellfläche für das Auto die Ausmaße des Kinderzimmers bei Weitem übertrifft. Die schöne Aussicht geht auf den Müllkasten des Nachbarn oder in sein Küchenfenster. Das stört freilich kaum jemanden, weil es ja die schwer verdienten, eigenen vier Wände sind und anderes gar nicht bezahlbar wäre. Recht bald rollten Arbeiter mit ihren Baggern, Kränen, Lastern in die Eigenheimsiedlung Am Schlaatz. Sie setzten einen Bauzaun, hievten einen Bürocontainer aufs Gelände und ein Wachmann drehte seine Runden.

Das alles bekamen die Hubers im Großen und Ganzen nur noch aus der Ferne mit, denn wie an Weihnachten erst der Strom und dann die Heizung ausfiel, dämmerte ihnen, was geschehen ist. Sie nahmen ein bisschen Zeug zusammen und quartierten sich notdürftig drüben auf der anderen Seite des Wohngebietes bei ihren Schützlingen im Mehrfamilienhaus Am Schlaatz ein. Die Deutsch-Russen waren zwar mehr deutsch als russisch, wie sie zu beschwören wussten, aber ihre sprichwörtliche Gastfreundschaft, Dankbarkeit, Nachbarschaftshilfe versagten sie niemandem, schon gar nicht den Hubers.

Volkmar Huber hatte das erste Mal in seinem Leben eine Arbeit, die ihn ganz und gar ausfüllte und bestätigte. Er hätte nach so vielen Irrungen und Neuanfängen nie gedacht, tatsächlich irgendwo anzukommen und auch monetär die entsprechende Würdigung seiner Leistungen zu erfahren. Nach stürmischer, beinahe abenteuerlich verlebter Jugend schaffte er jetzt in einem großen, nach konsistentem Plan handelnden Team aus kundigen, fleißigen, mitunter auch weniger engagierten Mitarbeitern. In der Enquete-Kommission zur »Aufarbeitung der Verbrechen der Diktatur« durchforschten sie Aktenberge, tüftelten geschreddertes Material zusammen, hörten Zeugen, um den Geschädigten Genugtuung, sprich: Abfindung zukommen zu lassen. Nach Sammlung der Fakten veranlassten sie Zahlungen an die Opfer beziehungsweise übergaben die Ergebnisse ihrer Recherche dem Staatsanwalt, und sie informierten die Presse regelmäßig über den Stand der Dinge. Das Prozedere hatte auch eine politisch-moralische Seite, sie übten Gerechtigkeit, und lag damit komplett auf Volkmars Linie. Er, der Freiheitskämpfer der achtziger Jahre, fühlte sich berufen und bestätigt.

Eines Tages wendete sich ein Sechzigjähriger an die Enquete-Kommission. Der Mann hieß Bruno Seiler, stammte aus Berlin-Charlottenburg, saß wegen angeblichen Totschlags zehn Jahre in ostdeutschen Gefängnissen und Lagern ein, wurde 1964 freigelassen, kehrte an seinen Heimatort zurück und führte fortan in bescheidenen Verhältnissen ein unauffälliges Dasein. Das Tragische dieses Falles bestand darin, dass Seiler nie wieder einen Fuß ins bürgerliche Leben bekam. Als Zwanzigjähriger war er ausgezogen, hatte einer unbedeutenden Wette folgend, ein paar Meter Kupferdraht im Bahnbetriebswerk Teltow mitgehen lassen wollen, war ertappt und eingekerkert worden. Mit dreißig entlassen, haftete ihm der Fluch des Knastbruders an. Er kam in keinem Kollektiv jemals klar, war unstet unterwegs, bis er zum Trinker wurde. Erst im Alter reute ihn sein Lebenswandel. Er gesundete und bat nun den Fiskus um Wiedergutmachung, also Entschädigung, zumal sein Rentenpolster winzig und damit die paar ihm verbleibenden Jahre düster aussahen. War er nicht ein Opfer von Willkür? Ist er nicht zu hart bestraft worden? Darf eine Jugendsünde derart hochgespielt werden?

Volkmar dauerte der arme Mann. Er ließ sich die Akte kommen. Eine erste Verblüffung stellte sich ein, als er entdeckte: Das Opfer der Schlägerei auf dem nachtdunklen Bahngelände war sein Vater, Bernhard Huber. Volkmar war damals viel zu klein gewesen, um etwa der Ereignisse zu erinnern. Die Mutter erklärte nur spärlich, redetet von einem Unfall, sagte später gar nichts mehr, und das wars dann. Das Bild des Vaters verlosch. Die Kinder hatten nie wirklich unter dem Verlust gelitten. Das heißt, emotional aufgeladen konnten die weiteren Untersuchungen des Volkmar Huber nicht sein. Er ermittelte gewissenhaft

und teilnahmslos den Tathergang, las die Zeugenaus-
sagen und die Argumente des Staatsanwalts sowie des
Richters. Allerdings verwischten die Fakten allmählich
jegliches Mitgefühl mit Seiler und in Volkmar wuchs
unbändiges Entsetzen. Er konnte nicht anders, als sich
dem Staatsanwalt anzuschließen: Wer mit Schlagring
und Flaschenscherben auf einen Unbewaffneten los-
geht, hat eine Tötungsabsicht. Das war Mord! Das war
Mord und wäre von jedem Gericht der Welt in gleicher
Weise, wenn nicht härter, abgeurteilt worden. Volkmar plädierte gegen den Antragsteller. Konnte er den
Mord nicht sühnen, wie ihm vollkommen einleuchtete,
so wähnte er zumindest, die nachträgliche Belobigung
verhindern zu können.

Ein unglaubliches Tauziehen und Kräftemessen entstand im Amt. Sie redeten sich Köpfe heiß und zogen
alle greifbaren Argumente sowie Vergleiche herbei.
Das machte den Arbeitsalltag beschwerlich. Allein,
Volkmar gab nicht auf. Sein Gegenpart freilich genauso
wenig. Der Fall gelangte sogar in die Presse und wurde in allen möglichen Medien durchdekliniert. Nicht
zuletzt nahm sich das Landesparlament der Sache an.
Über Monate fochten sie von ganz rechts bis ganz links,
allerdings ohne Ergebnis. Endlich ward auch Volkmars
Akte gefunden. Seine Widersacher konfrontierten ihn
mit seiner Vergangenheit, mit seiner Parteinahme für
die Sowjetunion, mit seinen Zeugnissen und nicht zuletzt mit seinen Unterlassungssünden. Er hatte die Anzeige gegen seinen damaligen Nachbarn Achim Schmitt
unter den Tisch fallen lassen. Sie vermuteten alte Seil-
schaften. Saubere Aufarbeitung schont niemanden!
Wenn von Objektivität und Wahrheitsfindung die Rede
ist, sollten doch auch, bitteschön!, die Handlanger zumindest zur Rede gestellt werden. Zunächst dachte

Volkmar noch daran, sich reinzuwaschen, sich herauszuwinden. Doch dann überblickte er den Hergang aller bisherigen Verfahren und er begriff: Gegenargumente gelten nichts, Entlastungszeugen werden nicht gehört. Der Delinquent rudert sowohl ohne Hilfe als auch rettungslos, teils geknickt, teils mit bitterem Stolz zwischen Vorwürfen und Rechtfertigungen herum. Ende des Jahres 1995 nahm Volkmar seinen Hut, ging heim und bilanzierte sein Leben. Das sah dürftig aus. Er hatte nämlich nichts mehr. Eine restlos verpfuschte Biografie, kein Einkommen, keine Anerkennung und als gescheiterter Angestellter des Landes Brandenburg auch keine Aussichten auf Besserung. Er kündigte seine Wohnung, verkaufte seinen Wagen und machte sich auf den Weg zum Haus Am Schlaatz. – Ein Bauzaun versperrte den Zugang. Die Eltern waren fort. Seine Irritation dauerte indes nicht lange, denn die Hubers waren bekannt in dieser Gegend.

Mit Sack und Pack trat Volkmar ein, begehrte Quartier und Angenommensein. Hildegard dachte froh: Ist auch dieser Junge daheim, wird sich vielleicht doch wieder alles zum Guten wenden. Sie hegte keine großartigen Illusionen mehr, aber ein Zusammengehen ihrer Lieben wird alle Male ihr Fortkommen befördern, zumal sie, nüchtern betrachtet, dieser Tage fast am Ende ihres Lateins waren. Eine Interimsunterkunft in des Nachbarn Wohnung ist ohne Zweifel so ziemlich das Letzte. Peter und Andreas sahen dem Angeber und Emporkömmling eher skeptisch entgegen. Wie sie nun erstaunt auch von seinem Absturz hörten, breitete sich ein Funken Schadenfreude aus. »Die Revolution frisst ihre Kinder«, triumphierte Andreas gänzlich unpassend. Peter blies ins gleiche Horn: »Da siehst Du, was

Du erreicht hast.« Hildegard fürchtete das nächste Zerwürfnis. Sie, die vordem niemals eine Auseinandersetzung scheute, sprach mild:»Ich will nicht alles deckeln und Frieden um jeden Preis stiften. Ihr seid erwachsen, Ihr müsst wissen, was Ihr wollt. Ich finde aber, dass wir im Moment andere Sorgen als riesige historische Dispute auf dem Zettel haben. Mögen wir später in Ruhe überlegen, was eventuell zu verhindern gewesen wäre und was sich besser machen lässt. Für jetzt bitte ich Euch, dass wir uns vertragen.« Die Kampfhähne fügten sich.

Silvester und auch das Neujahr kamen und gingen. Anfang Januar 1996 öffneten die Büros wieder und die Hubers mieteten fünf Mann hoch in der elften Etage eines Mehrfamilienhauses eine ausreichend große Wohnung zu relativ günstigen Konditionen. Sie huckten ihre geringe Habe hinein. Vor Tagen rafften sie im hastigen Aufbruch das zum Leben dringend Notwendige zusammen. Nun begehrten sie auch den Rest aus dem Häuschen Am Schlaatz hierher zu holen. Als sie aber mit ihren Helfern dort eintrafen, wies sie ein bärbeißiger Wachmann scharf ab. Peter verlangte nach seinem Eigentum und drohte mit der Polizei. Der Wachmann sagte nichts mehr und griff zum Handy. Schlagartig standen sich zwei Gruppen verfeindeter Arbeiter gegenüber. Die einen brüllten:»Haut ab!«, und die anderen grölten:»Lasst uns rein!« Noch war nichts geschehen. Allein, die Szene gärte zur Explosion. Da fuhr Andreas lauthals auf:»Soweit kommts noch! Wir schlagen uns doch nicht um ein paar alte Schränke.« Trotz der zur Schau getragenen Überlegenheit zogen die Hubers und ihre Leute bedrückt ab. – Ein Bauarbeiter bestieg seinen Bulldozer und schob das Haus am Am Schlaatz zusammen.

Hildegard, Peter, Andreas und Volkmar hockten sich in ihre Stube, wälzten die Kataloge und ließen das Telefon heißlaufen. Allerdings waren die fetten Jahre längst vorbei, die Halden abgeräumt, die Lager leer. Nicht ein einziger Händler hatte Kühlschrank, Waschmaschine, Radio, Fernseher, Couchgarnitur, Betten, Teppiche, Gardinenstoffe vorrätig. Produziert wurde nur noch auf Bestellung oder zu exorbitanten Preisen im Ausland geordert. Wollten sie nicht wochenlang auf dem Boden kampieren, die Haushaltsführung improvisieren oder ihre Barschaft bis zur Neige ausschöpfen, war wiedermal guter Rat teuer. Eine Nachbarin kam auf Besuch und mit ihr die Lösung.»Ich habe noch die Doppelliege im Kinderzimmer stehen. Zum Wegwerfen zu schade. Die Kinder sind ja längst raus. Ihr könnt sie haben.« Sie wuchteten die Liege sechs Etagen hoch. Das Riesending passte nämlich in keinen Personenaufzug hinein. Der Lärm im Treppenhaus war nicht zu überhören. Schon steckte einer den Kopf zur Türe raus, hörte, um was es geht, stieg in den Hauskeller hinab, kramte eine Weile herum und förderte ein durchaus noch ansehnliches Regal zutage. So brachte einer dies, ein anderer das und binnen kurzer Frist waren die Hubers eingerichtet. Das war freilich nicht die bis aufs I-Tüpfelchen aufeinander abgestimmte, nach hohen ästhetischen Gesichtspunkten ausgefeilte Innenarchitektur. Aber jedes Stück erzählte seine kleine Geschichte und die Hubers lachten mit ihren Nachbarn herzlich. Manchmal zuckte die Seele auch schmerzhaft. Doch das zeigten sie nicht.

Als alles getan, die freigiebigen Spender und die selbstlosen Helfer verabschiedet waren, traten Hildegard, Peter, Volkmar, Andreas und Karin wie zufällig und zugleich wie zu einer Andacht ans Fenster. Sie bohrten die Blicke ins nachtdunkle, märkische Land. Ein Glitzermeer aus tausenderlei stehenden und beweglichen Lichtern breitete sich aus. Schweigend beschauten sie die faszinierende Pracht. Endlich sagte Karin: »Eisenbahn«, und deutete auf die Züge, die ganz hinten am Hauptbahnhof Potsdam ein und aus fuhren. Peter legte einen Arm um die Schultern seiner Tochter und pries: »Das ist fein, was?« Allein, das schöne Bild genügte Karin nicht, denn auch ihre Nerven waren arg lädiert. Es war sowieso bewundernswert, wie ihr schwaches Gemüt all die Veränderungen und Eruptionen aufgenommen und ausgehalten hatte. Sie drängte: »Eisenbahn gucken.« Einer wie der andere, ausgelaugt und zermürbt von den Anstrengungen und Aufregungen der letzten Stunden, verstand sehr wohl, dass Karin ihre Mitte wieder finden wollte und musste. Trotzdem knurrten sie: »Morgen, ja?« Karin blieb dran. Die Aura aufkommender Unruhe vermerkten sie jetzt allzu deutlich. Volkmar lenkte ein: »Ich gehe noch eine Runde mit Dir. Komm, Mädel.« Karin strahlte, stieg sogleich in ihre Stiefel und Volkmar kleidete sich ebenfalls an. Die anderen bedachten sich: Der Weg zur Bahnlinie, immerhin gute drei Kilometer über Land oder paar Stationen per Bus oder Straßenbahn, wenn da zu dieser Stunde überhaupt noch was fährt, mag ungemütlich werden. Hildegard entschied: »Was solls? Ein Spaziergang wird uns allen gut tun. – Wir gehen zusammen.« Sie hüllten sich in ihre Mäntel, glitten im Fahrstuhl die elf Etagen hinunter und traten vors Haus. Dort ergriff sie ein eisiger, kräftiger Windstoß. Sie zogen die Köpfe ein, beugten die Schultern vor und schritten entschlossen in die Winternacht hinaus.

# Inhaltsverzeichnis